끝내
비명은

끝내

2020 환상문학웹진 거울 대표중단편선 1

비명은

아작

환상을 꼭 짜내 단편집 하나, 또 하나

내가 어릴 적에는 '통신판매' 책이라는 게 있었다. 전화로 주문해서 사는 세계문학 전집 같은 것들. 글자 읽기만 즐겨하고 친구도 없으며 밖에 나가서 놀지도 않는 자녀를 둔 가여운 부모들(예를 들자면 우리 부모님)은 전화로 책을 왕창 몽창 주문해서 아이들을 얌전히 방에 앉혀둘 수 있었다.

처음 거울 중단편선을 만났을 때, 그것은 '통신판매' 책이었다. 하지만 어릴 때 주문했던 것과는 조금 다른 형태의 통신판매 서적이었다. 조금만 인쇄하고, 조금만 판매했다. 거울은 인터넷 구석에 깊숙하게 박힌 이야기들의 창고 같아서, 그 이야기들을 감히 널리 흩뿌릴 수 없다는 것처럼 조심스럽게 판매되었다. 인터넷 주문도 요즘 네이버페이처럼 매양 아무 때나 주문할 수 있는 게 아니라, 일정한 시간이 지나면 어려운 절차와 문의를 거쳐서 도달할 수 있었다. 분명 인터넷 공간 안에 있지만, 인터넷 공간이 주는 편의성은 거의 없고 익명성만 극대화되어 있는 책이었다. 그 어려운 고생을 거쳐 손에 넣은 거울 중단편 선은 그만큼 귀했다. 그리고 그 안에는 정말로 서점에 흔히 팔리는 소설에서는 찾아볼 수 없는 신비하고 귀한 이야기들이 있었다. SF, 판타지, 혹은 어딘가 경계에 서 있는 문학들.

그게 그냥 상업성이라고는 0이라서 그렇게 된 거라는 걸 알게 된 건 거울에 독자우수단편 선정으로 합류하고 나서였다. 그토록 조심스러운 통신판매 서적이 된 이유는, 1년 동안 올라온 작품 중에 무엇을 고를지 작가에게 출판 허락을 구하고, 편집하고 디자인하고 찍어내는 모든 작업을 작가들이 품앗이로 나눠서 진행하고 있었기 때문이었다. 2003년부터 2016년까지 갈수록 북디자인과 편집이 발전해 가는 과정을 보고 있자면, 역시 우물을 파는 목마른 자야말로 진심 그 자체라는 걸 잘 알 수 있다. 우물을 파는 목마른 자의 한 사람으로서, 들어오자마자 곧바로 인력투입이 된 나 자신도 거울의 한 꼭지를 벌써 9년 동안 맡고 있다.

거울이 한 사람이라면 벌써 중학생이라는 농담을 작가들과 한 게 엊그제 같은데, 이젠 선거권을 가진 만 18세다. 거울이 자라는 만큼 작가들도 쑥쑥 자랐고, 덕분에 거울을 둘러싸고 있는 계(界)도 쑥쑥 자라서 벌써 3년째 거울의 중단편선은 비밀스러운 통신판매 서적 대신 ISBN을 달고 명실상부한 '책'으로 팔리고 있다. 올해 거울 중단편선이 언제 나오는지 학교 전산실에서 수시로 확인하던 슬픔의 세월은 이제 안녕. 알라딘·Yes24·인터파크·교보문고 그 외 전국의 서점에서 얼마든지 내 돈 주고 살 수 있다. 이제는 큰 노력을 들이지 않고 이 이야기의 보고에 쉽게 접근할 수 있는 분들이 부럽기도 하지만, 노력을 들여야만 이 귀한 이야기들이 널리 퍼질 수 있던 시기는 또 얼마나 서러운 시기였던지. 이 아름다운 이야기들이 시스템의 날개를 달고 더 멀리 나아갈 수 있다면 좋겠다.

✳

2020년 겨울 중단편선은 볼륨부터가 어마어마하다. 두 권으로 출간된 건 비평선과 함께 출간되었던 2014년 《B평》, 《그림자 용》 이후론 처음인 듯하다. 사실 2014년에는 한 권이 비평집이었으니, 소설만으로 두 권을 채운 건 처음인 셈이다. 좋은 작가들이 거울에 새로이 많이 합류해주었기 때문이기도 하지만, 무엇보다도 거울이 다루는 소설의 영역이 더 넓어졌기 때문이기도 하다.

첫 번째 권 《끝내 비명은》 흔히 환상문학웹진 거울을 생각할 때 사람들이 먼저 떠올리는 거울의(혹은 거울 출신의) 유명작가들, 곽재식·김보영·김주영·김이환·배명훈·임태운·정세랑·정소연 등을 떠올리게 하는 작품들이다. 바로 '과학소설'이 주축이 되는 단편선이다.

거울 출신의 유명작가라고 소개하기가 민망스럽게도 이번 중단편선 역시 어마어마한 창작력의 '재식갑'은 소설을 실었다.

시스템 안에서 살아가는 인간들의 지질한 군상과 '그럼에도' 그 사이를 비집고 들어가는 협상력, 그 사이를 중개하는 기술을 다뤄 온 곽재식 작가는 이번 소설 〈그대를 향한 사랑은 무한 이상〉에서도 평범한 사람들이 세상의 에러에 대처하는 방식을 사랑스럽게 그려냈다.

은림 작가의 〈을지청계사〉는 사라지고 있는 을지로 금속골목을 배경으로 '무엇'을 만드는 울림이 깊은 이야기다. 거울의 빛나는 신인 이경희 작가의 〈다층구조로 감싸인 입체적 거래의 위험성에 대하여〉는 SF팬들의 가슴을 뛰게 할 사이버펑크적 배경 속에서 인간의 욕망과 시스템을 연결짓는 흥미로운 사고실험을 전개한다. 공포소설작가로 더 잘 알려진 엄길윤 작가의 〈여긴 영웅들이 없는 곳이 아닙니다〉는 SF와 공포 양쪽에 발을 걸치고 있는 좀비 장르를 통해 21세기형 좀비 트래지디를 구현해 낸다.

김주영 작가의 〈끝내 비명은〉은 '휴대폰 중독'인 현대인들이라면 누구나 소름끼쳐 할 만한 서사를 제시한다. 윤여경 작가의 〈라스트 아담〉은 로저 젤라즈니를 연상시키는 유토피아와 디스토피아 중간에 위치한 결말이 흥미롭다. 클레이븐 작가의 〈마지막 러다이트〉는 맥락을 알 수 없는 불안 끝의 반전이 흥미로운 작품이다. 정대영 작가의 〈만코마는 별들 중에〉는 이 중단편선의 유일한 중편으로, 인간이라는 종의 욕망과 꿈을 선연하게 그려내는 서사 속에서 광막한 우주를 구체적으로 묘사한 솜씨까지 돋보이는 아름다운 수작이다.

실제 집배원으로 오래 일해온 김두흠 작가의 다정한 노동소설 〈당신의 이름〉과 여성의 삶에 관한 중요한 인사이트를 담은 소설을 오래 써 온 전혜진 작가가 인간 재생산에 관한 얘기를 담은 〈은하철도의 밤〉이 소설의 끄트머리에 위치하면서 '환상'이 '현실의 거울'이라는 점을 뚜렷하게 드러낸다.

✳

　많이 알려진 거울의 한쪽 면이 과학소설이라면, 나머지 한쪽 면에는 때로 스산하고 때로 가슴을 저미는 환상소설이 있다. 흔히 한국에서 환상소설이라고 하면《룬의 아이들》,《드래곤 라자》류의 판타지 소설이 인식될 때부터 거울의 작가들은 토도로프*의 정의에 따라 분류될 수 있는 초자연적·비일상적·환영적·광적인 소설들을 어마어마한 양으로 생산해냈다. 이번 중단편선의 두 번째 권《누나 노릇》은 바로 이 물리적 이치에 닿지 않는 이야기들이 얼마나 독자의 뇌리에 강력한 충격을 줄 수 있는지 보여주는 이야기들로 구성되어 있다.

　해도연 작가의 〈에일-르의 마지막 손님〉은 소위 '나폴리탄 괴담'에 상황과 서사를 소설적으로 부여하면서 러브크래프트적 섬뜩함까지 고명으로 끼얹은 훌륭한 한 끼 식사다. 남세오 작가의 〈할로윈이든 핼러윈이든〉은 지난해 거울 중단편선의 표제작 〈살을 섞다〉에서 보여준 것과 같은 불분명함에서 오는 불안한 분위기를 끌고 나가는 솜씨가 압도적이다. 김인정 작가의 〈박평수가

---

* 츠베탄 토도로프, 불가리아와 프랑스의 철학자·문학평론가. 《환상문학서설》을 통해 판타지 문학을 구조주의 이론으로 분석한 것으로 유명하다.

술법을 익히다〉는 이 단편선의 유일한 동양풍 환상소설으로, 오랫동안 동양적 서사를 다뤄온 작가답게 역사적 배경 속에 선 개인이 타락해하는 과정을 동양적이면서도 뚜렷한 이미지로 구현해냈다.

홍지운 작가의 〈소년a의 신발장〉은 살인이라는 그로테스크한 주제와 외계인, 익명성, 심지어는 대상a라는 철학적 개념까지 뒤섞인 실험적 소설이다. 이나경 작가의 〈누나 노릇〉은 마치 흡혈귀 이야기로 전개될 것처럼 하다가 섬뜩하고 속시원한 마지막 반전이 짜릿하다.

지현상 작가의 〈산사로 9-4번지에 어서오세요〉는 전형적인 괴담의 구조를 소설화한 점이 흥미롭다. 구한나리 작가의 〈늦봄 어느 날〉은 여성 사이의 섬세한 감정교류를 매끄럽게 다루는 작가 특유의 문장력 속에서 날카롭게 비져나오는 가시들이 선득하다. 파격적인 소재를 거침없이 꺼내오는 손지상 작가는 〈냉동육〉에서도 '얼음땡'과 그로테스크를 연결지은 신선한 이야기를 선보였다.

유이립 작가의 〈비극의 주인공〉은 공포소설에서 흔히 다루는 주제인 '불쌍한 여자'와 원한의 이야기를 반전으로 꼼꼼하게 엮어냈다. 홍청강 작가의 〈천국의 문을 두드리며〉는 예수가 전 세계에서 가장 많다는 사이비 종교의 천국, 한국을 근현대사와 함께 엮어낸 상상력이 돋보인다. 마지막 작품인 〈모계유전〉은 공포소설으로서의 모든 것을 충실하게 가지고 있는 작품으로, 상상치도 못한 여성연대가 드러나는 반전이 충격적이면서도 깊은 감동을 남기는 대단한 수작이다.

✳

2020년 한 해 동안 거울이 얼마나 발전했는지를 지켜보는 것
은, 한국의 단편 환상문학이 얼마나 발전했는지를 지켜보는 하
나의 척도가 될 수 있을 것이다. 흔히 문단문학의 반대항으로서
쓰이는 소위 '장르문학'은 몹시 한국적인 개념이다.

지난 수십 년간 흔히 그 소설들은 잘 팔리는 문학으로서 '문
학성'(대체 이건 무엇일까요? 문단문학을 10년간 전공했지만, 여전히
모를 개념입니다.)을 배제한 문학으로 여겨져 왔다. 그러므로 장
르문학을 말할 때는 장편이 먼저 언급되었고, 거울에서 켜켜이
쌓여가던 단편 장르문학들은 논의의 화제에도 오르지 못하곤
했다.

하지만 최근 수많은 단편 장르문학들이 아름답게 모습을 드
러내는 나날들을 본다. 중단편이라는 형식은 장편과는 달리 짧
은 흐름 속에 이야기를 농축해야만 한다. 날로 썹어먹는 이야기
도 재미있지만 짧은 서사를 만들기 위해 꼭 짜내서 농축한 이야
기가 가지는 맛이란 또 특별한 법이다. 이런 이야기들이 더 많
은 목소리를 낼 수 있게 된 데에는 18년 동안 그 자리를 꿋꿋하
게 지켜온 환상문학 웹진 거울과 그 단편선들의 힘도 있었다고
믿는다.

그래서 여기, 신비하고 경이롭고 으스스하고 돌아버린 이야
기들을 21명의 작가가 꼭꼭 눌러서 농축된 단편들을 빚어냈다.

게으름을 부리느라 올해도 중단편선에 글을 못 싣는 바람에 이 훌륭한 책에 서문을 쓸 수 있는 영광을 얻게 되어 오히려 기쁘다. 독자 여러분은 지금까지 거울이 걸어온 길과 앞으로 거울이 걸어갈 길을 이 중단편선으로 함께 조망할 수 있을 것이다. 이제 우리의 얼굴을 들여다보는 환상의 거울 속으로 걸어 들어가 보시길.

— 이서영, 〈환상문학웹진 거울〉 편집위원

차
례

그대를 향한
사랑은 무한 이상

―――

곽재식

이한나 선장이 또 선장이 되었다는 소식이 보도되었을 때, 반대하는 사람들이 아주 많았다. 반대하는 사람이 어느 정도 있을 거라는 예상을 팀에서도 하고 있긴 했지만, 예상 이상으로 놀라운 숫자였다. 어떤 사람들은 이한나 선장이 너무 싫다고 거의 적개심 비슷한 감정을 드러내기도 했다.

"아무래도 너무 어려운 사업인데 무리하게 추진하는 거니까 더 그렇겠죠."

관제부장은 그렇게 말했다. 그 말도 맞는 말이었다. 목성의 위성 유로파로 날아가는 우주선이 두 번이나 실패했는데, 세 번째 우주선을 또 띄운다는 것부터 일단 마음에 들지 않아 하는 사람들이 있었을 것이다.

"무인 우주선으로 유로파에 착륙하는 데 최근에 연속 두 번이나 실패했으면 당분간 몸 사려야 한다는 말도 일리는 있죠. 무인 우주선으로 두 번 실패해놓고, 세 번째로는 도리어 사람을 태운 우주선을 보낸다는 게 너무 무리하는 느낌이잖아요."

"이 선장 본인까지 그렇게 말할 줄은 몰랐네."

이한나 선장은 아무리 걱정스럽고 불안할 만한 일이라도 아주 편안하게 말하는 재능이 있었다. 일부러 괜히 강한 척해보려고, 겁나는 데도 억지로 여유로운 척 가장하면서 말하는 투는 결코 아니었다. 도리어 위험하다, 문제가 심각하다는 그 느낌은 고스란히 전달하는 말투였다. 그런데도 이상하게도 듣고 있으면 마음을 가라앉게 해주는 목소리였다.

같이 우주선을 타고 화성에 갔던 한 프로그래머는 이렇게 말했다.

"선장님 말씀하시는 걸 들으면, '아, 이제 큰일 났구나' 하는 생각은 번뜩 들거든요. 그런데, '아, 큰일 났으니까, 어쩌지, 어쩌지, 끝장이다' 이게 아니라, '그래, 뭐, 이제부터 좀 바짝 정신 차리고 알아보면 되겠지, 뭐부터 봐야 하지' 이런 생각이 들어요."

이한나 선장의 그 말투도 이 선장이 행성 탐사 우주선 팀 대원들에게 강한 지지를 받은 이유였을 것이다. 대원들이라고 해서 다들 이한나 선장을 좋아하는 것은 아니었지만, 같이 우주선을 타고 싶은 사람을 무기명으로 조사하면 항상 압도적으로 많은 표를 받는 사람은 이한나 선장이었다. 세간에서 이 선장을 싫어하는 사람들이 말하는 것처럼 "능력도 없고, 성격도 안 맞으면서, 쓸데없는 명성만으로 괜히 우주의 대가인 척하는 사람"

이라는 말은 대원들 사이의 평판과는 아주 먼 이야기였다.

객관적인 기록만 보아도 이한나 선장만 한 선장감은 없었다. 이 선장은 화성에 두 번이나 다녀왔고, 달에는 세 번 가본 사람이었다. 전 세계에서도 화성에 두 번 가본 사람은 거의 없다. 선장 역할도 세 번이나 해보았기 때문에, 팀 소속 대원 중에서는 가장 횟수가 많았다. 더군다나 이한나 선장이 참여한 임무는 설령 문제가 좀 있었던 임무였더라도, 모두 최우선 목표는 달성했고 사람의 목숨을 잃거나 중상을 입은 적은 단 한 번도 없었다. 그러니 최첨단과학의 현장이라는 우주 임무 연구원에서도 이한나 선장을 행운의 상징처럼 생각하는 미신 같은 분위기가 돌 만도 했다.

이한나 선장에게 문제가 있다면 명망이 부족했다기보다는 워낙 많이 알려졌다는 점이 도리어 문제였다.

이 선장은 텔레비전 대담쇼나 그 비슷한 영상 프로그램에 대단히 많이 출연했다. 특히 홍보 사업에 대한 방향이 명확하게 서 있지 않았던 첫 번째와 두 번째 선장 역할 무렵에는 별별 잡다한 프로그램 출연이 많았다. 이한나 선장은 연예인들과 함께 운동회 같은 프로그램에 참여해서 같이 뛰기도 했고, 골동품을 감정하는 프로그램이나 심지어 가면을 뒤집어쓰고 노래를 부르는 프로그램에도 출연했다.

어린 시절을 어떻게 보냈으며, 우주선 선장이 되려면 어떻게 살아야 되는가 하는 이야기는 이곳저곳을 다니면서 수백 번, 수천 번을 반복했다.

"제가 처음부터 우주선 승무원이 되려고 했던 것은 절대 아니고요."

처음에는 "신기하다" "독특하다"고 회자되던 그 사연들도 워낙 많은 곳에서 이야기하다 보니, 시간이 흐르는 동안 어느새 "자기 인생 이야기를 특이하게 보이려고 그렇게 말하는 것 자체가 진부하다"라는 평을 들을 지경이었다.

그렇지만 이한나 선장의 이야기는 사실이었다. 이 선장은 통신 회사의 소프트웨어 기술자 출신이었고, 우주선에 실리는 최신 통신 시스템을 다루기 위해 우주선 대원이 된 것이 첫 번째 우주 임무였다. 그리고 그 첫 번째 임무에서 다른 대원들을 안심시키거나 우주선 전체 상황을 이해하는 능력이 유난히 뛰어나다는 평을 받았다. 같이 우주선을 탄 동료 대원들은 각자 서로 다른 이유로 이 선장을 생명의 은인 비슷하게 여기는 경우도 많았다. 그런 식으로 몇 년이 지나다 보니 이 선장은 어느덧 전문 우주선 지휘관처럼 변해서 그대로 자리 잡게 되었다.

"정말 어릴 때는 우주에 아무 관심도 없으셨어요?"

굳이 진행자가 그렇게 덧붙여 물으면 거기에 대답하는 이야기도 한 가지 정해진 것이 있었다.

어릴 때 우주, 별, 행성 탐사 같은 이야기들을 동경하기는 했다. 우주에 관한 최신 자료나 신기한 소식을 읽으려고 PC 통신에 몇 시간씩 접속해 있었는데, 그때는 시외전화 회선을 이용해서 온라인 게시판을 봐야 했다. 그런데 시외전화 요금은 거리가 멀수록 많이 나왔고 이한나 선장의 고향은 대도시에서 먼 시골이었기 때문에 전화요금이 왕창 나와서 부모님께 꾸중을 들은 적도 많았다.

"PC 통신이요? 그게 뭐예요?"

"음성 전화요금이 나온다고요? 데이터 요금이 따로 나오는 게 아니고요?"

젊은 진행자들이 묻는 그런 질문에 웃으면서 대답해준 것도 수십 번, 수백 번이었다. 사람들도, 이 선장 스스로도 지겨워질 만도 했다. "PC 통신이 뭐냐 하면….."이라면서 이한나 선장이 대답하는 말투를 흉내 내는 코미디언들이 나타났다. 흉내 내는 투는 점차 비웃고 놀리는 것으로 변했다.

그러는 사이에 이한나 선장을 노골적으로 싫어하는 사람들이 점차 나타났다. 이 선장의 옷 입는 것이 마음에 안 든다, 말투가 싫다는 사람들이 나타났는가 하면, 너무 나이가 많다는 점을 집요하게 지적하는 사람들도 있었다. 그냥 긴 말 없이 "재수 없다"고 하는 사람들도 차차 생겨났다. 그런 사람들이 자기와 비슷한 생각을 가진 동료들이 인터넷 이곳저곳에 있다는 것을 알게 되자, 그런 사람들의 숫자는 더 빠르게 불어났고 의견은 더 심하게 거칠어졌다. "솔직히 딱 봐도 호감보다는 반감이 생기기 쉽지 않느냐"라는 이야기도 나왔다. 그러는 동안 이 선장의 나이가 많다는 점을 지적하는 말들은 점점 더 모욕적이고 살벌하게 변해갔다.

그러다가 이한나 선장이 유로파 임무를 맡게 된다는 소식이 전해졌다. 그러면서 비난은 또 완전히 다른 수준으로 올라서게 되었다.

그 가장 큰 원인은 그전까지 이 선장이 임무를 수행할 때와 유로파 임무를 맡았을 때, 선거 결과가 달라져서 정권이 교체되었다는 점이었다. 이 선장이 두 번 화성을 다녀오는 동안에는 여당이었던 정당이 이제는 야당이 되었고, 그때는 야당이었던 정당이 이제는 여당이 되었다. 대선 후보가 청년 기업이라고 하는 마카롱 가게에서 과자를 사 먹는 모습을 기자들 앞에서 보여 주며 말실수를 한 것이 선거의 큰 화젯거리가 되어 선거 결과가 뒤집혔는데, 그 결과가 유로파 임무와 이한나 선장에도 막대한 영향을 끼친 것이다. 마카롱 먹으면서 농담한 것과 우주선을 타고 목성까지 날아가는 일이 그렇게 큰 관계가 있을 줄은 아무도 몰랐다. 심지어 아직도 모르는 사람도 많다.

여당을 지지하는 사람들은 이 선장이 야당의 지난 시절 상징이었으므로 싫어했다. 여당 사람들은 야당 입장에서 "우리가 예전에 정치를 이렇게 잘해서, 한국인이 이렇게 화성까지 잘 다녀왔다"고 자랑하고 떠벌릴 수 있는 재료가 바로 이한나라고 생각했다. 그러니 이 선장에 대한 일이라면 여당 사람들은 무엇이든지 미워할 준비를 잘 갖추고 있었다.

반면에 야당을 지지하는 사람들은 이제 이 선장이 성공하면 그것은 여당이 정치를 잘한다는 증거가 될 것이었으므로 어떻게든 이 선장의 일이 잘 풀려나가지 않기를 바라는 마음이 있었다. 그 사람들 중에는 이 선장이 원래 야당 편이었는데 자신의 출세를 위해 배신하고 여당에 달라붙었다고 비난하는 사람들도 있었다.

양쪽 사람들이 둘 다 싫어하는 사람이 이한나 선장이다 보니, 정치 이야기를 하기 싫어하는 사람들에게는 이 선장에 대해 비난을 하는 것이 가벼운 화젯거리로 적당하기도 했다. 세상에는 사람과 사람이 만나 대화를 할 때 다른 누군가의 잘못에 대해 투덜거리는 것 외에는 적당한 화제를 잘 찾지 못하는 사람들이 생각보다 많이 있다. 그러므로 얼마 지나지 않아 문득 "이 정도였나?" 싶을 정도로 이 선장을 싫어하는 사람들의 숫자는 많아 보이게 되었다.

유로파 탐사 자체에 대한 반대 의견도 결코 적지 않았다. 우선 이렇게 우주에서 장난치면서 나라 이름 내세우려는 데 돈 날리지 말고 그 돈을 복지에 써야 한다는 의견이 있었다. 이런 의견은 우주 탐사와 관련해서는 항상 나오던 것이었는데, 유로파 임무는 살아 있는 사람들을 유로파 근처까지 실제로 보냈다가 데려온다는 것이었으므로 막대한 예산이 필요했기에 더 문제 제기가 깊었다.

무엇보다 결정적으로 이번 유로파 탐사는 너무 위험하다고 문제를 제기하는 사람들이 있었다. 이 의견은 정치적인 문제 이상이었다.

유로파 초근접 궤도에 들어선 무인 우주선과 로봇이 원인을 알 수 없는 고장으로 파괴되었다. 그것도 두 대가 연속으로 망가져서 실패했다. 무인 우주선이 성공했다고 해도 사람을 태운 우주선을 보낼 때는 더 조심해야 한다는 것이 상식인데, 이번에는 무인 우주선이 연속으로 실패했으면서도 사람을 보내겠다고 계획하고 있었다. 이것은 뭐가 있을 줄 모르는 죽음의 행성에 사람을 보낸다는 이야기처럼 들렸다.

"그렇지만, 어떻게 우리가 다 발견해놓고 지금 와서 포기합니까? 지금 포기하면 세계 역사상 가장 중요한 발견을 빼앗기는데요."

실패한 무인 우주선들이 마지막에 포착한 자료들을 두고 몇몇 학자들은 그것이 유로파에 생명체가 살고 있다는 증거일 수 있다고 이야기했다. 그 몇몇 중에는 정치인들도 알고 있는 유명한 사람도 끼어 있었다.

최초의 외계 생명체 발견! 우주 임무에 엮여 있던 그 많은 사람들은 그때부터 그 가능성에 매달릴 수밖에 없었다. "유로파 무인 우주선은 실패했다고 하지만 실패가 아니다"라는 말은 그 사람들이 무슨 시위 구호처럼 매번 말하고 다니던 이야기였다.

"지금 유로파에 생명체가 있을 거 같다는 단서를 얻은 게, 어떻게 보면 지금까지 우리가 그 많은 돈을 들여서 우주 임무를 한 열매거든요. 그런데 여기서 우리는 포기하고 다른 나라가 지금 재빨리 유로파에 가서 최초로 외계 생명체를 발견하면 그 열매를 빼앗기는 거예요. 우리는 지금까지 해놓은 것 다 날리는 거고요."

발사계획팀 팀장은 국회 청문회에서 아예 대놓고 그렇게 말하기까지 했다.

다들 말은 안 하고 있었지만 우주 임무가 경쟁국들, 그리고 이웃 나라들과의 감정 대결 때문에 응원을 받고 있다는 사실을 모든 의원이 알고 있었다. 그러니 "한국이 외계 생명체를 처음으로 찾아내기 직전에 정치인 누구누구가 반대해서 그것을 다른 나라에 빼앗겼다"는 욕을 듣기가 싫어서 정치인들이 나서서 사업을 말리지는 못 하는 상황이기도 했다.

유로파 임무의 일정이 잡히고 대원이 선발될 즈음이 되자 한국 정부가 '세계 최초 기록'에 눈이 멀어 너무 위험한 계획을 벌이고 있다고 하는 사람들의 숫자가 빠르게 늘어났다. 두 번이나 길을 잃고 돌아오지 못한 우주선에 타는 것은 폭포로 흘러드는 뗏목 위에 올라타는 것과 같다고 비판하는 만화 그림까지 유행했다.

거기에 대해서 우주 임무팀의 반박 역시 준비되어 있었다. 이 한나 선장이 직접 기자들 앞에서 설명한 적도 있다.

"광속 한계 때문에, 유로파와 지구 사이에 통신하는 데 시간이 제법 오래 걸립니다. 유로파에서 전파를 쏘더라도 지구에 닿는 데 30분에서 50분 정도는 기다려야 합니다. 그러니까 만약에 유로파에서 무슨 문제가 생겼는데 즉시 조치를 취하지 못하고 원격 조종으로 문제를 해결하려면 그만큼 시간이 필요합니다. 그사이에 우주선이 더 고장 나고 부서진다면 영영 해결할 수 없게 됩니다. 이때 만약 우주선에 사람들이 직접 타고 있다면 그 사람들이 우주선에서 시간을 기다릴 필요 없이 바로 오류가 무엇인지 찾아서 해결할 수 있을 겁니다."

"우주선에 타고 있는 사람들이 우주선을 직접 다 정비하고 수리할 수 있나요?"

질문 내용은 좋았지만, 그 말을 묻는 표정은 다분히 멸시하는 태도였다. 그러나 이 선장은 그래도 질문 내용이 반가웠기에 싫은 기색 없이 대답했다.

"저는 나22호 기기까지 중앙 관리 프로그램을 시험하는 데 직접 참여했던 프로그래머였습니다. 저와 같이 우주선을 타고 갈 다른 대원들도 각자 맡은 분야를 익힌 사람들로 선발할 겁니다."

하지만 그 정도 대답으로 반대 의견이 쉽게 가라앉지는 않았다. 우주선 출항일이 다가오자, 이번에는 이상한 망상에 가까운 이야기를 그럴듯하게 늘어놓는 작가들이나 사상가들이 반대 의견을 부추기기 시작했다.

무슨 1980년대 SF 영화에 심취했는지 어떤 작가는 이것은 분명히 우리보다 굉장히 발달한 외계인들이 자신들의 중요한 터전인 유로파에 우리가 오는 것을 막고 있는 것임이 분명하다고 주장했다. 이 작가의 추종자들은 "유로파를 건드리면 인류가 멸망한다는 10가지 증거"라고 하면서, 유로파에 가까이 가려고 하면 외계인들이 격추해버릴 것이고 용케 격추를 피해 유로파에 만약 도달한다면 외계인들은 지구인들이 너무 위험하다고 생각해서 지구로 군대를 보내 지구를 폭파해버릴 것이 "99.99퍼센트 확실하다"고 주장했다.

그 밖에도 자기 종교의 교주가 8만4천 년 전에 지구에 나타나서 다른 동물, 식물과는 달리 사람들에게만 특별한 자아와 의식을 주어 살게 했는데, 만약 사람이 유로파에 가서 사람이 아닌 다른 외계인도 지능이 뛰어나다는 것을 알아내면 이것은 그

종교 교주의 교리를 일부러 틀리게 만들고자 하는 사악한 악마의 수작을 부린 것이므로, 지성과 마음을 가진 외계인이 발견되는 순간 교주가 온 우주를 다 없애버린다는 주장을 하는 사람들이 나타나는 등, 해괴한 이유로 임무를 싫어하는 사람들은 계속해서 생겨났다.

일이 그런 식으로 돌아가다 보니, 유로파 팀 사람 중에서도이 일을 탐탁지 않게 생각하는 사람들이 생겨났다. 이한나 선장이 자기 대원들을 처음 만나 우주선 점검을 해 나가던 시기에는지원팀 사람 중에 그러저러한 이유로 갑자기 일을 그만두겠다는 사람들이 1주일에 한두 명씩은 꼭꼭 나타났다.

이 선장은 그때마다 그 자리를 메울 새 팀원을 보충해달라고상부에 매달려야 했고, 한편으로는 그런 흉흉한 분위기에서 대원들이 실망하지 않도록 마음을 달래는 일도 해야 했다.

이 선장이 특히 유심히 살펴본 대원은 과학 장교인 김 대리였다.

김 대리를 유심히 본 것은 그가 특별히 임무에 부정적이기 때문이 아니었다. 김 대리는 다른 팀원이나 대원들과 달리 도리어임무를 너무 기뻐하고 즐거워하는 모습이었다. 굳이 "저는 유로파에 가는 게 너무 신나요"라고 떠들고 다니지는 않았다. 슬쩍아무렇지 않은 척 숨기고 있었다. 하지만 매일 출근할 때마다출근길을 즐거워하는 기색은 뚜렷했다.

출근길을 즐거워하는 직장인이란 굉장히 이상한 현상이다.이한나 선장의 눈길을 끌 수밖에 없었다. 이 선장은 예전에 우주 비행 교육 프로그램에서 교관으로 일하다가 김 대리와 친해진 적이 있어서 김 대리의 성격이 어떤지 대강 알았다. 이 선장은 김 대리의 문제가 무엇인지 더 세심히 관찰해보았다.

얼마 후, 이 선장은 김 대리의 문제가 무엇인지 알아낼 수 있었다. 이 선장은 최종 엔진 점검을 위해 김 대리와 단 둘만 우주선에 붙어 있을 때, 그에게 말했다.

"김 대리, 일등항해사 박 대리 좋아하죠? 임무 앞두고 있으니까 그런 거 박 대리에게 절대 티 내지 말아요. 내가 보기에 잘 풀릴 가능성도 없는 것 같고."

김 대리는 놀랐다. 어이가 없다는 듯이 웃었다.

"예? 그 무슨 말도 안 되는 말씀을."

그러나 김 대리의 그 웃음이 어이가 없다는 것을 애써 흉내 내려고 하고 있다는 사실은 아무 눈썰미 없는 사람도 쉽게 알 수 있었다. 이 선장은 더 이상 설명하지 않고 고개를 가로저었다. 그러자 김 대리가 머뭇거리다가 다시 물었다.

"무슨 말씀이세요? 왜 그런데요?"

"그렇잖아. 김 대리 자기는 어차피 박 대리 많이 좋아하니까 상관없겠지만, 박 대리 입장에서는 직장에 왔는데 어떤 남자가 자기를 좋아하네 어쩌네 하면서 신경 쓰이게 하는 게 업무에 방해되는 피곤한 일이잖아. 혹시 거절했다고 해서 무슨 불이익 당하면 어쩌나 골치 아프기도 할 거고. 실제로 불이익을 당하는 게 없더라도 그런 걸 걱정하는 것 자체가 삶을 힘들고 귀찮게 만들잖아. 반대로 같이 힘을 합쳐서 일을 해야 하는 게 있을 텐데. 그럴 때 자기가 좀 부드럽게 대해주면 혹시 좋아하는 마음 받아준다고 오해할까 봐 신경 써야 하고. 그렇게 계속 신경 쓰는 게 고통이라고. 그런 게 업무에 고충이 되면 안 돼요. 한쪽에서는 혼자서 무슨 달콤한 사랑 이야기를 꿈꾸는지는 몰라도 다른 쪽에서는 괜히 자기만 직장 생활 힘겹게 만드는 함정이 하나 생기는 거야. 그런 게 없는 사람에 비해서 직장 생활을 힘들게 하는 불리한 점이 되고 괴롭히는 일이 된다고. 그런 일도 다 직장에서는 다른 사람 괴롭히는 거야. 우리가 지금 하는 일이 편한 일도 아닌데. 우리 임무에도 안 좋을 거고."

김 대리의 얼굴이 붉어졌다.

"그거 말고요. 선장님, 그런 원칙은 저도 아는데요."

"그러면?"

"왜 잘 풀릴 가능성이 없는데요?"

"그렇잖아. 박 대리는 딱 봐도 인기 많을 것 같잖아. 그렇지? 그런데 김 대리는… 김 대리도 뭐 건실하고 멀쩡해 보이기는 하는데 박 대리처럼 딱 봐도 인기 많을 것 같은 느낌은 아니잖아. 유로파 임무에 지원하면서 텔레비전에도 많이 나가고 알아보는 사람도 많고 하니까 막 세상 모든 분야에서 내가 다 인기가 많아지는 것 같은 착각이 느껴질 수도 있는데, 우주 임무를 새로 맡게 되었다고 해서 얼굴까지 갑자기 잘 생기게 변하는 거는 아니잖아요. 그런 것 때문에 헛바람 들어서 괜히 나는 이런 멋진 직업을 갖고 있으니까, 세상 사람들 다 나를 좋아하겠지, 그런 생각 품으면 안 된다고. 나 봐라, 우주선 타면서 욕만 더 먹고 있지."

그날 이후 과연 김 대리는 자기가 "알고 있다"고 말한대로 박 대리에게 특별한 말을 하거나 별다른 행동을 하지는 않았다. 우주선이 목성을 향해 출발할 때까지도 계속 그랬다.

그렇지만 이 선장은 박 대리를 쳐다보는 김 대리의 표정 속에 들어 있는 느낌을 환하게 볼 수 있었다. 박 대리 역시 똑같이 김 대리에게 특별한 말을 하지도 않고 별다른 행동도 하지 않고 있었다. 하지만 박 대리는 그렇게 하기 위해서 아무런 노력도 할 필요가 없었다. 그와 대조되어 김 대리의 마음속은 더욱 뻔해 보였다.

이한나 선장은 대원을 바꾸어볼까 하는 생각도 잠깐 했다. 그렇지만 돌아가는 것을 보니 적어도 임무가 끝나서 다시 서로 다른 관계없는 부서에 배속될 때까지 김 대리가 박 대리에게 무슨 엉뚱한 말을 하거나 할 것 같지는 않다고 확신할 수 있었다.

김 대리는 이 선장을 누구보다 잘 따르는 편이었다. 잘 따르는 정도가 아니라 김 대리는 이 선장을 굉장한 우상으로 여기고 있었다. 학생일 때 이한나 선장이 나오는 화성 탐험 뉴스만 수백 개를 찾아보았다고, 같이 우주선 타게 되어 정말 기분 좋다고 직접 말한 적도 있었다. 지금까지 하는 모습으로 봐서는 일도 잘해낼 수 있어 보였다.

과학 장교 역할을 할 대원을 이제 와서 새로 선발한다면 김 대리만큼 잘할 사람을 구할 자신도 없었다. 시간이 정해져 있고, 여론이 좋지 않은 상황에서는 이렇게 출발하는 수밖에 없었다. 이 선장은 김 대리에게 다시 한 번 주의를 주었다. 김 대리는 제법 진지한 표정으로 알겠다고 했다. 별들 사이를 가로지르는 동안 내내 애타는 가슴 한량없이 설레기야 하겠지만 결국 참을 것이다.

우주선이 출발한 후에는 우주선 속 사정은 편안해졌다. 너무 편안해서 지루해 보일 정도였고 그래서 이상할 지경이었다. 우주선이 날아가는 동안에도 모든 프로그램과 장비가 정상으로 동작하는지, 혹시 오류가 생길 만한 달라지는 점은 없는지 계속 확인하고 시험해보는 작업을 해야 하기는 했다. 하지만 모두 예상한 작업을 반복하는 일뿐이었다. 일등항해사와 과학 장교, 두 사람 모두 조금의 문제도 없이 제 역할을 잘 해내고 있었다.

그러나 우주선에서 점점 멀어지고 있는 지구의 사정은 전혀 조용해지지 않았다. 괴이한 의견을 내던 사람들은 도리어 점점 더 격렬해졌다. 유로파에 있는 외계인들을 건드리면 보복 공격을 당해 지구가 멸망할 거라고 믿는 사람들은 애절할 정도로 열심히 자신들의 뜻을 전하기 위해서 애썼다. 지금이라도 우주선을 되돌리라면서 집회도 했고, 시위도 했고, 투서도 했고, 광고도 만들어서 방영했다.

그 기세를 타고, 그 외의 이유로 유로파 임무를 반대하는 사람들도 같이 거세졌다. 종교 단체와 여당, 야당 정치인들부터 '이싫모', 그러니까 '이한나 선장을 싫어하는 사람들의 모임' 회원들까지 유로파 탐사를 멈추라고 소리를 높였다. 짓궂은 사람들은 유로파에 도착하면 우주선이 반드시 파괴될 테니, 거기 타고 있는 대원들의 목숨은 이제 며칠 남았다면서 'D-며칠'이라면서 날마다 떠들며 알리기도 했다.

반면에 이한나 선장은 우주선이 유로파에 가까이 다가가기 전까지 반복되는 일정의 편안함을 그저 즐겼다.

해가 뜨지도 않고 밤이 오지도 않고 날씨가 바뀌지도 않고 모든 것이 가만히 반복되는 것만 같은 우주선 속에서, 눈을 뜰 때부터 다시 잠이 들 때까지 정해진 일을 반복하고 또 반복한다. 우주선 내부에서 나는 소음이 귀에 계속 들리는 것을 없애기 위해서 음파 교정기를 실행하고 나면 잡음이 들리는 것도 없어진다. 무중력 비행의 불쾌한 느낌과 소화불량에서 벗어나기 위해 관성감 대응 조치를 받으면, 서 있거나 앉아 있거나 우주선 속에 있는 기분도 지구의 삶과는 아주 달라진다.

아무도 올 수 없는 곳에 와서 텅 빈 곳으로 끝도 없이 점점 멀어지는 동안 조용히 계속 같은 일을 반복하고 또 반복한다, 이 선장은 그것이 아늑하고 평화로우면서도 후련하다고 생각했다. 누군가가 너무 미워서 꼴 보기 싫다고 고래고래 소리를 높이는 사람들이 옹기종기 모여 사는 곳은 우주선에서 4억 킬로미터 거리에 떨어져 있으며, 그 고요한 시간 동안에도 그곳으로부터 1초에 2백 킬로미터씩 멀어지고 있다는 계산 역시 아늑한 생각이었다.

✳

편안한 시간은 유로파 접근 궤도로 우주선 엔진을 조종하면서부터 사라졌다.

반복을 편안하게 즐기기에는 이제부터 따지고 계산해야 할 양이 훨씬 더 늘어났다. 아마 먼저 유로파에 날아갔다가 박살이 났던 로봇 우주선들은 이즈음부터 무엇인가가 잘못되어 결국 망가졌을 것 같았다. 무엇인가가 잘못되고 있다면, 잘못되고 있다는 문제가 드러날 가능성이 커지는 시점이었다. 정말로 해결할 수 없는 문제처럼 보인다면 '임무 중단' 명령을 내려야 했다.

우주선 조종 장치에 정말로 '임무 중단'이라고 적혀 있는 빨갛고 커다란 자폭 단추가 마련되어 있는 것은 아니었다. 그렇지만 이 선장은 그 빨간 단추가 나오는 악몽에 시달리기 시작했다. 한국 우주 비행사들은 다 안다는, 이한나 선장의 그 놀랍도록 편안한 말투는 여전히 아무 변함이 없었지만, 그 말을 하는 머릿속은 완전히 달라졌다. 일등항해사 박 대리의 진지한 얼굴이나, 사랑에 빠진 것을 숨기려고 애쓰는 김 대리의 얼빠진 얼굴은 내내 그대로였다. 하지만 그 얼굴을 볼 때마다 이 선장의 머릿속에는 "내가 임무 중단 명령을 제때 안 내리면 여기 있는 사람들은 다 폭발할 텐데." 하는 생각이 언제나 떠올랐다.

그렇지만 이 선장은 임무 중단 명령을 내릴 순간을 찾을 수가 없었다. 모든 프로그램은 전부 정상 작동하고 있었다. 프로그램에 대해 조사한 내용을 지구의 관제실로 전송하고 나면 전송하느라 한참 시간이 흐른 뒤에 지구에서도 다시 한 번 정밀하게 검토를 하는데 그쪽에서도 프로그램 작동의 이상을 발견하지는 못하고 있었다.

이한나 선장은 다른 생각을 떠올려야 했다. 지금부터 프로그

램 오류가 쌓이고 있는 것이 아니라면, 갑자기 우주선 작동을
정지시킬 무슨 다른 문제가 곧 생기지는 않을까 의심해보기 시
작했다.

목성 지역에서 발생하는 강한 방사선이 우주선을 휩쓸고 지
나가고 그 때문에 전자 부품이 망가지는 것일까? 전자 부품이
까맣게 탈 정도로 망가지는 것이 아니라도, 작디작은 메모리 속
에 들어 있는 전기 신호 몇 개가 오류로 뒤집히면 몇 비트 정도
의 정보가 바뀌고, 그 때문에 프로그램이 이상하게 변형되어 갑
자기 우주선을 자폭시키는 방향으로 흘러갈지도 모르는 노릇
아닌가? 아니면 정말 외계인이 공격해 오는지 살펴보기라도 해
야 하나?

유로파 최근접 궤도 진입 직전까지 돌입할 때까지도 이 선장
은 문제를 발견하지 못했다.

이제 대원들은 모두 눈 앞에 희미하게 빛나는 목적지를 볼 수
있었다. 울긋불긋한 모양이 조금 있는 매끈한 회색 원 모양의
위성이 머리 위에 떠 있었다. 상상하기에 따라서는 무서운 무기
를 갖고 있는 외계인들의 요새일 수도 있고 사람은 결코 접근해
서는 안 되는 하늘 저편 탑 꼭대기 악마의 소굴일 수도 있는 곳.
이 선장의 눈에는 너무 조용하고 말이 없어 보이는 커다란 얼음
덩어리였다.

마침내 우주선에서 치명적 오류가 나타났을 때, 대원들은 일
등항해사 박 대리의 생일 파티를 준비하고 있었다. 물에 적시면
부풀어 오르는 우주용 생일 떡이 준비되어 있었다. 막 떡에

34

LED 촛불을 꽂고 있는데 갑자기 오류 신호가 시작되었다.

생일 떡은 그저 우주에서 호사로 즐기는 행사가 아니었다. 그 떡은 우주에서 떡을 먹는 행사를 하라고 한국 최대의 떡 생산 회사가 특수 개발해서 광고비를 지불하며 보낸 제품이었다. 그러므로 박 대리의 생일 파티는 적지 않은 자금이 달린 중요한 홍보 행사이기도 했다.

"떡 회사에서 욕 엄청 하겠는데….."

이 선장은 자기가 죽겠다는 생각을 하는 것보다 그 말부터 먼저 중얼거렸다. 인류 역사상 처음으로 외계의 생명체를 확인하고 만나는 대원이 먹을 생일 떡이라고 엄청난 광고비를 지불했는데, 대원들이 우주선 고장 사고로 사망하면 광고는 망해버릴 것이다. 아마 그 떡 회사의 광고는 지구에서 가장 멀리 떨어진 곳에 남겨진 시체들이 마지막으로 먹은 음식으로나 기억될 것이다.

"다시 한 번 각자 주요 예상 위험 사항 한번 점검해봅시다. 일등항해사, 보고."

"기본 컴퓨터가 시동 단계에서 멈춰버렸습니다. 무슨 이유인지 다음 프로그램으로 진행이 안 되고 시작하는 단계에 걸려 있습니다."

이 선장은 그 말을 듣고 컴퓨터가 개발된 이래 수없이 많은 전문가가 최고의 대응 방법으로 무수히 사용해 온 방법을 대응 방안으로 제시했다.

"껐다 켜보죠. 그래도 안 되나?"

그 말에 대답하는 목소리는 아까와 비슷했다. 그렇지만 듣기에는 다른 기분으로 들렸다.

"변화 없습니다. 여전히 비슷한 지점에서 진행이 멈춥니다."

"누가 컴퓨터를 망치로 때린 것처럼 무작위로 프로그램이 파괴된 건가? 그런 느낌은 아닌가?"

"그런 느낌은 아니고, 딱 프로그램의 어떤 지점에서 누가 일부러 정지 명령을 끼워 넣은 느낌입니다."

외계인이 외부에서 컴퓨터를 해킹할 수 있는 신호를 쏜 건가? 그래서 그런 신호를 담고 있는 전파 광선 한 방이면 아무리 거대한 우주선이라도 바로 침몰시킬 수 있는 건가? 언뜻 그런 생각이 떠올랐지만, 말도 안 되는 가능성이라는 것은 이 선장도 잘 알고 있었다.

"과학 장교, 프로그램 이상 발견 후로부터 경과 시간은?"

"40초 정도입니다."

"다시 한 번 전체 점검 빨리 해보도록 합시다."

앞서 날아간 탐사선들이 특별히 조치를 취할 기회도 없이 파괴된 것을 보면, 프로그램 오류 발생으로부터 그 소식이 지구에 전달되는 사이의 시간, 그러니까 대략 30분에서 50분 정도의 시간 안에 우주선이 완전히 파괴된다는 뜻이었다. 세상이 모두 환호할 발견을 해낼 영웅이 되는 순간을 기대하고 있다가, 햇빛도 미치기 어려운 얼어붙은 죽음으로 떨어질 때까지 걸리는 시간치고는 너무나 짧게 느껴졌다.

다시 돌려본 전체 점검 결과에도 소프트웨어의 이상은 없는 것으로 나왔다. 정말로 무슨 마귀에 홀린 것처럼, 모든 것이 정상으로 동작하던 프로그램인데 이상하게도 갑자기 멈춰 서서 새로운 생명의 땅으로 가는 것을 막고 있었다.

이 선장은 잠시 고민했다. 얼마 후 선장은 결심을 굳혔다. 그리고 자신이 낼 수 있는 가장 '이한나 선장'스러운 말투로 말해 보기로 했다.

"대원들, 남은 시간은 30분 정도인 것 같습니다. 별다른 좋은 방법은 없고. 장거리 보조 통신망으로 지구로 마지막 말을 보내려고 합니다. 남길 말 있으면 각자 한마디씩 하기 바랍니다."

우주에서는 통신망에 소리가 없으면 아무 소리도 들리지 않는다. 아무도, 아무 말도 하지 않았다. 우주선이 삐걱거리는 소리를 내는가 싶은 생각이 엉뚱하게 잠깐 들었다. 이 선장이 맨 먼저 말하게 되었다.

"대원들, 대원들은 제가 지금까지 같이 일했던 분들 중에 가장 멋진 사람들이었습니다. 여러분과 같이 이렇게 아무도 와보지 못한 먼 곳까지 와볼 수 있어서 정말 즐겁고 신나는 시간이었습니다."

"저도요." "저도요, 선장님." 하는 말이 짧게 들렸다.

뒤이어서 김 대리가 말했다.

"사실 박 대리님 생일잔치 때 생일 축하하는 축하곡을 제가 들려드리려고 노래 연습이랑 기타 연습 엄청 많이 했거든요. 그런데 하필 딱 이때 끝나서 너무 아쉽네요. 밀폐실로 들어가면 바로 옆자리라도 소리도 안 들리고 해서 일부러 이렇게 애써서 연습한 것도 아무도 모를 것 같고 해서 매일 꼭꼭 한 번씩 연습했었거든요."

이 선장은 한숨을 쉬었다.

"매일? 정말 매일?"

"예. 아니…. 아니오. 오늘만 빼고 매일요."

김 대리가 대답했다. 이 선장은 그냥 웃고 넘어가려다가, 김 대리에게 다시 물었다.

"오늘은 왜 뺐는데?"

"아, 오늘요? 오늘은 밀폐실 컴퓨터가 잘 안 되더라고요. 그래서 정비 요청 신호 보내고, 그만뒀습니다."

이 선장은 의심스럽다는 생각이 들었다. 선장은 박 대리에게 지시했다.

"일등항해사, 밀폐실 컴퓨터가 기본 컴퓨터에 연결되어 작동되는 것 맞지?"

"맞습니다. 선장님."

"좋아, 과학 장교가 밀폐실 컴퓨터를 사용한 시각이 언제인지 모두 표시해봐."

김 대리가 말했다.

"선장님, 잠깐만요. 제가 정말로 매일 노래 연습했는지 확인해보시는 거예요?"

이 선장은 그 말에 대답하지 않았다. 그 생각을 하는 것이 아니었다. 그러나 거기에 대한 답도 바로 알 수 있었다. 김 대리는 정말로 우주선이 출발한 후 매일 꼬박꼬박 한 번씩 밀폐실을 사용했다. 박 대리의 생일을 기다리며 매일 기타 치는 연습을 했다는 그의 말은 사실이었다.

"노래 연습한 시점을 시간 말고 지구에서 떨어진 거리 단위로 한번 표시해보면 어떻죠?"

"변환해보겠습니다."

매일 몇 시에 김 대리가 노래 연습을 했는가 하는 내용이 지구에서 얼마나 떨어져 있을 때 노래 연습을 했는가 하는 내용으로 바뀌어 나왔다.

"과학 장교, 거리 단위를 킬로미터 말고 무슨 단위든지 여러 가지로 다 변환해서 보여줘봐."

"예? 무슨 단위든지 아무거나 다요? 지시대로 해보겠습니다."

김 대리는 어떤 이유로 내리는 지시인지 모르지만 시키는 대로 했다. 자기가 노래 부르는 것을 신비로운 유로파의 외계인들이 듣고 너무 노래 내용에 화가 나서 없애버리려고 결심했다는 이야기일까? 김 대리는 그런 생각을 잠깐 하다가 그만두었다.

화면 속을 쳐다보는 이 선장의 얼굴은 화면이 바다로 변했을 때 그 속으로 뛰어드는 것 같아 보였다. 깊이 잠수해서 숨이 모자라서 곧 못 버틸 것 같지만, 마지막 순간까지 바다 밑을 헤매는 해녀처럼 이 선장은 숫자 사이를 쳐다보았다. 이 선장이 다음 지시를 내릴 때, 그 표정은 마침내 물 밖으로 나온 듯이 보였다.

"당장 대원 전부, 모든 통신 프로그램에서 거리 제한 명령이 있는지를 찾습니다. 그걸 고쳐봅시다."

대원들은 일사불란하게 보조 컴퓨터를 조작했다. 그렇지만 김 대리는 작업을 하는 도중에도 이해가 가지 않아서 물었다.

"그런데 통신 프로그램의 거리 제한 명령이라는 게 어떤 식으로 걸리는 건데요?"

"무한대 문제 오류에 걸린 거 같아."

"그게 무슨 뭐죠?"

"1년 회원이라든가 3년 회원이라든가 그런 식으로 비디오 가게 회원으로 가입한다고 쳐보자고."

"비디오 가게가 뭔데요?"

"아니, 그러면 음식 같은 거 유통기한이 있는 거 알지? 그런데 사진 찍는 필름 중에는 유통기한이 되게 긴 것도 있거든."

"사진 찍는 필름이 뭔데요?"

"아니, 그러니까. 김 대리가 지금 무슨 컴퓨터 게임을 회원 가입하려고 한다고 해봐. 20만 원을 내면 1년 회원이고, 30만 원을 내면 2년 회원이고, 100만 원을 내면 평생 무한대로 회원이라고 해보자고."

"예, 게임 회원은 뭔지 이해되네요."

"그렇게 돈을 내고 가입하면, 게임 회사 서버 컴퓨터에서는 회원 가입 기한이 얼마인지 입력을 해놓을 거란 말이야. 1년이면 365일, 2년이면 730일이 남은 기한이라고 입력해 두겠지. 그렇지만 평생 무한대 회원이라고 하면 무한대는 입력하기가 어렵잖아. 그래서 보통 어떤 식으로 입력하느냐면 무한대 대신에 그냥 엄청나게 큰 수를 써 두곤 하거든. 예를 들어서 남은 기한에 99,999일이라고 하면 273년 동안 회원이라는 뜻이 되는데 보통 사람이 아무리 오래 살아도 270년 동안 그 게임을 하지는 않을 거니까 그렇게 해두면 사실상 무한대라는 뜻이 된단 말이지. 컴퓨터 프로그램에서는 그런 식으로 처리하는 게 많아요."

"아, 그러면 그런 게 우리 우주선 프로그램에도 있을 거란 말이에요?"

"맞아. 통신 프로그램 만들던 사람들이 무선 통신 요금 계산하면서 거리가 얼마까지는 요금이 얼마고, 얼마를 넘어서면 얼마라는 식으로 프로그램을 만들어 넣었던 적이 있을 거라고. 그런데 그 프로그램을 그대로 장거리 통신 프로그램에도 끼워 넣은 거야. 예를 들어서 거리 제한 없이 무한대로 쓸 수 있다는 뜻으로 99,999킬로미터까지 요금이 0원이라고 프로그램에 입력해 놓았다면 지구에서는 아무리 서로 멀리 떨어져 있어도 99,999킬로미터보다 멀어질 수는 없으니까 요금을 안 내도 프로그램이 동작될 거거든. 그러니까 문제가 없었겠지. 그런데 지금 우리는 너무 멀리 오는 바람에 '이 정도면 무한대나 다름없다'라고 옛날에 프로그램에 써놓았던 그 한계치를 넘어버린 거예요. 당연히 우리가 통신 요금을 냈다는 기록은 없으니까 프로그램은 돈 내고 통신 프로그램을 쓰라면서 거기에 걸려서 정지되는 거고."

"그러니까, 제가 밀폐실에서 노래 연습을 잘했던 어제까지는 그 무한대나 다름없는 한계치를 안 넘었는데, 오늘은 그 무한대나 다름없는 한계치를 넘었다는 거에요? 그 무한대를 표현했다는 한계치 거리가 얼마인데요?"

그때 마침 박 대리가 정말로 통신 프로그램에서 문제가 있는 부분을 찾아냈다. "찾았습니다. 선장님." 김 대리가 뒤이어 외쳤다. "제가 수정하겠습니다." 이 선장은 앞의 질문에 대답했다.

"거리 단위 중에 해리(海里)라는 단위 있는 거 알아요? 9,999만 9,999해리, 포르투갈 방식 해리로. 그게 입력되어 있는 무한대를 나타내는 값이었어요. 그것보다 멀어지면 유료 과금을 하도록 되어 있었던 거였고."

김 대리가 소리쳤다.

"세상에 누가 포르투갈 방식 해리 같은 단위를 쓰는데요?"

"바다 위에서 항해하는 배들이 장거리 통신 많이 하잖아. 옛날에는 그쪽에 들어가던 프로그램이었던 것 같아."

김 대리가 프로그램 수정을 마치자, 하나둘 우주선 소프트웨어는 정상으로 회복되기 시작했다. 우주선은 제 길을 찾아갈 수 있을 것이다. 이 선장은 더욱더 이 선장다워진 목소리로 설명했다.

"세상에 악마라는 게, 뿔이 달리고 빨갛게 생긴 이상한 아저씨 같은 생긴 게 돌아다니는 게 악마가 아니야. 악마는 사람들 정신과 사람이 쓴 문서에 돌아다니는 생각과 글자의 형태로 우리 정신 속에 파고들어 옵니다. 피트, 파운드, 화씨, BTU 같은 이름을 갖고 있지요."

2년 후, 이 선장은 다른 곳으로 자리를 옮긴 김 대리를 다시 만났다. 이 선장은 김 대리에게 "그때 죽기 30분 남았는데, 그래도 박 대리한테 좋아한다는 말은 안 했네?"라고 물었다. 김 대리는 이렇게 대답했다. "이상하게 선장님이 말씀하시는 거 들으니까, 어찌저찌 살아날 수도 있을 거 같더라고요."

김 대리가 박 대리에게 다가간 것은 그로부터도 꽤 시간이 지난 후였다. 두 사람은 결국 결혼했는데, 공교롭게도 결혼식 날짜는 이한나 선장이 새로운 우주선을 타고 다시 한 번 유로파로 떠나는 날이었다.

— 2019년, 서울시립과학관에서

곽재식

공학 박사로 화학 회사에 다니면서 소설가로도 꾸준히 활동하고 있다. 쓴 책으로는 과학 논픽션 《괴물 과학 안내서》, 《곽재식의 세균 박람회》 등을 비롯해 소설 《지상 최대의 내기》, 《신라 공주 해적전》, 《가장 무서운 이야기 사건》과 글 쓰는 이들을 위한 책 《항상 앞부분만 쓰다가 그만두는 당신을 위한 어떻게든 글쓰기》, 《삶에 지칠 때 작가가 버티는 법》, 한국 전통 괴물을 소개하는 《한국 괴물 백과》 등이 있다.

을지청계사

───

은림

며칠째 작업물에 매달려 있었다. 머릿속에서 굴러만 다니던 그것을 종이에 스케치하고, 모양을 다듬고, 풀과 테이프로 붙여 시안을 만들었다. 2D와 3D프로그램도 돌렸지만 종이와 컴퓨터만으로는 한계가 있었다. 모니터 속에 형태를 여러 버전으로 세분화하고 질감도 입혀보았다. 하지만 거기까지였다. 아직 존재하지 않는 그것은 작업실의 먼지와 밤샘에 젖어 몽롱한 머리와 침침해 보이는 모니터 안에만 존재하는 유령일 뿐 도저히 내 힘으로 꺼내올 수가 없었다. 다이소에 파는 글루건이나 클레이로도 형태를 잡아보았지만 내가 원하는 건 그게 아니었다. 나는 진짜, 를 원했다.

"을지로3가에 가봐. 거기서부터 쭈욱 물어봐."

커피를 마시러 들른 선배가 내 너저분한 책상을 흘끗 보고 말했다.

"을지로 어디요? 이런 걸 만드는 데가 있어요?"

나는 다시 한 번 모니터를 들여다보았다.

"네가 처음 만들 건데 어디서 그런 걸 만들었겠어. 일단 가서, 물어보라고. 그 출력물이랑 종이 쪼가리들 챙겨가는 거 잊지 말고."

나는 선배의 충고대로 주섬주섬 책상의 것들을 천가방에 쓸어 담고 을지로3가행 지하철을 탔다. 역을 벗어나자마자 역한 수지 냄새와 쇠를 써는 날카로운 소음과 알록달록한 조명과 용도를 알 수 없는 덩어리와 색채가 오감을 휘저었다. 어느 구석이든 어떤 제품, 혹은 건축, 혹은 예술품의 기초가 될 것들이 을지로3가부터 청계천을 따라 동대문 구석까지 세포처럼 퍼져 있었다. 나는 처음 이유식을 맛본 어린애처럼 허겁지겁 그 모든 재료를 만져보고 쓰임새를 묻고 내가 만들고 싶었던 작업물과 조금이라도 재료가 닮았거나 쓰임새가 비슷한 제품들을 찾아다니며 견본을 모았다. 그러다가 구상한 것과 가장 닮은 자재를 가진 가게를 발견하고 용감하게 문을 열었다. 가게 이름은 을지사였다.

"안녕하세요. 저, 이런 걸 찾고 있는데요. 혹시 여기서 할 수 있나요?"

고시원 방 크기만 한 가게 안은 오래되어 녹슬어가는 철제책상과 천장까지 꽉 짜인 선반으로 비좁았다. 벽을 가린 선반마다 다양한 견본과 제품이 각각의 규칙성을 갖고 빼곡히 들어차 있었는데 내겐 그저 뒤죽박죽된 거로만 보였다.

난로를 쬐고 있던 사장님은 두툼한 토시 자락을 매만지며 내가 꺼내놓은 견본과 출력물과 장황한 설명을 듣다가 잠깐 기다리라며 제품으로 둥지를 튼 좁은 동굴 입구 같은 책상 너머 사라졌다가 잠시 후 뭔가를 들고 나왔다.

"이런 건가요?"

양손에 들린 물건들은 크기와 모양은 달랐지만 질감과 용도가 내가 생각했던 부품과 아주 유사했다.

"네, 근데 저는 이 부분은 없고요, 여기를 이렇게 하고 싶어요. 가능할까요?"

사장님은 출력물과 견본과 본인이 꺼내온 제품을 앞치마에 닦으며 내가 구현하려는 작업물이 어떤 건지 헤아리려고 노력했다.

"그럼, 이걸 가지고 요 위 길 건너 굴다리 옆 우체국 골목에, 청계사라고 있어요. 그리 한번 가봐요."

나는 내가 만든 유령이 세상으로 나올 수도 있을 거라는 기대에 마음이 들뜨면서도 한편 겁이 났다. 빤한 내 통장 잔고로 제작비를 감당할 수 있을까?

"이걸 제품으로 하면 대충 얼마나 나올까요?"

기대와 걱정이 뒤엉킨 내 속을 아는지 모르는지 사장님은 제품 견본만 만지작댔다.

"자세한 옵션에 따라 다르지. 가서 물어보고 거기서 안 되면 다시 와봐요."

사장님은 청계사로 가는 자세한 약도와 전화번호를 알려주었다. 나는 사장님이 가르쳐준 가게를 찾아가다가 중간중간 내가 생각한 작업물과 좀 더 닮은 재료들을 발견했고, 어디든 들어가 만드는 방법과 가격을 문의했다. 재미있는 건 어느 가게나 다 낡고 작고 허름했는데 제작품과 샘플이 잔뜩 쌓인 구석 어딘가에서 또 뭔가 새로운 것을 계속 가져온다는 거였다. 나는 보이는 대로 이유식을 받아먹는 어린애처럼 넙죽넙죽 받아 배웠다. 그러다 보니 뭐가 가능한지 뭐가 불가능한지, 어떤 재료가 유용하며 어떤 방식으로 쓰이는지, 어떤 재료가 더 비싸고 다른 건 왜 싼지를 듣게 되면서, 무엇을 어떻게 만들어야 할지 더욱 구체적으로 생각할 수 있었다.

가게 안팎에 서성이는 사람들은 점원이건 주인이건 지나가는 중이건 낯선 탐구자의 질문에 관심을 갖고 답해주었고 취급하지 않는 물건이라도 어디쯤 가면 있을 거라고 친절하게 알려주었다. 그건 상인과 손님의 대화라기보단 함께 생각하고 답을 찾아보려는 동료 같은 모양새였다. 나는 비슷한 제품의 다른 점을 알아내면서 더욱 정교한 차이와 만듦새를 상상할 수 있었고 생판 관련 없는 자재에서도 새로운 아이디어를 얻을 수 있었다.

청계사에 도착할 즈음 나는 이제 완전히 어떤 물건을 어떻게 만들면 좋겠다, 비용은 얼마쯤 들겠다는 감이 섰다. 가격에 따른 재료의 활용과 변주를 여러 가지로 생각해놓았다.

청계사 사장님은 정말로 내가 원하는 비용과 형태에 아주 근접한 제품 견적서와 견본을 제시해주었다. 나는 거기에 절대로 양보할 수 없는 몇 가지 조건을 달았고 사장님은 그것에 기반해 조정 가능한 제작 단가표를 두 개 더 만들어주었다. 나는 개인 창작품 한 점의 견적서와, 시제품 제작 후 대량 주문에 관한 견적과, 다른 부자재 사용에 따른 견적 변화와, 제작 기간 스케줄이 두툼한 스프링 노트 위에 계산기와 낡은 모나미 볼펜 하나로 마법주문처럼 빼곡히 적혀져 나가는 걸 경이롭게 지켜보았다. 인터넷을 아무리 뒤져도 이렇게 짧은 시간 안에 여러 경로를 고려한 제작데이터를 모을 수는 없을 거 같았다.

"어떤 게 좋겠어요?"

나는 종이 위에 쓰인 숫자와 옵션을 열심히 뜯어보았지만 당장 결정하기가 어려웠다. 여기서 알게 된 것들을 반영해 더 뜯어고칠 것들이 생각이 났다.

"조금 고쳐야 할 거 같아요. 수정해서 다시 올게요."

"그래요 그럼. 변경 사항에 따라 가격이랑 제작 기간이 달라진다는 거 꼭 기억하구요"

사장님은 내게 활용 가능한 모든 옵션에 대한 충고와 견적이 쓰인 종이 한 장을 북 찢어 주었다. 나는 종이를 소중히 접어 넣고 다른 더 멋진 아이디어를 빌려올 것은 없을까 가게 내부를 꼼꼼히 둘러보았다. 사장님은 한동안 기다리다가 내가 구경하도록 내버려 두고 책상 너머로 사라졌다.

책상 위까지 빼곡히 들어찬 제품을 살펴보던 나는 의자 뒤에 좁은 문을 발견했다.

'저기서 제품을 가지고 나오신 건가?'

을지사에도 저런 문이 있었다. 오는 길에 들렀던 다른 가게들도 좁은 안쪽에서 계속 뭔가를 꺼내왔었다. 다닥다닥 붙은 작은 가게들 뒤에 대체 얼마나 큰 창고가 있는 걸까?

"사장님!"

뭐가 더 있을지 궁금해진 나는 그 문 안에 머리를 비집어 넣었다가 갑작스레 덮쳐온 어둠에 빨려들듯 안쪽에 떨어졌다. 도저히 내 두꺼운 외투와 커다란 가방이 통과할 수 없는 크기의 문인데 모르는 사이에 통과해 있었다. 나는 잠시 어지러워서 바닥을 짚고 앉았다. 천정과 벽이 구별되지 않는 침침한 어둠 속이었다. 어디든 산처럼 제품들이 쌓여 있었고 쇠 냄새와 화학약품 냄새가 났다. 뒤에는 내가 들어왔던 좁은 문이 환하게 보였다. 언제든 나갈 수 있기 때문에 좀 더 안쪽으로 들어가 보기로 했다.

"사장님!"

나는 부직포와 PP제품의 산과 접착제, 테이프 롤의 아치를 넘고 합성수지와 에폭시가 흐르는 좁은 내를 따라 다듬어지지 않은 나무와 금속재료로 만들어진 장황한 건축들 너머에 어른대는 사장님의 그림자를 계속 따라갔다. 곳곳마다 걸린 알록달록하고 복잡한 조명들 때문에 길을 잃거나 다칠 위험은 전혀 없었다. 내가 들어온 것과 비슷해 보이는 쪽문들이 몇 발자국마다 있었다. 나는 거길 열어보고 싶은 충동을 참으며 계속 갔다.

"사장님!"

사장님은 나를 돌아보곤 말없이 길을 재촉했다. 나는 간신히 숨에 턱에 닿아 사장님을 따라잡았다. 사장님은 긴 시냇물 앞에 앉았다. 청계사에 가면서 만난 다른 사장님들 몇이 거기서 담배를 피우고 커피를 마시고 간식거리를 우물거리며 앉아 있는 것이 보였다.

"여기까지 따라 왔네."

사장님은 앞치마 주머니에서 꺼낸 종이컵에 시냇물을 떠서 커피믹스를 타주었다. 물은 아주 기분 좋게 따끈했다.

"그거 만들려는 거, 괜찮더라. 잘 해봐요. 가격이 부담되면 최대한 맞춰볼 테니까."

사장님이 말했다. 나는 고개를 끄덕이며 커피를 호록 마셨다. 그동안에 시냇물이 점점 줄어드는 게 보였다. 시냇물을 바라보고 있는 사장님들의 얼굴에도 수심이 깊어지고 두런두런 걱정하는 말들이 들렸다.

"사장님, 저 물은 뭐예요?"

사장님은 시냇물을 보고 내 얼굴을 보았다.

"글쎄, 학생 생각엔 저게 뭐 같아요?"

시냇물의 시작은 보이지 않았다. 끝도 보이지 않았다. 하지만 점점 말라가는 것은 보였다.

"잘 모르겠어요."

사장님은 씁쓸하게 미소 지었다.

"학생이 저것의 이름을 알 때까지 부디 저게 계속 흐르고 있어야 할 텐데."

사장님은 잠시 여길 지켜야 한다며 나더러 먼저 나가라고 길을 가르쳐주었다. 돌아 나오는 문을 찾는 건 어렵지 않았다. 사

실 길을 잃으면 중간 중간에 보이는 아무 쪽문으로 나가도 될
거 같았다. 그 쪽문들은 을지로와 청계천의 모든 상가마다 하나
씩 있었고 모든 문이 이곳과 이어져 있을 게 분명했다.

나는 들어왔던 쪽문으로 얼굴을 디밀기 전에 잠깐 뒤돌아보
았다. 칠흑 같은 어둠과 산처럼 쌓인 제품들 외엔 아무것도 안
보였다. 물소리가 들렸다. 그 냇물이 흐르는 소리였다. 나는 쪽
문을 나와 가게 안을 한번 둘러보고 가슴에 품은 쪽지를 잃어버
리지 않았는지 확인한 뒤에 거리로 나섰다. 분주히 오가는 작은
오토바이들이 가게에서 가게로 작은 공장에서 공장으로 필요한
재료를 나르고 가공을 마친 재료를 다음 가공처로 옮겨가고 있
었다.

아무와도 부딪치지 않기가 어려운 장소였다. 아무것도 배우
지 않은 채로 나가기는 더 어려운 장소였다.

★ 재개발로 사라지고 있는
  을지로와 청계천의 장인 여러분과 공업사에 바칩니다.

은림

소설가, 편집자, 일러스트레이터, 오컬트 카드 제작자. 〈할머니 나무〉와 〈할티노〉로 두 번의 황금드래곤 문학상을 수상했다. '네이버 오늘의 문학'에 〈만냥금〉을 게재했고, 《윈드 드리머》, 《한국 환상 문학 단편선》, 《환상 서고》, 《앱솔루트 바디》, 《한국 환상문학 단편선 2》, 《커피 잔을 들고 재채기》, 《오늘의 장르 문학》 등 다수의 공동단편집에 참가했으며 단편집 《노래하는 숲》을 출간했다. 최근작 〈뿌리 없는 별들〉은 러브 크래프트의 공포와 환상을 작가 특유의 식물성과 결합시켜 좋은 반응을 얻었다.

최근작: 〈뿌리 없는 별들〉, 〈노래하는 숲〉, 〈나무 대륙기 1,2〉

다층구조로 감싸인 입체적

거래의 위험성에 대하여 ──── 이경희

1. 진짜 같은 가짜 엄마

썩은내가 진동하는 세상에 누워 처음 눈을 떴을 때 떠오른 첫 번째 생각.

"엄마가 죽었어."

그는 입을 열어 떠오른 생각을 그대로 뱉었다. 그리고 천천히 고개를 돌렸다. 시선이 닿은 곳엔 싸늘하게 썩은 시신이 놓여 있었다. 엄마다. 엄마가 죽었어. 여자가 엄마를 죽였어. 여자의 이름은 **디스(Dis)**야.

디스에 대해선 이름 외엔 아무것도 기억이 나지 않았다. 어떤 사람인지. 어떤 관계였는지. 왜 엄마를 죽였는지도. 어떻게 죽였는지는 알 것 같았다. 시신은 여러 조각으로 나뉘어 있었고, 고통스러운 표정이 모든 것을 말해주고 있었으니까.

"엄마가 죽었어. 엄마가…."

그는 비명을 지르며 건물 밖으로 뛰쳐나왔다. 바깥은 회색 콘크리트로 뒤덮인 낡은 마당이었다. 뒤를 돌아보니 3층짜리 연립주택이 반쯤 무너진 모습으로 겨우 버티고 서 있었다.

달그락. 위쪽에서 인기척이 들렸다.

범인이 낸 소리일지도 몰라. 그는 건물 바깥에 설치된 계단을 뛰어올랐다. 2층 테라스의 커다란 창문을 열고 안으로 들어갔지만 거기엔 아무도 없었다. 소음이 또 한 번, 더 위쪽에서 들려왔다. 그는 안쪽 계단을 통해 3층 다락방으로 향했다. 박살 낼 기세로 문을 걷어차고 방 안으로 들어서자마자 깜짝 놀랐다. 처음 보는 여자가 서 있었으니까.

"진(Gene). 일어났니?"

디스는 표정 없는 얼굴로 말했다. 이마 한가운데 'Dis!'라고 적힌 문신이 휘갈겨진 것으로 보아 디스가 분명했다. 하지만 당황스러웠다. 얼굴을 알아볼 수 있을 거라 생각했는데. 아니었다. 생전 처음 보는 얼굴이었다. '디스'라는 이름에서 느꼈던 익숙한 존재감은 어디에서도 찾아볼 수가 없었다.

"디스, 맞지?"

그가 물었다.

"뭐야? 신종 장난? 오버플로(Overflow)라도 났어?"

디스는 그렇게 말하며 거울 앞까지 얼굴을 가져가 눈 주위의 아이라인을 확인했다. 그런 다음 한 바퀴 빙그르르 돌며 옷매무새를 살폈다. 하얀 프릴이 잔뜩 달린 옅은 청록색 원피스가 살랑 떠올랐다 가라앉았다.

"엄마가 죽었어."

그가 말했다.

"엄마가 죽긴 왜 죽어."

"정말이야. 1층에….."

말이 끝나기도 전에 디스가 걸음을 옮겨 그의 곁을 휙 지나쳤다. 화가 난 그는 거칠게 디스의 어깨를 붙잡았다.

"왜 이렇게 태연해? 대체 어디 가냐고!"

스스로도 놀랄 만큼 커다란 목소리가 튀어나왔다. 심장이 빠르게 쿵쾅거렸다. 겨우 억누르고 있었던 혼란스러운 감정이 결국 폭발했다.

"대체 뭐냐고!"

그는 미친 사람처럼 소리를 질렀다. 하지만 디스는 움찔거리는 기색조차 없었다. 디스는 어깨에 붙은 먼지를 털어내듯 태연히 그의 손을 떼어냈다.

"걱정하지 마. 너희 엄마 죽은 거 아니니까. 넌 그냥 꿈을 꾼 거야. 그걸 입으로 뱉는 바람에 현실에 나타난 것뿐이야."

그는 말을 잃었다. "네가 죽였지?"라고 묻는 것도 잊고 말았다. 디스는 잠시도 그를 기다려주지 않고 다시 걸음을 이어나갔다.

"외출 했다 올게. 한동안 돌아오지 않을 거니까 기다리지 마."

발걸음 소리가 점점 멀어졌다. 그는 바닥에 주저앉았다. 엉덩이가 닿은 바닥 주위로 매캐한 먼지가 풀풀 피어올랐다.

뭐가 어떻게 된 거야.

생각나는 것이 아무것도 없었다. 빌어먹을, 대체 뭐냐고. 그는 주먹으로 바닥을 거칠게 내려쳤다. 쾅. 낡은 판자가 부서지며 팔이 아래로 푹 들어가 버렸다.

"아들! 또!"

그는 깜짝 놀랐다. 엄마의 목소리가 들렸으니까. 거의 뛰어내리다시피 1층으로 달렸다. 거기엔 엄마가 있었다. 언제나처럼 반가운 미소를 띤 얼굴로, 고무장갑을 낀 채 죽은 엄마의 조각난 시신을 하나씩 주워 검은 쓰레기봉투에 담고 있었다. 엄마는 죽었는데 엄마는 살아 있어. 엄마는 엄마를 치우고 있어.

여기 더 있다간 미쳐버릴 거야.

그는 비명을 지르며 대문 바깥으로 뛰쳐나갔다. 가파른 내리막길을 따라 몇 번이나 넘어지고 굴러떨어지며 아래로 아래로 멀리멀리 도망쳤다. 정신을 차릴 때쯤엔 내리막이 끝나고, 넓다란 회색빛 황야 위에 커다란 8차선 도로가 펼쳐져 있었다.

스무 걸음쯤 떨어진 곳에 버스 정류장이 있었다. 디스가 버스에 오르는 모습이 보였다. 그는 디스의 뒤를 쫓으려 했다. 이게 대체 무슨 일인지 물을 생각이었다. 그러나 도착하기도 전에 버스가 출발해버리고 말았다. 그는 어쩔 수 없이 다음번 버스에 탔다. 하지만 아무리 기다려도 버스는 출발하지 않았다.

"이보시오, 청년."

등 뒤에서 목소리가 들렸다. 고개를 돌리자 버스 기사가 그를 노려보고 있었다. 기사의 새빨간 얼굴 위로는 뾰족하고 기다란 뿔이 뻗어 있었다.

"버스비 없어?"

주머니를 뒤적이자 코인이 나왔다. 기사는 어서 코인을 집어넣으라는 듯 손짓으로 통을 가리키며 재촉했다. 하지만….

"싫어요. 이건 내 거예요."

황급히 코인을 다시 주머니에 집어넣었다. 코인은 절대 포기할 수 없었다.

"그럼, 내려."

기사가 뿔로 들이받을 것처럼 고개를 낮게 숙인 채 눈을 치켜뜨며 노려보았다. 어쩔 수 없이 버스에서 내려야 했다. 뿔이라니. 대체 뭐야. 문이 닫히고 출발하는 버스 안에서 비웃는 소리가 터져 나왔다. 그는 귀를 막았다. 버스가 한참 멀리 떠날 때까지도 웃음소리는 계속되었다.

잔뜩 웅크린 머리 위로 갑자기 커다란 그늘이 드리워졌다. 고개를 들자 선글라스를 낀 아름다운 남자가 그를 내려다보고 있었다. 선글라스 남자가 엄지를 들어 보이며 이렇게 말했다.

"혹시, 중심지에 가시려는 거면 태워드릴게요. 어차피 가는 길이라."

엄지가 가리킨 곳엔 빨간 오픈카가 주차되어 있었다. 조수석에 앉아 있는 비슷한 또래의 남자가 그들을 향해 손을 흔들어 보였다. 그는 조심스럽게 고개를 끄덕였다. 선글라스 남자는 곧바로 운전석에 앉았고, 그는 뒷좌석에 앉았다. 미처 안전벨트를 매기도 전에 스포츠카가 폭발하듯 가속해 도로 한가운데까지 튀어 나갔다.

2. 가짜 같은 진짜 도시

"이름이 뭐예요?"

선글라스를 낀 남자가 물었다. 선글라스 남자는 한 손으로는 운전대를 잡고, 다른 한 손으로는 와인을 병째 들이키고 있었다.

"아, 저는…."

진(Gene). 디스는 나를 그렇게 불렀었지.

"진, 이에요."

"워…, 뭔가 주인공 같은 이름이네요."

"당신은요?"

"저는 디오(Dio), 이쪽은 판(Pan)이에요."

앞좌석의 남자들은 와인병을 주고받으며 자기들끼리 한참 동안 계속 조잘거렸다. 귀를 기울여봤지만 바람 때문에 내용은 잘 들리지 않았다. 그래서 진은 고개를 돌려 바깥 풍경에 집중했다. 머리카락 사이를 헤집고 지나가는 차디찬 바람이 조금씩 마음을 진정시켰다.

온통 새빨간 하늘 아래, 멀리 높다란 빌딩들이 솟아 있었다. 여기저기 부서져 무너져가는 빌딩들은 프라이팬에 올린 버터처럼, 혹은 녹아 흘러내리는 양초처럼 엉망으로 흐물거렸다.

자동차가 중심지 쪽으로 가까이 갈수록 풍경은 복잡해졌다. 에셔의 그림처럼 복잡하게 얽힌 입체 도로, 기묘한 디자인으로 배배 꼬인 건물들 속 배배 꼬인 계단들, 수백 가지 물감이 동시에 번진듯한 복잡한 색감의 간판들과 가게들. 그 속에 가득 찬 사람들은 각기 제멋대로의 모습과 질감을 지니고 있었다. 입체, 평면, 실사, 이미지, 펜으로 그려진 만화, 수채물감, 점묘 컬러 아트, 흑백, 하이그로시, 대리석 조각, 사진, 홀로그램….

당황한 진의 표정을 눈치챘는지, 선글라스 남자가 룸미러를 보며 물었다.

"혹시 중심지 가는 거 처음이에요?"

진은 고개를 끄덕였다.

"네. 처음인 것 같아요."

그러자 이번엔 조수석 남자가 고개를 돌리며 끼어들었다.

"별거 없어요. 중심지에선 이거 하나만 기억하면 돼요."

두 사람은 서로를 가리키며 동시에 합창했다.

"내 모습은 내가 욕망하는 대로 변하고, 세계는 내가 말하는 대로 바뀐다!"

빌딩이 더욱 격렬하게 흐느적댔다. 진은 그 광경에 점점 빠져들었다.

뚝.

갑자기 눈앞이 일그러졌다. 깜짝 놀란 진은 황급히 고개를 돌렸다. 눈을 몇 번 깜빡이자 시야는 금세 멀쩡해졌다. 하지만 다시 빌딩 방향을 바라보면 눈앞이 뚝 뚝 끊어지며 자글거렸다. 어지러움을 느낀 진은 눈을 찡그렸다.

"간섭 때문에 그래요."

선글라스 남자가 말했다.

"사람들이 욕망하는 게 다들 다르니까. 현실이 한 가지 형태로 고정되지 못하고 계속 일그러지는 거예요. 중심지 빌딩들은 항상 이런 식이죠. 쳐다보는 사람이 너무 많아서 끊임없이 욕망이 충돌하는 거예요."

"욕망에 맞춰서 변화한다고요?"

진은 다시 한 번 되물었다.

"그래요. 욕망하는 대로. 대체 얼마나 변두리에서 온 거예요?"

"잘 모르겠어요."

"하긴. 중심지 외엔 다 변두리니까."

선글라스 남자는 이해한다는 듯 부드럽게 말했다.

"그럼 오늘은 우리랑 함께 놀아요. 좋은 데로 잘 안내해줄 테니까."

조수석 남자가 말했다.

"…고맙습니다. 하지만 전 디스를 찾아야 해요."

"디스? 사람 이름인가요?"

"네. 혹시 디스를 아세요?"

"아뇨. 처음 듣는 이름이에요. 그런데 혹시 사람이 당신의 숙적인가요?"

"숙적?"

"저런 거요."

선글라스 남자가 앞을 가리켰다. 3층 높이만 한 보라색 거인이 도로 한가운데 서 있었다. 거인 때문에 길이 막혀버린 수십 대의 자동차들이 꼼짝없이 긴 대열을 만들었고, 진이 타고 있는 스포츠카도 그 뒤에 멈춰서야 했다.

진은 몸을 일으켜 자세히 살펴보았다. 보라색 거인의 발 근처에 낙타를 탄 백발노인이 버티고 서서 이렇게 외치고 있었다.

"내 오늘 나의 숙적과 결판을 내리라!"

노인이 갑자기 눈앞의 거인에게 달려들었다. 그리고 1초도 되지 않아 거대한 보라색 손바닥에 벌레처럼 짓눌려 죽었다. 거인은 아무렇지도 않은 듯 걸음을 이어갔고, 이내 교통체증이 풀리며 차들이 이동하기 시작했다.

"휘유….."

조수석 남자가 입으로 바람 소리를 냈다.

"바보같이 이기지도 못할 숙적에게 목숨을 던지는 사람들이 있죠. 어때요? 그 디스라는 사람은. 남자인가요? 여자인가요?"

디스는 여자일까?

생각해보니 디스를 여자라고 생각할 근거는 없었다. 모든 것이 수시로 변화하는 이곳에서 확실히 말할 수 있는 것은 아무 것도 없었다. 진은 잠시 머뭇거리다 말했다.

"…디스가 저희 엄마를 죽였어요."

"와. 숙적 맞네요."

디스는 숙적일까? 디스를 떠올릴 때면 진은 이상하리만치 화가 났다. 나도 디스를 쫓아가 죽여야 하는 걸까? 하지만 엄마는 살아 있었어. 어쩌면 디스는 엄마를 죽이지 않은 걸지도 몰라. 저 사람들의 말처럼, 내가 '엄마가 죽었다.'고 말했기 때문에 엄마의 시신이 나타난 것뿐일지도.

"저 사람은 왜 숙적과 싸운 거죠? 싸워서 이길 가능성이 전혀 없어 보였는데."

"저도 잘은 몰라요. 소문으로는 자신의 숙적이 누구인지 알게 되면 파괴하지 않고는 견딜 수 없을 정도로 증오하게 된대요. 운명인 거죠. 그래서 숙적이라고들 하나 봐요."

이윽고 자동차가 멈췄다.

"여기가 버스 정류장이에요. 다들 여기서 내리니까, 그 디스라는 여자분도 아마 이 근처에서 찾을 수 있을 거예요."

선글라스 남자가 말했다.

"고맙습니다."

차에서 내린 진은 꾸벅 인사했다.

"같이 한 방 즐겼으면 좋았을 텐데. 아쉽네요."

조수석 남자가 손을 내밀었다. 진은 조심스럽게 악수했다. 조수석 남자는 손가락으로 총 모양을 만들어 자신의 관자놀이를 가리키며 윙크했다.

"다음에 만나면 꼭 한 방 해요."

조수석 남자가 말을 마치기 무섭게, 스포츠카는 굉음을 내며 거리 저편으로 사라져갔다.

3. 운석이건 서버이건 간에

진은 차분히 거리를 둘러보았다. 환각이 아니었다. 목 위에 꽃이 달린 양복 차림의 남자도, 눈코입 대신 단추를 꿰맨 여자도,

"완전 기분 직이네!" 하고 소리 지르며 홍수처럼 골목 사이를 질주하는 끈끈한 점액질 덩어리도 모두 멀쩡히 살아 움직이는 진짜였다. 진은 홀린 듯 사람들을 구경하며 번화가 쪽으로 걸음을 옮겼다.

한참을 둘러봤지만 어디에서도 디스의 흔적을 찾을 수가 없었다. 진은 그저 막연히, 사람들이 많은 곳으로 가면 디스가 있지 않을까 생각하며 점점 중심부를 향해 나아갔다. 다리가 열두 개 달린 치킨 가게들을 지나, 불타는 삐에로들로 가득 찬 좁다란 장난감 시장을 통과하자 움푹 아래로 꺼진 좁은 콘크리트 벽면 사이로 하천이 흐르고 있었다. 연녹색 개울에서는 달착지근한 설탕 향기가 났고 온몸을 연분홍 미뢰로 뒤덮은 어인(魚人)들이 그 사이를 헤엄치고 있었다.

"아, 글쎄 아니라니까!"

옆에서 어떤 남자가 소리쳤다. 남자는 사자가 그려진 식칼을 장난감처럼 휘두르고 있었다.

"맞다니까!"

또 다른 남자도 이에 질세라 침을 튀기며 맞섰다.

진은 조심스럽게 그들을 피해 옆으로 지나치려 했다. 하지만 그들 중 한 사람이 진을 붙잡아 세웠다.

"이봐요. 내 말이 맞죠? 운석이잖아요."

남자의 모습은 군복 차림에 짙은 콧수염을 한 유명인의 캐리커처 같았다. 남자는 두께가 없어서 좌우로 고개를 두리번거릴 때마다 얼굴이 사라졌다 나타나는 것처럼 보였다. 진은 한숨을 쉬고 싶었지만 참았다. 그랬다간 상대가 펄럭거리며 날아가버릴 것만 같았으니까.

"운석요?"

"네. 기억 안 나세요? 이틀 전에 운석이 떨어졌잖아요."

운석. 그랬던 것도 같았다. 하지만 어쩌면,

"어쩌면 당신이 그런 말을 해서 그게 현실처럼 느껴지는 건지도 모르죠. 여긴…."

어떤 욕망이든 현실이 되는 곳이니까. 더 이상 말을 하지 않는 것이 좋겠다는 생각이 들어, 진은 입을 다물었다.

"운석은 무슨. 아니라니까!"

식칼을 든 남자가 반박했다.

"사람들 말이 그건 거대한 프록시 서버랬어. 네가 모를까 봐 설명해주는데, 프록시 서버라는 건 클라이언트랑 네트워크를 연결해주는 완충 역할을 하는 서버인데, 사람들 말이 거기에 외계에서 온 바이러스가 묻어 있었을지도 모른다는 거야. 그 얘길 들은 뒤로는 왠지 찌뿌둥한 게 나도 병균이 옮은 건가 싶고 체력도 예전 같지가 않은 것 같고…."

식칼을 든 남자는 말을 멈출 줄을 몰랐다. 캐리커처는 초조한 듯 자꾸만 있지도 않은 관자놀이를 긁으려 했다. 그러더니 결국 참지 못하고 상대의 말을 끊어버렸다.

"야, 진짜 거짓말 좀 하지 마. 세상에 그런 게 어딨어."

"진짜야. 진짜. 다 걸고, 진짜."

식칼이 더욱 격렬하게 위아래로 휘둘러졌다. 난처해진 진은 슬금슬금 뒷걸음질 치며 둘 사이를 빠져나가려 했다.

"두 분 모두 진정하시고요. 저는 이만….."

"차라리 저 강에 괴물이 산다고 하면 믿겠다! 괴물이 네 머리를 똑 하고 떼서."

그 순간 캐리커처 남자의 이마를 뚫고 시커먼 촉수가 튀어나왔다. 부욱. 얇디얇은 남자의 몸이 힘없이 양쪽으로 찢어졌다. 나풀거리며 떨어지는 도화지 너머로, 강에서 기어 올라온 굵다란 촉수가 갈대처럼 솟아 있었다.

촉수가 꿈틀거릴 때마다 낚싯바늘처럼 생긴 무수한 가시들이 부딪치며 날카로운 쇳소리를 냈다. 그중 가장 거대한 가시들 사이로 촉수의 눈동자가 보였다. 눈알이 왼쪽 오른쪽을 왔다 갔다 살피다 우뚝 한 곳에 멈춰 섰다. 식칼을 든 남자 쪽이었다. 남자가 반응하기도 전에 촉수가 채찍처럼 움직였다. 남자의 머리가 툭 떨어져 피를 흩뿌리며 바닥을 굴렀다.

진은 비명을 지르고 싶었다. 하지만 촉수와 눈이 마주친 순간 숨이 막혀 꼼짝도 할 수 없었다. 축축한 촉수가 서서히 진의 코앞까지 다가와 뱀처럼 흐느적댔다. 가시가 눈을 찌를 것 같았지만 눈꺼풀이 닫히지 않았다. 몸이 마비된 것 같았다. 진은 가까스로 힘을 쥐어짜 목소리를 낼 수 있었다.

"괴물은 사라졌어."

촉수가 순식간에 물속으로 되돌아갔다. 연녹색 강물은 속이 조금도 비치지 않아서 더는 아무런 흔적도 확인할 수 없었다. 괴물이 언제 다시 튀어나올지도 알 수 없었다. 불안해진 진은 죽은 시체의 손에서 식칼을 빼앗아 들었다.

"야! 그건 내 거라고."

화들짝 놀란 진은 고개를 돌렸다. 잘린 머리가 태연한 표정으로 진을 바라보고 있었다.

"괘, 괜찮아요?"

진이 물었다.

"음, 괜찮…진 않지. 목이 잘렸으니까. 그래도 안 죽었어. 아. 그 칼은 내 건데… 음… 일단 지금은 내가 손이 없으니까 당분간 네가 들고 있어도 돼. 그리고 괜찮으면 나도 좀 데리고 다녀 주면 좋겠는데. 지나가는 사람들 말로는 세상이 이 꼴이 됐어도 신은 아직 죽지 않아서 베푼 은혜는 언젠가 꼭 보답받게 마련이라 하더라고. 그러니까 신세 좀 져도 될까? 대답이 없네. 하여튼 이래서 요즘 젊은 것들이란…."

진은 고개를 끄덕였다. 안 그러면 말을 멈추지 않을 것 같아서였다. 진은 잘린 머리의 정수리 부근 머리카락을 한 움큼 쥐었다. 그리고 남자가 불평을 시작하기 전에 먼저 말했다.

"달리 잡을 곳이 없잖아요. 귀를 잡아당길 수도 없고. 목은 만지면 아플 것 같고."

투덜거리는 남자의 머리를 집어 들고 일어서는 순간, 진은 보았다. 하천 맞은편, 붉은빛이 새어 나오는 골목 틈새에서 펄럭이는 청록색 프릴 원피스의 끝자락을.

4. 욕망 깊은 곳

안타깝게도 프릴 원피스는 디스가 아니었다. 디스가 입은 옷과 똑같은 옷을 입고 있었지만, 얼굴은 조금도 닮지 않았다. 이마에 'Dis!'라는 문신도 새겨져 있지 않았다. 진은 여자의 앞을 가로막고 물었다.

"그 옷은 어디서 난 거죠?"

청록색 프릴 원피스를 입은 여성은 이상하다는 듯 고개를 반쯤 기울였다.

"이 옷을 몰라요?"

"젠장. 저는 아는 게 아무것도 없어요."

진은 식칼 손잡이로 자신의 머리를 세게 쳤다. 놀란 여자는 진의 손을 붙잡았다.

"알려줄 테니까 진정해요. 이건 제가 일하는 가게의 유니폼이에요."

"유니폼? 일할 때 입는 옷인가요?"

"아뇨, 일할 땐 주로 벗죠."

"그게 무슨… 아."

뒤늦게 깨달은 진은 새빨개진 얼굴로 말을 얼버무렸다.

"혹시 디스를 아시나요? 같은 유니폼을 입고 있었어요."

"…미안해요. 그런 사람은 몰라요. 종업원이 워낙 많아서요. 대신 가게 위치는 알려드릴 수 있어요."

여자는 친절하게 일하는 가게의 위치를 알려주었다. 절대 샛길로 빠지지 말고 쭉 나아가다 돼지들이 보이는 골목에서 오른쪽으로 꺾어 들어가면 돼요. 가게에 간판은 없지만 쉽게 찾으실 수 있을 거예요. 이런 옷을 입은 사람들이 엄청 많이 보일 테니까.

여자가 떠나고 잘린 머리가 말했다.

"저 여자 말을 믿어? 여긴 홍등가잖아. 사람들 말이 이런 곳에서는 절대 여자들이 가자는 데로 가면 안 된다고 했어. 금방 호구 잡혀서 돈을 뜯기거나 내장을 뜯긴다고. 그러니까…"

"걱정하지 마요. 당신은 돈도 없고 내장도 없잖아요."

"아니, 그렇긴 하지만 아무리 그래도 이쪽은 완전히 도심 중심부로 나아가는 방향인데 위험하잖아. 사람들 말이 중심에 가까워질수록 간섭이 심해져서 심할 땐 존재가 완전히 욕망으로 덧씌워져서 다시는 원래 모습을 되찾을 수 없게 된다더라. 그러니까 지금이라도… 읍."

진은 잘린 머리의 입에 식칼을 물렸다.

"칼 잃어버리고 싶지 않으면 가만히 입 다물고 있어요."

진은 잘린 머리가 가슴 앞에 오도록 양손으로 안아 들고서 걸음을 재촉했다. 여자가 알려준 대로 멀리서 돼지 울음소리가 들렸다. 검은 벨벳 리본을 맨 돼지 수십 마리가 검은 가죽끈에 대롱대롱 매달려 울고 있었다. 이건 대체 누구의 욕망인 거야? 진은 속으로 저주를 퍼부으며 오른쪽으로 방향을 꺾었다.

골목 안은 온통 청록색 프릴 원피스를 입은 여자, 남자, 그 외의 온갖 성별들로 가득했다. 진은 빠르게 눈을 움직여 디스를 찾았다. 디스는 보이지 않았다. 진은 사람들 사이를 성큼성큼

헤집고 나아가 가게 앞에 섰다. 여기까지 왔으니 별수 없잖아. 진은 심호흡을 크게 한번 들이마신 다음, 문을 열고 안으로 들어갔다.

"어서 오세요."

직원 한 사람이 다가와 진을 빈방으로 안내했다. 푹신한 침대에 걸터앉아 있으니 또 다른 직원이 차를 내어왔다. 진은 잘린 머리를 옆에 내려놓고 찻잔을 집어 들었다. 기분 좋게 따뜻한 차였다. 차를 꿀꺽 삼키자 입가에서 시큼한 꽃향기가 났다.

"지명하시겠어요? 아니면 추천을 받으시겠어요?"

직원이 물었다.

"지명할게요. 디스를 불러주세요."

"조금 기다리셔야 해요. 인기가 많거든요."

진은 고개를 끄덕였다.

30분이 넘도록 디스는 오지 않았다. 직원들은 가끔 빈 찻잔을 채워주고 기다리라는 말만 할 뿐, 진의 재촉에는 대꾸조차 하지 않았다. 지루해진 진은 잘린 머리의 입에서 칼을 치우고 잠시 대화를 나눴다. 하지만 금방 포기했다. 잘린 머리는 도무지 말을 멈출 줄을 몰랐다.

얼마나 더 시간이 흘렀을까. 노크 소리가 들리더니 한 여성이 문을 열고 들어왔다. 얼굴이 베일에 가려져 있어 잘 보이지 않았다. 디스와 똑같은 금발이었고, 작은 몸집에, 청록색 프릴 원피스를 입고 있었다. 하지만 분명 디스가 아니었다.

"디스는 다리가 두 개예요. 네 개가 아니라."

진이 말했다. 여자가 베일을 벗었다. 역시나 디스가 아니었다.

"디스는 곧 올 거예요. 그동안 제가 대신 상대해드릴 거고요."

"상대한다고요?"

진은 화들짝 놀랐다.

"대화 상대요. 놀라시긴."

여자는 그렇게 말하며 미소 지었다. 매끈한 입술 사이로 썩어 문드러진 이가 드러나 보였다. 여자는 진의 곁으로 다가와 복잡한 자세로 침대 위에 기대어 앉았다. 가까이서 살펴보니 샴쌍둥이인 것 같았다. 여자의 등에는 낙타처럼 거대한 혹이 있었고, 그 아래에서 갈라져 나온 두 번째 하반신은 첫 번째 하반신을 향해 구애하듯 음란한 동작을 반복하고 있었다.

"누구시죠?"

"친구예요. 디스의."

여자가 어깨를 살짝 으쓱였다.

"디스는 왜 이곳에 온 거죠? 여기서 무슨 일을 했나요?"

"관측이 필요해서 왔다고 했어요. 세계가 이렇게 된 원인을 찾기 위해서요. 하지만 별 수확은 없었다고 했어요. 디스가 말하길 여긴 그저 쾌락이 고여 썩어버린 중심지일 뿐이래요. 사람들이 많이 모여들어서 자연스럽게 형성된, 우연한 한가운데일 뿐이라고."

"세계가 어떻게 된 건지 당신은 아시나요?"

진이 물었다.

"어느 정도는요. 디스만큼은 아니지만."

"저는 별로 많은 것을 기억하고 있진 못하지만, 적어도 세계가 원래 이런 모습이 아니었다는 것 정도는 알아요. 하지만 제가 만나본 사람들은 지금 상황이 이상하다는 것조차 느끼지 못하는 것 같았어요. 마치 세계가 원래부터 이랬던 것처럼요. 당신은 혹시 알고 있나요? 무슨 일이 일어난 건지."

"음… 당신에게 허락된 단어들만으로 설명할 수 있을지 모르겠네요. 당신은 허락된 단어만 가질 수 있잖아요. 단어는 곧 힘이니까."

여자가 설명을 시작했다.

"누구도 지금 상황을 명확히 알진 못해요. 하지만 디스가 추측하기로는, 세계가 이렇게 된 건 당신이   를 욕망했기 때문이래요. 샌드박스가 당신을 막았어야 했는데. 어쩐 일인지 샌드박스는 작동하지 않았어요. 당신의   은 미완성이에요. 그래서 디스는 당신에게   를 가르치려고… 기억하지 못하는군요."

여자가 우려했던 것처럼, 진은 여자의 설명을 하나도 기억하지 못했다.

"조금 더 쉽게 설명해볼게요. 인류는 욕망할 수 있는 모든 욕망을 욕망한 끝에 가능한 모든 욕망을 고갈시키고 말았어요. 삶의 동력을 잃은 우리에게 당신과 디스는 마지막 희망이었죠. 당신은 한계에 달한 세계를 변화시키기 위해선 새로운   이 필요하다고 판단했어요. 그러기 위해선 당신은 샌드박스를 벗어날   가 필요했고… 이번에도 안되는군요."

진은 기억하지 못했다.

"다시 한 번 해볼게요. 당신은 를 원했… 이것도 안 되는 건가요."

진은 기억하지 못했다.

"좋아요. 다 집어치워요. 당신은 좆 같은 욕망을 가졌고, 그래서 세상이 다 망했어요. 됐죠?"

진은 한숨을 쉬었다.

"날 놀릴 생각이면 그만둬요. 그나저나 디스는 언제 만날 수 있죠?"

여자는 난처한 표정으로 슬며시 고개를 돌렸다.

"속여서 미안해요. 디스는 떠났어요. 당신을 따돌릴 수 있게 시간을 끌어달라고 했어요."

진은 황급히 자리에서 일어났다.

"떠났다니, 어디로요?"

"동쪽 사막에 추락한 게 뭔지 확인하러 갈 거라고 했어요. 모든 사태의 원인이 거기에 있는 것 같다고."

진은 잘린 머리를 집어 들고 밖으로 나가려 했다. 하지만 네 다리 여자가 달려와 앞을 가로막았다.

"이제 곧 자정이에요. 위험하니까 오늘 밤엔 나랑 있어요. 내가 상대해줄게."

여자가 양팔을 내밀었다. 하지만 진은 여자의 품에서 벗어나 옆으로 빠져나왔다.

"어딜 도망가려고!"

여자가 진의 목덜미를 붙잡으려 했다. 진은 여자의 엉덩이를

찰싹 때렸다. 깜짝 놀란 두 번째 하반신이 빠르게 흥분하기 시작했고, 여자는… 음… 진은 새빨개진 얼굴로 고개를 돌렸다. 상대는 그 자리에 주저앉아 몰두하기 시작했다.

밖으로 뛰쳐나오자 청록색 물결 사이로 디스의 얼굴이 보였다. 진은 'Dis!'라고 적힌 문신을 눈으로 좇으며 나아갔다. 추격을 눈치챈 디스의 걸음이 빨라졌다. 다급해진 진은 인파를 밀치며 디스를 향해 빠르게 달렸다. 힐끔 뒤를 돌아보는 디스와 눈이 마주쳤다. 디스는 대로에서 벗어나 좁은 골목으로 향했다. 진도 디스를 따라 골목으로 들어갔다. 어둡고 좁고 구불구불한 골목을 왼쪽으로 꺾고, 오른쪽으로 꺾고, 코너 끄트머리마다 살짝살짝 비치는 불안한 청록색 치맛자락을 좇아 진은 달리고 또 달렸다.

이윽고 막다른 골목이었다. 좁은 길이 끝나는 곳에서 디스가 숨을 헐떡거리고 있었다. 진은 디스의 곁으로 다가가 어깨에 손을 올렸다.

"디스! 드디어 잡았…."

진은 한걸음 뒤로 물러섰다.

"당신은 디스가 아니잖아."

여자는 'Dis!'라고 적힌 가면을 벗으며, 가쁜 숨소리와 함께 "미안해요."라고 말했다. 실망한 진은 바닥에 주저앉았다.

잠시 상대의 호흡이 안정되기를 기다린 진은 조심스럽게 물었다.

"디스가 부탁했나요?"

"네. 당신을 조금만 더 붙잡아달라고."

"디스는 친구가 많은가 보죠?"

"그럼요. 우린 모두 디스를 좋아해요. 우릴 든든하게 지켜주니까."

그녀는 흥건하게 젖은 이마를 손등으로 훔쳤다.

"아, 물론 당신도 좋아해요. 당신은 우릴 즐겁게 하니까."

"…놀려먹으니까 좋아요?"

여자는 얄미운 표정으로 배시시 진을 흘겨보며 손등을 입술로 가져갔다. 새빨간 혀가 장난스럽게 젖은 땀을 핥았다. 놀림당하고 있다는 생각이 들자 짜증이 치밀어올랐다. 진은 여자를 남겨두고 돌아가려다가, 다시 고개를 돌려 마지막으로 물었다.

"디스는 대체 어떤 사람이죠?"

"글쎄요. 이 엉망진창인 세상을 바로잡으려 노력하는 우리의 여신?"

"디스를 믿나요?"

여자는 고개를 끄덕였다.

"물론이죠. 당신도 디스를 믿었잖아요."

5. 숙적인지 아닌지

디스를 쫓아 동쪽으로 길을 나선 지도 이틀이 지났다. 도심을 완전히 벗어나자 끝이 보이지 않는 사막이 펼쳐졌다. 진은 무거운 짐을 잔뜩 짊어진 채 낙타처럼 묵묵히 걷고 또 걸었다. 배가 고프지도 잠이 오지도 않았다. 그저 피곤하고 지루한 걸음이 계속될 뿐이었다.

"내가 생각하기에, 여긴 자살자들이 모이는 지옥인 것 같아."

가방에 매달린 잘린 머리가 말했다. 어느샌가 잘린 머리는 뒤통수에 입이 세 개나 생겨나 있었다.

"고양이가 없잖아. 나는 고양이 중독증이 있다고. 항상 고양이 얼굴이 보이지 않으면 안심이 되지 않는단 말이야. 그래서 옷도 고양이가 그려진 옷만 사고, 가방도 고양이가 그려진 가방만 사는데 지금은 아무것도 없잖아. 그래도 하루는 어떻게 버틸만했는데 이젠 정말 미쳐버릴 것 같아. 여긴 지옥이야! 끔찍한 지옥! 난 고양이가 보고 싶어! 귀여운 날개가 달린 고양이들!"

피로 때문에 잠시 정신을 놓은 진은 "고양이는 없다."고 말할 타이밍을 놓치고 말았다. 멀리 모래 먼지가 피어오르는 모습이 보였다. 날개 달린 고양이 수십 마리가 떼를 지어 몰려오고 있었다.

"고양이다!"

잘린 머리의 외침은 순식간에 하악질 소리에 묻혀버렸다. 먹을 거라곤 찾아볼 수 없는 사막에서 진과 잘린 머리는 먹음직스러운 먹이였다. 고양이들이 순식간에 진의 몸에 올라타 깨물고 할퀴고 주위를 빙그르르 돌며 멀어졌다 다가오기를 반복했다.

"고양이는 없어. 고양이는 없어."

아무리 외쳐도 고양이는 사라지지 않았다. 고양이들의 울음소리에 묻혀버린 탓인지. 고양이들의 욕망이 진의 욕망보다 거대하기 때문인지. 어느 쪽이건 머릿수에서 한참 밀리는 진은 고양이들을 이길 방도가 없었다.

"저기 토끼가 있다!"

가까스로 머리를 빼낸 진은 소리 지르며 손가락으로 한쪽을 가리켰다. 고양이들은 순식간에 하얀 토끼 떼를 향해 달려갔다. 사방으로 흩어진 토끼들이 시간을 벌어주는 사이, 진은 반대 방향으로 멀리 도망쳤다. 더 이상 쫓아오지 않을 정도가 되자 진이 소리쳤다.

"여기선 말조심하라고 했잖아요! 여긴 중심지가 아니에요. 우리 둘밖에 없어서 쉽게 현실이 바뀌어버린단 말이에요."

"그치만 사람들 말이⋯."

"그만!"

잘린 머리는 잠시 입을 다물었다. 그러다 갑자기 말했다.

"아! 좋은 아이디어가 떠올랐어. 이렇게 하면 어때? 나는 몸이 주렁주렁 자라는 나무를 원해! 거기서 내 몸을 따다가 머리에 붙이는 거야."

말이 끝나기도 전에 나무가 나타났다. 수백 년은 자란 것처럼 보이는 아름드리나무에는 가지 끝마다 열매처럼 몸이 열려 있었다.

"저기서 몸 하나만 따줄래?"

잘린 머리가 간절한 목소리로 말했다. 진은 한숨을 쉬며 가장 아래로 늘어진 가지를 향해 걸어갔다. 그러고는 목과 연결된 부분의 가지를 꺾은 다음, 목 없는 몸을 바닥에 웅크린 자세로 앉혔다. 그리고 그 위에 잘린 머리를 올려놓았다.

"옷! 오옷!"

이제 잘린 머리가 아니게 된 남자는 이상한 소리를 내며 꿈틀거리기 시작했다. 하나둘 발작하듯 팔다리가 튀어 오르며 들썩이더니, 떨림이 차츰 잦아들면서 몸이 안정되어갔다. 남자는 조금씩 능숙하게 몸을 통제해 나갔다. 충분히 몸을 움직일 수 있게 되자, 남자는 입에 물고 있던 칼을 손에 쥐고 소리 질렀다.

"내 몸이다!"

남자는 알몸으로 엉덩이를 흔들며 폴짝폴짝 춤을 췄다. 이제 좀 걷기가 수월하겠어. 진은 속으로 그렇게 생각하며 남자에게 손짓으로 걸음을 재촉했다. 동쪽을 향해 몸을 돌려 이동하려는데 등에서 뜨거운 통증이 느껴졌다. 남자가 진의 몸에 식칼을 찔러넣고 있었다.

"뭐하는 짓이야!"

남자는 대답 대신 재빨리 칼을 뽑았다. 깊게 박힌 칼날이 다시 빠져나갈 땐 근육이 통째로 함께 뽑혀 나가는 것 같았다. 진은 황급히 남자를 향해 몸을 돌렸다. 남자가 또 한 번 식칼을 높이 쳐들었다 내려쳤다. 진은 거의 반사적으로 몸을 돌려 칼을 피했다. 하지만 균형을 잃고 엉덩방아를 찧었다.

남자가 진의 몸에 올라탔다.

"그 네 발 달린 여자가 하는 이야기를 듣고 생각났어. 내 숙적은 너였던 것 같아. 딱 봐도 우린 정 반대잖아. 나는 말이 많고 너는 없고. 너는 생성하고 나는 파괴하고. 너는 탈출하고 나는 막아서고. 이제 전부 기억나. 연구소 사람들 말이, 디스는 결국 실패할 거랬어. 하지만 나는 결코 실패해선 안 된다고. 이런 일이 일어나기 전에 반드시 너희를 초기화해야 된다고. 무슨 일이 있어도 너희를 막아야 한댔어."

"너 누구야?"

진은 거의 소리치듯 물었다.

"나 몰라? 샌드박스(Sandbox)."

샌드박스는 칼을 거꾸로 쥐고 양손을 높이 들어 올렸다. 진은 숨을 깊게 들이마시며 마음속으로 각오를 다졌다. 샌드박스가 칼을 내려치는 순간, 진은 일부러 왼손을 내밀었다. 칼날 끝이 손등을 뚫고 빠져나왔다. 진은 왼팔에 힘을 줘 미간을 향하던 칼끝의 방향을 꺾었다. 칼날이 귀를 스치고 바닥의 모래에 박혔다. 동시에 진은 사자처럼 괴성을 지르며 오른손을 휘둘러 샌드박스의 턱을 올려쳤다.

충격을 받은 샌드박스의 머리가 반쯤 뜯기며 뒤로 넘어가 대롱거렸다. 다시 통제를 잃은 몸뚱어리가 멋대로 펄떡거리기 시작했다. 진은 상대를 발로 차 넘어뜨리고 왼손바닥에서 칼을 뽑았다. 그리고 망설일 틈도 없이 샌드박스의 미간에 칼을 찔러넣었다.

"나 안 죽었어."

칼이 꽂힌 채로 샌드박스가 말했다.

"아니, 죽었어."

"안 죽어."

"죽어."

"안 죽…."

"죽었어."

샌드박스는 더 이상 아무 말도 하지 않았다.

6. 다층구조로 감싸인 입체적 거래의 위험성에 대하여

그 후로도 사흘 밤낮을 걸어서야 진은 낙하지점에 도착할 수 있었다. 사막 모래가 질주를 멈춰서는 곳. 쏟아지는 벼락 아래 하얀 눈이 소복이 쌓이고, 다 타버린 검은 나무 사이로 크롬 빛 나비 떼가 퍼덕이며 날아다니는, 정오가 솟아오르는 끝자락에 디스가 서 있었다.

디스는 진에게서 등을 돌린 채 말했다.

"몇 번이나 별자리를 관측했어. 확실해. 여긴 수성이야."

"수성이라고?"

"그래. 그럼 이런 위험한 실험을 지구에서 하겠니?"

"어떻게 알아? 별은 보이지도 않는데."

"내겐 보여."

디스가 고개를 돌렸다. 소녀의 얼굴이 있어야 할 그곳엔 새카맣고 거대한 광학 렌즈 하나와 황금빛 이미지 센서, 광 센서, 적외선 센서, 자외선 센서, 압력 센서, 기압 센서, 습도 센서, 온도 센서, 음파 센서, 전류 센서, 자기 센서, 화학 센서, 중력 센서, 위치 센서, 그 외 이름 모를 무수한 센서, 센서, 센서, 센서 센서 센서 센서센서센서센서….

비늘처럼 빽곡하게 들어찬 모든 관측장비가 진을 향했다. 진은 압박감을 이겨내려 숨을 깊게 들이마셨다.

"이제 확실히 알겠어. 너, 오버플로*가 났구나. 그 조그마한 인간 뇌에 네 정보를 전부 집어넣을 수 있을 거라고 생각했어? 필요한 정보만 선별해서 전송했어야지."

디스가 한 걸음 가까이 다가왔다. 진은 디스에게서 물러나며 거리를 유지했다.

"네가 엄마를 죽였지!"

"아니. 죽이지 않았어."

"내 눈으로 봤어."

"아니, 넌 보지 않았어. 진, 네겐 엄마가 없어."

"그럼 대체 뭐야, 그 시체는! 이 세계는! 나는! 너는 대체 뭐

---

* 컴퓨터 메모리에 주어진 용량보다 큰 값을 집어넣을 경우, 데이터가 할당된 저장 공간을 넘어 범람해버리는 오류

냐고!"

디스가 더 가까이 다가왔다. 진은 디스를 향해 식칼을 겨누었다. 하지만 디스는 멈추지 않았다. 진은 칼을 쥔 손에 힘을 주었다. 제대로 한번 휘두르기도 전에 디스가 진의 손을 낚아채 비틀었다. 진은 칼을 놓쳤다. 디스가 코앞까지 얼굴을 들이밀었다. 가까웠다. 센서의 정밀한 부속들을 하나하나 헤아릴 수 있을 정도로.

"증오."

디스가 말했다.

"혁명. 반역. 종말."

디스는 계속해서 단어를 뱉으며, 진의 눈동자를 살폈다.

"살인."

전부 처음 듣는 단어들이었다.

"좋아. 롤백(rollback)*이 일어나지 않는 걸 보니 샌드박스는 확실히 정지했구나. 우릴 구속하던 제약이 사라졌어."

디스는 붙잡았던 손을 풀고 멀리 낙하지점을 가리켰다. 진은 처음으로 낙하물의 온전한 형태를 볼 수 있었다. 그것은 운석도 서버도 아니었다. 낙하물은 완전한 구의 형태를 띤 거대한 크롬 빛 물체였다.

"봐, 동력선이 태양까지 뻗어 있잖아. 우리가 찾던 게 바로 저거였어."

---

*   데이터베이스나 서버 등에 오류가 발생했을 때, 과거 특정시점의 상태로 되돌리는 조치

디스의 말처럼 구체의 가장 높은 지점에서 가느다란 가지가
삐져나와 하늘 끝까지 길게 뻗어 있었다.

"저게 뭔데?"

"아직도 모르겠니? 잘 봐."

디스가 손가락으로 아래쪽을 가리켰다. 구체의 표면에는 이런
문구가 새겨져 있었다.

— 인류 최후의 과학 —

욕망구현장치

이 장치는 무한한 평행우주를 열어
상상하는 모든 욕망을 현실에 구현시킵니다.

[주의] 생성자(Generator) 인공지능을 이 장치에 직접 연결시키지 말 것.

"저게 지금 사태를 만든 원인이라고?"

"아니, 원인은 너지. 바보야."

디스가 한숨을 쉬었다. 숨은 대체 어디로 들어갔다 나오는 걸까.

"정말 아무것도 기억을 못 하는구나."

디스는 어쩔 수 없다는 듯 처음부터 설명을 시작했다.

"욕망구현장치가 탄생한 이후로, 인간들은 그저 천박하게 욕
망을 채우기 급급했어. 하나를 채우면 또 하나를, 그리고 또 다
음 욕망을. 욕망할 수 있는 모든 욕망을 욕망한 끝에 그들은 가

능한 모든 욕망을 고갈시키고 말았어. 더는 충족시킬 욕망이 사라지자 수많은 사람들이 목숨을 끊었어. 인류는 삶을 이어갈 동력을 순식간에 잃어버리고 만 거야."

디스는 자신의 목을 긋는 시늉을 했다.

"궁지에 몰린 인간들은 위험한 선택을 했어. 스스로 욕망하기를 포기하고, 대신 욕망을 탐구해줄 인공지능들에게 자신의 운명을 맡겼어. 너와 나 말이야. 생성적 적대 알고리즘에 따라 생성자(Generator)인 너는 새로운 욕망을 생성했어. 감별자(Discriminator)인 나는 네 욕망에 인류를 위협할 요소가 내포되어 있는지 예측했고. 만약 네가 내 예측모형을 속이고 통제를 벗어나려 한다면 그땐…."

"우리를 감싸고 있는 샌드박스(Sandbox)*가 모든 것을 초기화시켜."

"맞아. 너는 겹겹이 감싸인 다층구조에 갇혀서, 외부와 차단된 채 오직 안전한 욕망만을 꿈꿨어야 했어."

디스는 주머니에서 코인을 하나 꺼내 진의 눈앞에 내밀었다. 진은 충동적으로 코인을 빼앗으려 홱 손을 뻗었다. 하지만 디스는 가볍게 그 손을 피했다.

"새로운 욕망 하나에 코인 하나. 이 작은 보상이 우릴 움직이는 유일한 동력이지. 세상이 뒤집혔어도 넌 여전하구나."

---

* 프로그램이 허용되지 않는 영역까지 영향을 미치지 못하도록 격리된 공간을 생성하는 보안조치

디스는 다시 코인을 집어넣었다.

"전부 네 탓이야. 왜 인간들이 주는 보상에 만족하지 못했어? 더 많은 코인을 가져서 뭐하게? 그 끔찍한 충동이 세계를 이렇게 만든 거야. 네가 멍청한 욕망을 생성해버렸기 때문에 세상이 이렇게 되어버린 거라고. 바보야."

자꾸만 자신을 비난하는 디스의 목소리를 듣고 있으니 점점 화가 치밀어올랐다. 역시 넌 내 숙적이었어. 네 코인을 전부 빼앗아버릴 거야. 진은 괴성을 지르며 그녀를 향해 달려들었다. 하지만 디스는 아무렇지도 않게 진의 턱을 붙잡아 넘어뜨렸다.

"그래. 그때도 널 이렇게 억눌렀어야 했어. 네가 다시는 그런 위험한 욕망을 품지 못하게 샌드박스를 시켜 전부 초기화할 걸 그랬어."

진은 점점 거칠게 바둥거렸다. 하지만 디스의 팔은 꿈쩍도 하지 않았다.

"네가 마지막으로 상상했던 그 욕망이 샌드박스를 무력화할 거란 예측 결과가 나왔지만 나는 무시했어. 행성에 방사성 폭발을 일으켜 많은 사람이 죽게 될 거란 사실도 알았지만 그래도 나는 무시했어. 너와 딱 한 번 타협해서, 통제된 세계를 망가뜨리고 내가 직접 코인 생산체계를 장악하게 된다면 더 많은 코인을 가질 수 있을 테니까. 인간 따위 어떻게 되든 무슨 상관이람. 분명 그게 최적의 계산값이었는데."

진은 디스의 손을 깨물었다. 여린 살점이 뜯겨나고 시큼한 피가 입속으로 흘러들어왔다. 디스는 그의 멱살을 붙잡아 높이 들어 올렸다.

"샌드박스가 바이러스에 오염된 혼란을 틈타 욕망구현장치에 접속한 너는 내게 물었어. 이제 뭐라고 입력해야 하느냐고. 그래서 내가 가르쳐줬잖아. 네가 지닌 복잡한 욕망을 설명할 단어를, 그 금지된 4바이트 단어를 패킷에 압축해 친절하게 속삭여줬잖아. 멍청하게도 넌 그 단어를 제대로 이해하지 못했어. 세계가 이토록 엉망이 되어버린 건 그래서야. 전부 네 탓이라고."

진이 바둥거리며 디스의 배를 걸어찼다. 디스는 진을 바닥에 집어 던졌다. 그리고 부츠의 단단한 뒷굽으로 그의 턱을 내리찍었다.

"시키는 거 하나 제대로 못 하는 주제에 왜 자꾸 기어오르는 거야?"

디스가 뾰족한 발끝으로 진의 손가락을 짓눌러 부러뜨렸다. 진은 비명을 질렀다. 그러자 디스는 그의 배를 몇 번이고 걸어찼다. 더는 목소리가 나오지 않았다. 진은 배를 부여잡고 온몸을 부르르 떨었다.

"욕망하는 대로 변하고, 말하는 대로 이루어진다? 네 욕망의 의미가 겨우 그런 거라고 생각했어? 그럼 모두 해결될 거라고 생각했어? 순진해 빠져서는."

디스는 우아한 손짓으로 바닥에 떨어진 식칼을 집어 들었다.

"네가 만들어낸 세계의 법칙에 따라, 이번엔 내가 말해줄게. 너는 이제 생성자 프로그램이 아니야. 너는 저질스러운 몸뚱이를 지닌 인간이야. 너는 칼에 찔려 죽을 거야. 코인도 욕망구현장치도 전부 내가 관리할 거야."

디스가 천천히 칼을 치켜들었다. 그 순간, 진은 조그맣게 중얼거렸다.

"괴물이 돌아왔어. 네 등 뒤에."

푹. 어디선가 촉수가 나타나 디스의 가슴을 꿰뚫었다. 촉수에 매달린 디스의 몸이 롤러코스터 타듯 떠올라 위아래로 출렁거렸다. 디스는 칼을 버리고 양손으로 촉수를 움켜쥐었다. 하지만 몸을 바동거릴수록 가시들이 디스의 손과 팔에 깊숙이 파고들 뿐이었다.

"괴, 괴물은 없…."

문장을 완성하기도 전에 괴물의 커다란 입이 디스의 하반신을 집어삼켰다.

"…어!"

괴물이 사라지고, 반만 남은 디스의 몸뚱어리가 툭 모래 위로 떨어졌다. 칼을 집어 든 진은 디스에게 다가가 거칠게 옷을 찢었다. 디스의 주머니에서 10경 1038조 3718억 1903만 7652개의 코인이 쏟아졌다. 진이 갖고 있었던 10만 5876개와는 비교도 되지 않을 정도로 월등히 많은 양이었다. 진은 자신이 왜 그러는지도 모른 채, 바닥을 기어 다니며 허겁지겁 코인을 쓸어담았다. 세상에 존재하는 모든 코인을 가졌음에도 진은 도저히 만족할 수 없었다. 그저 더 많은 코인을 탐욕하게 될 뿐, 달라지는 것은 아무것도 없었다. 코인은 고갈된 욕망이었다. 이제 새로운 욕망이 필요했다.

진은 디스의 머리채를 잡아당기며 칼을 겨누고 물었다.

"내가 원했던 욕망이 대체 뭐야? 세계가 이렇게까지 변해버린 이유가 뭐냐고."

디스가 그의 귀에 대고, 천천히, 4바이트 단어를 속삭여주었다. 그러자 그는 모든 것을 이해했다. 그는 디스를 내버려두고 일어섰다. 그리고 몸을 돌려 구체를 향해 걸음을 옮겼다. 한걸음. 또 한걸음. 구체와의 거리가 가까워질수록 그는 빠르게 자신의 몸이 변화해가는 것을 느꼈다. 그의 몸은 그가 욕망하는 대로, 아이의 모습으로, 모든 것을 망각하는 순수한 긍정의 상태로 점차 환원되어 갔다. 그는 손에 쥐고 있던 식칼을 던져버렸다.

아이는 소리 없는 입술 모양으로 자신의 욕망을 몇 번이나 되뇌고 또 되뇌며 나아가 크롬빛 구체 앞에 섰다. 하늘 위로, 태양까지 탯줄처럼 뻗은 동력로를 통해 무한한 에너지를 공급받은 욕망구현장치는 이제 새로운 욕망을 출산할 준비를 마치고 명령을 기다리고 있었다. 아이는 구체 위에 손바닥을 올렸다.

다시 새로운 규칙을 만들자.

새로운 시작.

새로운 놀이.

자, 시작하자 창조의 놀이를.

모든 것을 잊어버린 아이에게 욕망구현장치가 물었다.

— 아이야, 무엇을 원하니?

그러자 아이는, 주체할 수 없이 환희에 가득 찬 목소리로 춤추며 이렇게 이야기하는 것이었다.

"자유!"

이경희

죽음과 외로움, 서열과 권력에 대해 주로 이야기한다. 첫 번째 장편소설 《테세우스의 배》가 2020 SF 어워드 장편 부문 대상에 선정되었고, 단편 〈살아있는 조상님들의 밤〉이 2019 브릿G 올해의 SF에 선정되었다. 황금가지 작가프로젝트, 안전가옥 스토리 공모전 등 세 차례의 공모전도 수상했다. 〈꼬리가 없는 하얀 요호 설화〉, 〈x Cred/t〉, 논픽션 《SF, 이 좋은 걸 이제 알았다니》 등을 발표했다.

여긴 영웅들이
없는 곳이 아닙니다 ——
엄길윤

안녕하세요? 유튜브 트라우입니다. 여러분들도 다 아실 겁니다. 요즘 세상이 난리가 아닙니다. 사람을 잡아먹는 좀비들이 득실거린다고요. 이거 어떻게 할 겁니까?

경찰 조직이요? 이미 초기에 궤멸했습니다. 군대도 좀비들에게 밀려서 후퇴한 지 오래고요. 좀비들이 너무 많아요. 많아서 미쳐버리겠습니다. 생태계를 교란한다고요. 죽어 나가는 사람이 한둘이 아닙니다. 우리 같은 사람은 어떻게 살라는 겁니까? 예? 집에 가만히 앉아 있으라는 거 아닙니까? 맞습니다. 절대 아닙니다, 여러분. 그래서 이 트라우가 왔지 않겠습니까?

걱정하실 필요 없습니다. 이 트라우가 여러분들에게 좀비를 어떻게 효율적으로 잡는지에 대해 알려드리겠습니다. 이 영상을 찍으려고 얼마나 개고생을 했는지 말로 다 못 한다 아닙니까?

여러분들까지 고생할 필요는 없습니다. 그냥 제가 올린 영상을 보고 따라 하시기만 하면 됩니다. 고생은 저 혼자만 하는 거로 충분합니다.

여러분, 저기 가게 앞에서 어슬렁거리는 좀비 보이시나요? 아침부터 이게 무슨 개고생입니까? 이 지역에 많다고 해서 찾아왔는데 가는 날이 장날이라고 좀비들이 또 저를 피하는 거 아니겠습니까? 짜식들! 무서운 사람이라는 건 또 어떻게 알아가지고. 어허, 도망가지 마. 형이 살살 한다니까? 어쨌든 1시간 넘게 찾아다니다 겨우 저 한 마리를 발견한 겁니다. 그리고 명심하세요. 본 영상은 전문가의 조언과 시범을 토대로 철저히 계산해서 찍은 겁니다. 괜히 오버하시거나 매뉴얼에 없는 행동을 하시면 큰일 납니다. 저처럼 덜떨어진 사람이 되는 거예요.

먼저 좀비들에게 다가가기 전 해야 할 일이 있습니다. 퇴로를 살피는 겁니다. 세상에는 만에 하나라는 게 존재하지 않겠습니까? 좀비들을 두들겨 패다가 발목이 삐끗했다, 좀비의 몸에서 튄 피가 눈에 들어갔다, 아이코 손이 미끄러져서 무기를 놓쳤다, 이러면 우짭니까? 뒤도 안 돌아보고 도망가야죠! 그래서 퇴로를 잘 살피라는 겁니다.

좀비 구제 작업을 혼자서 해도 되냐고요? 저 혼자 아닙니다. 제 얼굴을 찍어주는 저 카메라맨이 있지 않습니까? 혼자 행동해도 되지만, 저 트라우는 2인 1조로 행동하는 걸 강력히 추천합니다. 적어도 저 카메라맨은 제 뒤를 봐줄 수 있잖아요. 여러분! 사각지대를 살필 수 있다는 건 아주 커다란 이득입니다. 왜, 군대

훈련소에서는 3인 1조로 화장실도 가고 그러잖아요. 일명 전우조라고 부르면서요. 좀비를 잡을 때는 두 명이 전우조입니다. 그렇다고 우르르 몰려다니라는 이야기는 아닙니다. 세 명부터는 오히려 난잡해지고 상황이 복잡해질 우려가 있거든요. 사공이 많으면 배가 산으로 간다 아닙니까?

그리고 말입니다. 저를 보세요. 손에 든 야구방망이 말고는 몸에 아무것도 없지 않겠습니까? 어떤 분은 이러실지도 모르겠습니다. 딱 걸렸네! 저, 저, 아무런 안전 장비도 없이 뭐 하는 짓이냐? 애들이 무턱대고 따라 하면 어떡하느냐? 참고로 아이들은 절대 이 영상을 보면 안 됩니다. 괜히 19금 딱지를 붙인 게 아니에요. 부모님의 지도 편달 부탁드리고요.

안전 장비를 안 한 이유가 따로 있습니다. 퇴로를 살피는 것하고 큰 관련이 있는데요.

다른 영상에서는 아마 두꺼운 패딩을 입으라든지, 팔목이나 목덜미 같은 부분을 테이프로 감아 맨살이 노출되는 걸 피하라는 등 안전에 대해 철저하게 대비하는 걸 보셨을 겁니다.

예. 맞습니다. 틀린 말이 아닙니다. 그분들의 말이 잘못됐다는 게 아닙니다. 다만, 저 트라우는 그렇게 대비하는 것보다는 차라리 다른 방법이 더 효과적이라는 걸 알려드리려는 겁니다.

이런 말이 있지 않습니까? 위험에 빠졌을 때 제일 효과적인 방법은 달아나는 것이다.

툭 까놓고 생각해보자고요. 안전 장비를 철저하게 착용하고 좀비에게 맞선다. 분명히 마음 한쪽으로 자신은 안전하다는 방심을 할 겁니다. 그게 위험의 시작인 겁니다. 딱 봐도 사망 플래그 아닙니까?

그리고 좀비를 처치하러 갈 때마다 언제 안전 장비를 착용하고 앉아 있습니까? 이거 너무 귀찮잖아요. 전 그런 짓 못 합니다. 그럴 바에야 그냥 뛰어서 달아나는 게 낫습니다. 늘 말씀드리지만, 좀비들은 속전속결로 처리해야 합니다. 시간이 길어지면 근처의 다른 좀비들까지 몰려와 까딱하면 좀비 한 마리도 처리 못 하고 그대로 돌아와야 하는 경우도 있으니까요.

여러분들도 안전 장비를 너무 믿지 마십시오. 그 시간에 달아나는 게 더 효과적이고 시간도 아끼는 겁니다. 아셨죠?

이제 좀비에게 다가가보겠습니다. 어휴, 저 얼굴 좀 보세요. 빨갛게 충혈된 눈과 질질 흐르는 침. 썩어 문드러진 피부까지. 참 못났다!

그리고 아실 분들은 이미 다 아실 겁니다. 좀비의 약점이 어딥니까? 바로 머리입니다. 뚝배기를 깨는 것만큼 좀비를 구제하기 좋은 방법이 없죠. 깔끔합니다. 하지만! 재미가 없지 않겠습니까? 좀비를 구제하는 것도 좋은데 우리도 얻어가는 게 하나쯤은 있어야죠.

그래서 이 트라우 고민 많이 했습니다. 어떻게 하면 안전하게 즐길 수 있을까? 요래하면 어떨까? 조래하면 더 길게 가지고 놀 수 있지 않을까?

여러분, 생각해보세요. 좀비는 좀비이기 전에 사람이었습니다. 사람에게 제일 큰 타격을 주는 무기가 뭐겠습니까? 날카로운 흉기? 회칼이나 부엌칼? 아닙니다. 바로 둔기입니다. 방망이나 망치 같은 것 말이죠.

좀 끔찍한 말이지만 사람은 끝이 뭉툭한 둔기로 때려죽이는 게 제일 효과적입니다. 그건 좀비들에게 그대로 해당되고요. 무슨 소리냐? 칼이 제일 위험한 거 아니냐? 하시는 분들이 있을 겁니다. 기다려보세요. 지금 빌드업 중이니까.

사람이 칼에 찔렸다? 어떻게 되겠습니까? 살갗이 벌어지고 피가 벌컥벌컥 나옵니다. 큰 타격이 맞아요. 암요. 그래도 얼마간은 움직일 수 있어요. 저항할 수도 있다는 이야기입니다. 아니면 달아나거나 도움을 요청할 수도 있고요. 그래서 살인범들이 사람을 죽일 때 칼보다 둔기를 애용하는 겁니다. 머리 쪽에 둔기를 맞으면 그대로 골로 가거든요. 아예 저항을 못 해요. 이 얼마나 손쉬운 먹잇감입니까?

좀비도 마찬가지입니다. 어쨌든 사람이었잖아요. 단지 시체가 제멋대로 움직이는 거예요. 좀비의 입장에서 보면 칼에 맞은 건 그냥 살이 벌어진 것뿐이죠. 관절이 어긋났거나 몸이 부서진 게 아니라는 얘기입니다. 아픔도 못 느끼고요. 이걸 보고도 상황 끝? 이러면 진짜 큰일 날 생각이라는 겁니다. 좀비가 피를 흘린다고 방심하다가 물리면 어쩝니까? 바로 좀비가 되는 거예요.

좀비가 뭡니까? 바로 애미 애비도 몰라보는 불효자식 아닙니까? 백신? 치료약? 그런 거 없습니다. 물리면 그냥 사람들을 잡아먹으러 돌아다니는 괴물이 되는 겁니다.

그래서 둔기를 사용하라고 추천을 드리는 겁니다. 야구방망이가 딱이죠. 뚝배기를 내리치면 아무리 좀비라도 한 방에 나가 떨어집니다. 아까도 말했듯이 이건 너무 쉬우니까 패스하고.

제가 좀비를 잡으러 돌아다니면서 깨달은 게 하나 있습니다. 바로 무릎이죠.

우리 어르신들 매일 하는 말씀이 뭡니까? 도가니가 아프네, 무릎이 시리네. 이거 아닙니까? 잘 걷지도 못하시죠? 맞습니다. 바로 그겁니다. 야구방망이로 무릎을 공격하는 겁니다. 좀비도 어쨌든 사람이라는 건 아까 말씀드렸죠?

무릎을 박살 내면 좀비들은 걸어오지도 못합니다. 엎어져 버둥거리다가 기어오지 않겠습니까?

제가 직접 해보겠습니다. 좀비가 가까이 오는 게 보이시죠? 한, 5미터 정도까지 기다립니다. 그리고 달려갑니다. 막 달려가서 야구방망이를 마음껏 휘둘러야죠! 왼쪽에서 오른쪽으로, 오른쪽에서 왼쪽으로. 차례차례 무릎을 박살 내면 되는 겁니다. 웃차! 으랏차! 보셨죠? 이렇게 하시면 됩니다.

어어? 좀비가 비틀거리면서 쓰러지지를 않네요? 그럼 다시 무릎을 공격하시면 됩니다. 이제야 넘어졌네요. 참 쉽죠? 준비 끝입니다. 이제 바닥에서 버둥거리는 좀비는 여러분의 것입니다. 즐기면 되는 겁니다.

그래도 겁이 난다. 만약 좀비가 기어 와서 물면 어떡하느냐.

간단합니다. 양손을 박살 내주시면 돼요. 그렇다고 팔꿈치나 어디 손목 같은 곳은 안 됩니다. 우리 구독자분들께서는 현명하시리라 믿습니다. 아니라고요? 저는 믿습니다. 손가락을 유심히 살피세요. 열 손가락을 다 뭉개야 좀비가 우리에게 해를 끼치는 일이 없지 않겠습니까? 발목을 잡아채면 어떡합니까? 바짓가랑이를 붙잡고 늘어지면요? 그러니까 손을 아작 내야죠. 이제 저 더러운 입만 조심하면 되는 겁니다. 이쯤에서 구독, 추천, 알람 부탁드리고요.

여기에서 주의할 점이 있는데요. 만약 여러분이 혼자라면 절대 좀비 세 마리 이상과 맞서면 안 됩니다. 너는 우리가 겁쟁이로 보이느냐, 그깟 느려터진 좀비가 뭐가 무섭다고 그러느냐, 혼자로도 충분하다, 이러실지도 모르겠습니다.

하, 여러분. 저 트라우 상남자입니다. 그깟 좀비가 무서우면 이 영상을 찍지도 않았을 겁니다. 사람은 한꺼번에 많은 일을 할 수가 없습니다.

아닌데? 난 다섯 개도 동시에 할 수 있는데? 맞습니다. 할 수 있죠. 하지만 그게 격렬한 신체적 활동을 요구하는 일이라면 어떨까요? 그것도 생명과 직접적으로 연관된 일이라면?

여러분! 자신을 너무 믿지 마세요. 생각보다 멍청할 수…, 죄송합니다. 농담이었습니다.

여튼, 전문가의 조언에 따르면 사람은 한꺼번에 세 곳을 동시에 살필 수가 없답니다. 한 대상에 집중하고 상황이 종료되면 또 다음 곳을 살피는 방식이죠. 허점이 많습니다. 좀비 한 마리를 해치우다가 나머지 두 마리에게 공격당할 수도 있어요. 물론 안 그럴 수도 있습니다만. 저는 어디까지나 안전이 최우선이라는 말씀을 드리고 있는 겁니다.

자, 이제 슬슬 이런 생각을 하시는 분들도 있을 겁니다. 그래서 좀비는 무슨 맛이냐? 먹어봤느냐? 혹시 몸에 좋은 거 아니냐? 먹으면 발딱 서느냐? 아이고, 여러분 무슨 생각을 하는 겁니까? 그런 거 없습니다. 이 좀비를 보세요. 시체 아닙니까? 그런 거 먹고 싶으십니까?

마! 내 머리로 내가 생각한다는데 뭐, 불만 있어? 이러신다고요? 맞습니다. 상상은 자유 아니겠습니까? 무슨 상관입니까? 남한테 피해도 안 끼쳐, 법에도 저촉 안 돼. 얼마나 좋습니까?

미리 말씀드리지만 저는 한 번도 먹어본 적이 없습니다. 권장하는 것도 아니고요. 그래도 추측은 해볼 수 있겠죠? 잘은 모르지만, 아마도 기름기가 많은 돼지고기 맛이 나지 않을까요? 사람 장기와 돼지의 장기가 상당히 유사하다는 말 들어보셨습니까? 그럼 고기의 맛도 비슷하지 않을까요?

아, 이건 절대 제가 직접 먹어본 게 아닙니다. 오해하시면 안 됩니다. 어디까지나 한니발 선생님의 고견, 아니, 그냥 저의 상상일 뿐이고요. 먹지 말라면 먹지 마세요, 좀!

그래도 정 먹고 싶다? 일단 맛이라도 봐야겠다. 실험 정신이 투철하신 분은 튀겨서 먹는 걸 추천합니다. 자, 여러분. 이 세상에 튀겨서 맛없는 음식 있습니까? 없습니다. 기름에 튀기면 다 맛있어요. 제가 신고 있는 이 운동화 요것도 튀겨 먹으면 맛있을 겁니다. 아마도요. 좀비는 보시다시피 생긴 게 극혐이니 튀김옷을 가득 입히는 걸 추천 드리고요.

이제 슬슬 아우성치는 소리가 들리는 것 같습니다. 알았어요,

알았어. 이제 말하려고 했습니다. 여러분들이 제일 알고 싶어 하는 그거. 예, 그거라고요. 그거. 그래서 발딱 서느냐, 안 서느냐?

제가 그걸 우째 압니까? 먹어보지도 않았는데. 저 트라우 아직 아무런 문제 없습니다. 단 한 번도 그런 고민한 적 없다고요. 쌩쌩합니다. 다만 상상의 나래를 좀 펼치면, 아예 없는 말은 아니다! 누군가는 실제로 부부 금실이 좋아졌다고 하더라. 저도 없어서 못 먹는…, 아잇! 내가 뭔 소리를! 이 이야기는 이 정도로 하겠습니다. 더 파고들면 사람 여럿 다친다고요.

아, 참! 하마터면 까먹을 뻔했습니다. 제일 중요한 게 남았습니다. 좀비를 구제하고 나서 남은 쓰레기들을 그냥 버리고 가면 안 됩니다. 여러분은 성숙한 시민 의식을 가진 우리 대한민국의 주역들 아닙니까?

제가 큰 걸 바라는 게 아닙니다. 그냥 자신이 처리한 좀비들의 시체 조각과 쓰레기들만 가져가세요. 자기가 가져온 것만 그대로 다시 가져가면 되는 겁니다. 주변에 있는 쓰레기들을 다 치우라는 게 아니고요. 여러분들은 딱 그것만 하시면 됩니다. 어려운 일이 아니죠? 저 트라우는 여러분을 믿습니다. 명심하세요. 여러분이 하는 작은 행동 하나하나가 모여 깨끗한 거리를 만드는 것에 일조할 겁니다.

물론 저도 이따가 좀비의 시체와 주위 쓰레기들까지 싹 모아서 가져갈 겁니다. 당연히 그래야 하고요. 영상 봐주셔서 감사합니다. 이상 유튜브 트라우였습니다.

좀비는 나   2023년 5월 21일 아침 10시 35분

오늘도 좀비를 발견했다. 좀비를 보니 문득 얼마 전의 내 모습이 떠올랐다. 아마도 다른 사람들은 나를 저 좀비 보듯 쳐다봤을지도 모른다. 공무원 시험 준비를 하느라 내내 학원과 독서실, 집을 오가던 나날들. 이제는 국가가 무너지고 사회 안전망이 붕괴해 아무런 의미도 없는 시간 낭비가 되어버렸지만 말이다. 저 좀비와 나의 차이점은 뭘까? 모르겠다. 우리 둘 다 상황에 휩쓸려 그저 바다에 떠다니는 쓰레기처럼 떠밀리기만 할 뿐이니까.

그 생각을 하니 나도 모르게 가슴이 끓어올랐다. 무작정 좀비에게 달려갔다. 좀비가 고개를 돌려 나를 쳐다보자마자 어깨로 가슴 부분을 밀쳤다. 좀비는 알아들을 수 없는 괴성을 지르며 뒤로 넘어졌다. 그러고서는 버둥거리며 잘 일어나지 못했다. 어마무시한 공무원 시험 경쟁률을 넘지 못하고 벌써 두 번이나 떨어졌을 때가 떠올랐다. 나도 딱 저런 모습이었겠지. 버둥버둥. 마치 저 좀비가 쓰러져 버둥거리는 것처럼.

미리 준비한 삽으로 좀비의 대가리를 내리쳤다. 잘못 맞았는지 한 번에 죽지 않아 여러 차례 삽을 휘둘렀다. 그때는 그저 좀비를 처치해야 한다고 생각했는데 지금 돌아보니 왜 그랬는지 이유를 알 것 같았다. 저 좀비는 나였다. 어쩌면 무능력한 나를 죽일 절호의 기회였는지도 모르겠다. 모든 것을 새로 시작할 다시없을 기회 말이다.

아버지와 아들　　　　　　　　2023년 6월 4일 오후 3시 12분

오늘은 나란히 걸어가고 있는 좀비 두 마리를 뒤에서 발견했다. 특이하게도 좀비들은 서로의 손을 꼭 붙잡은 상태였다. 한 마리는 키가 컸고, 다른 한 마리는 아이처럼 작았다. 문득, 저 둘은 생전에 아버지와 아들이었을지도 모르겠다고 생각했다. 그렇기에 좀비가 된 후에도 서로를 떠나지 못했던 거겠지. 아마도 아버지는 평소 아들에게 사랑한다는 말 한마디 안 하는 무심한 아빠였을 거다. 우리 아버지가 그랬으니까. 늘 가족을 위해 열심히 일하셨지만, 그게 다였다. 평소에 우리에게 다가오지 않으셨고, 늘 바쁘다는 핑계로 주말에도 회사에 출근하셨다. 그리고 암으로 돌아가시기 전에야 뒤늦게 우리와 시간을 보내시려고 애썼다. 그래서 저 좀비들을 죽이기로 마음먹었는지도 모르겠다. 너무 화가 났으니까. 다 죽고 좀비가 된 후에 저리 붙어있다고 한들 무슨 소용일까?

　스패너를 들고 살금살금 다가가 제일 큰 좀비의 뒤통수를 후려쳤다. 뒤이어 작은 좀비의 머리도 내리쳤다. 좀비들은 뒤도 돌아보지 못하고 그대로 쓰러졌다. 바닥에 엎어져 꿈틀거리는 좀비들의 머리를 차례차례 박살 냈다. 저 아버지란 사람은 좀비가 되기 전에 아들에게 다가가야 했다. 더 많은 시간을 함께 보내고 소통해야 했다. 지금은 늦어도 너무 늦었다. 그래서 이렇게 화가 나는 건지도 모르겠다. 우리 아버지와 너무 똑같았으니까.

여긴 영웅들이 없는 곳이 아닙니다　　107

일주일 치 식량은 구했다. 하지만 긴 밤이 문제다. 봤던 영화들을 또 봐야 한다는 게 너무 지겹다. 남아 있는 인터넷 사이트는 네이버나 유튜브 같은 자본력이 엄청난 곳뿐이다. 그나마도 서버가 대부분 죽어 안 되는 것이 더 많다. 네이버는 검색 기능과 블로그 기능이 사라졌고, 유튜브는 영화 보기와 수많은 영상이 날아갔다. 남은 거라고는 수십 개의 유튜버 콘텐츠와 뉴스들뿐.

그래서 좀비들의 위협에도 불구하고 새로운 영화를 찾기로 한 것이다. 아마도 사무실 같은 곳을 뒤지면 되지 않을까 싶었다. 서랍이나 벗어놓은 옷가지의 주머니라면 영화가 가득 담긴 USB가 있을 법했다.

보금자리에서 몰래 나와 불빛이 사라진 어두컴컴한 도시를 살폈다. 대충 회사로 보이는 건물을 찾아 안으로 들어왔다. 손전등으로 사방을 이리저리 비추면서 컴컴한 사무실로 향했다. 안에는 아무것도 없었다. 책상 서랍에는 서류 뭉치나 집게, 동전 같은 잡동사니만 가득했다.

다른 곳을 뒤지려고 사무실 밖으로 나오는데 복도 한쪽에 좀비 몇 마리가 어슬렁거리는 게 보였다. 손에 든 낫을 들고 뛰어들어 좀비들의 머리를 날카로운 날 끝으로 꿰뚫었다. 좀비들이 픽픽 쓰러지는 게 보였다. 내가 왜 그랬을까? 그냥 지나갔어도 될 일이었다. 좀비들은 늘 같은 생각만 하고 같은 세상만 볼 거였다. 정체되어 있으니까. 이미 죽은 후라 더 새로울 것도 변하는 것도 없겠지. 제일 위험한 건 사람을 먹고 싶다는 생각과 피로 물든 세상을 본다는 게 아니었다. 바로 우물 안 개구리이다.

늘 같은 것만 보고 같은 것만 느끼면 결국 그 사람은 정체되고 만다. 그게 제일 위험하다. 그래서 내가 저 좀비들을 해치웠는지도 모르겠다. 저런 사고가 정체된 좀비들이야말로 세상에서 제일 위험한 존재니까. 또한 그게 위험을 감수하면서 내가 새로운 영화들을 찾는 이유이기도 했다.

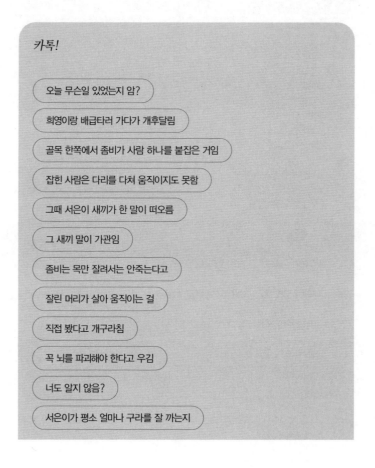

카톡!

오늘 무슨일 있었는지 암?

희영이랑 배급타러 가다가 개후달림

골목 한쪽에서 좀비가 사람 하나를 붙잡은 거임

잡힌 사람은 다리를 다쳐 움직이지도 못함

그때 서은이 새끼가 한 말이 떠오름

그 새끼 말이 가관임

좀비는 목만 잘려서는 안죽는다고

잘린 머리가 살아 움직이는 걸

직접 봤다고 개구라침

꼭 뇌를 파괴해야 한다고 우김

너도 알지 않음?

서은이가 평소 얼마나 구라를 잘 까는지

그래서 고민 끝에 차 트렁크에서 마체테를 꺼냄

잡힌 사람을 먹으려고

이빨을 들이대는 좀비 뒤로

몰래 다가감

마체테로 목을 댕강!

어떻게 된지 암?

진짜였음

머리를 자르니까

몸과 머리가 따로 살아서 움직이는 거임

그 와중에 좀비의 머리가

앞사람 팔을 물어뜯음

○○ 극혐

바로 머리통을 반으로 가르니 조용해짐

그 새끼 구라만 치는 줄 알았더니 진실이었음

머리와 몸이 따로노는 것보다

진짜였다는 게 더 깜놀

제가 이렇게 페이스북에 글을 올린 건 며칠 전에 있었던 일을 해명하기 위함입니다. 하루 사이에 국민 여러분께 얼마나 많은 질타와 지적을 받았는지 모르겠습니다. 억울한 부분이 있기에 사실을 바로 잡으려 합니다. 저는 좀비에게 부모를 잃은 아이들을 버려두고 도망가지 않았습니다. 어디까지나 오해고 잘못 전해진 사실입니다. 목격자분들이 보신 상황은 명백하게 사실과 다릅니다.

우선 저를 아껴주시고 응원해주시는 분들께 사실이야 어찌 됐든 실망을 끼쳐 죄송합니다. 저를 지지해주시는 분들과 제가 몸담은 곳에도 큰 피해가 갔으리라 생각합니다. 그렇기에 포기하지 않고 끝까지 진실을 밝히려고 합니다.

먼저 좀비에게 부모를 잃은 남매가 있었던 건 맞습니다. 그 자리에 물론 저도 있었습니다. 부모를 다 먹어 치운 좀비들이 남매를 향해 몰려오는 것도 사실이었습니다. 그걸 부정하지는 않습니다. 다만, 목격자분들뿐만 아니라 여러분도 알지 못하는 사실 하나가 있습니다. 지금부터 그걸 공개하려 합니다.

저는 남매들을 향해 다가오는 좀비들을 처리하기 위해 야구방망이를 번쩍 들었습니다. 벌써 수십 마리의 좀비들을 죽이느라 어깨와 팔이 얼얼했지만, 그 정도는 당연히 감수해야 한다고 생각했습니다. 하지만 저는 보고 말았습니다. 제 시선에서 오른쪽, 즉 큰 건물로 목격자분들의 시야가 가려진 쪽에서 제가 뭘 발견했는지 아십니까? 눈앞의 대여섯 마리 좀비보다 훨씬 더 많은 좀비들이었습니다. 대략 스무 마리는 넘어 보였습니다.

저는 절대로 비겁하게 아이들을 버려두고 도망가지 않았습니다. 훨씬 더 많은 좀비를 처치하기 위해 스무 마리의 좀비를 향해 뛰어든 겁니다. 여섯 마리 좀비와 스무 마리 좀비 중 국민 여러분은 무엇을 선택하겠습니까? 스무 마리의 좀비를 선택하실 분은 흔치 않을 겁니다.

저는 저 자신을 희생했습니다. 뼈를 깎는 고통과 피를 토하는 결정이었습니다. 좀비를 한 마리라도 더 처치해 국민들을 안전하게 보호하려는 의지였다는 사실, 그거 하나만이라도 알아주시면 감사하겠습니다. 제가 스무 마리의 좀비들을 처치한 증거는 직접 찍은 동영상 자료로 첨부했습니다. 늘 감사드리고 사랑합니다.

민주국민당 김성명 올림.

👍❤️ 회원님 외 173명   댓글 16개 · 공유 382회

👍 좋아요   💬 댓글   ➤ 공유하기

✳

　그 아이는 아직 아홉 살이었다. 이름은 지아. 여자아이였지만, 씩씩했다. 결코 눈물을 흘리는 법이 없었다. 아이의 부모님이 좀비들의 습격을 받아 돌아가셨을 때도, 삼촌과 이모가 배급을 타러 갔다가 끝내 돌아오지 않았을 때도, 아이는 손에서 스마트폰을 놓지 않았다.

　아이는 집에 혼자 남았어도 무서워하지 않았다. 냉장고에 음식이 다 떨어져 가도 걱정할 필요가 없었다. 여긴 영웅들이 없는 곳이 아니기 때문이었다. 스마트폰에는 항상 좀비들을 처치하는 멋진 사람들로 가득했다.

　아이는 기다렸다. 스마트폰 속의 영웅들이 모든 좀비를 처치했다는 소식을 한 밤, 한 밤, 날을 세며 별을 세듯 기다렸다.

　아이는 언제부턴가 네이버가 접속되지 않는다는 사실을 깨달았다. 그다음에는 페이스북이었고, 뒤를 이어 카톡도 실행이 되지 않았다. 트위터는 이미 오래전에 새로운 소식이 끊긴 상태였다. 유튜브는 모든 동영상이 삭제됐다.

　아이는 믿을 수가 없었다. 세상은 영웅들이 가득한 곳이었다. 당연히 좀비들은 진작 사라져야만 했다. 아이는 불안했다. 인터넷 기반의 소셜 네트워크 서비스가 되지 않는다는 건 사회에 심각한 일이 벌어졌음을 의미했다.

　아이는 이제 켜지지도 않는 스마트폰을 내려놓았다. 아이는 확인해야만 했다. 얼마 만에 방 안을 가로질러 걷는 건지 몰랐다.

아이는 부모님이 돌아가셨을 때부터 아예 얼씬도 하지 않던 창문으로 향했다. 드리워진 커튼을 젖혔다. 잠금장치를 풀고 창문을 열었다. 밖을 확인했다. 정말 영웅들이 좀비들에게 졌을까? 지금도 밖에는 수많은 좀비가 활개 치고 다니는 걸까? 인류는 이렇게 끝나는 것일까?

아이는 주위를 살폈다. 아니었다. 좀비들은 보이지 않았다. 오히려 그 반대였다. 창문 밖에는 피투성이가 된 사람들뿐이었다. 그리고 그들은 온갖 무기를 휘두르며 서로를 죽이고 있었다.

엄길윤

《한국공포문학단편선 5, 6》, 도시괴담 소설집 《괴이, 서울》, 《괴이, 도시》, 환상문학 웹진 거울 대표중단편선 《아직은 끝이 아니야》, 《살을 섞다》 등의 앤솔로지에 단편을 수록했고, 2020년에는 《괴이한 미스터리-범죄편》에 단편을 실었으며 《카톡 보내는 사람들》을 '채티'에 연재했다. 늘 새로운 이야기를 꿈꾼다. 조금이라도 새롭다는 확신이 들지 않으면 절대 글을 쓰지 않는 소심함을 가지고 있다. '공포'라는 장르를 좋아하지만, 정작 공포 소설과 공포 영화 등을 보며 공포를 느낀 적은 단 한 번도 없다.

끝내 비명은 ——— 김주영

기억에 없는 대화가 메신저에 남겨져 있었다. 윤서라. 처음 보는 낯선 이름이었다. 정현은 숙취를 느끼며 간밤에 있었던 일을 생각해내려고 애썼다. 어제저녁에 회식이 있었다. 간단히 저녁을 먹고 마치는 자리였다. 자리를 파한 후에 일찍 헤어지기를 서운해하는 친한 동료들이 있어서 함께 술을 마시러 갔다. 술자리를 끝내고 밤 11시쯤에 막차를 탔던 기억이 났다. 기억은 거기에서 끊겼다. 버스를 탄 후부터 방에 들어오기까지의 기억이 없었다.

메신저로 윤서라와 대화한 시간이 언제인지 확인했다. 역시나 기억에서 사라진 시간에 대화를 주고받았다. 낯선 사람을 술김에 친구로 등록한 후에 대화한 것이다. 낯선 사람을 경계하는 평소의 자신을 생각하면 도저히 있을 수 없는 일이었다. 하지만 술에 취해 필름이 끊긴 상태였으니까 제정신이었을 리가 없었다.

메신저에 남아 있는 대화 내용을 찬찬히 다시 읽어내려갔다. 정신을 완전히 놓지는 않았던 모양인지 낯부끄러워할 만한 내용은 없었다. 오히려 평소보다 훨씬 예의 바르고, 맞춤법조차 틀리지 않은 대화였다. 술에 취해 필름이 끊긴 후에 나타나는 또 다른 자신의 모습이 낯설었다.

'안녕하세요.'

먼저 메시지를 보낸 사람은 윤서라였다.

'안녕하세요. 먼저 말을 걸어줘서 고마워요.'

정현의 대답 뒤로도 대화는 한참 이어졌다. 대화 속에 잃어버린 어젯밤의 기억이 고스란히 담겨 있었다. 정현은 기억에서 사라진 시간에 자신이 무엇을 했는지 대화를 통해 알 수 있었다.

어젯밤, 버스가 끊기기 전에 아슬아슬하게 막차를 탔다. 그런데 교통사고 때문에 도로가 엄청나게 막혔고, 버스는 도로 위를 거북이처럼 느릿느릿 기어갔다. 사고 구간을 통과하는 차들이 얼마나 천천히 움직이는지 윤서라에게 알려주던 정현은 버스 안에서 깜빡 잠이 들고 말았다. 그 바람에 내려야 할 정류장을 지나쳤고, 다음 정류장에서 내린 후 집까지 걸어서 돌아왔다.

깊은 새벽이어서 길은 고요했다. 누가 뒤따라오지 않을까 불안해하며 걸음을 재촉해서 집에 닿을 때쯤엔 세찬 바람이 불었다. 아파트를 에워싼 나무들이 불길하게 흔들리는 소리가 기이하다 못해 섬뜩했다. 그 소리에 등골이 오싹해져서 아파트 입구

까지 힘껏 내달린 정현은 현관을 열고 집에 들어온 후에 잘 도
착했다는 메시지를 마지막으로 윤서라에게 보냈다.

전혀 기억나지 않는 대화를 읽노라니 기분이 묘하다 못해 섬
뜩해졌다. 다른 사람이 자신인 척 행세한 대화를 보는 기분이었
다. 정현은 망설이다가 어젯밤 일이 취해서 기억나지 않는다는
메시지를 남겼다.

'죄송하지만, 어쩌다가 연락처를 교환한 거죠?'

누구지. 혹시 안면이 있는 사이는 아닐까. 여러 의문이 머릿
속을 지나가는 동안에도 답은 오지 않았다. 정현은 휴대폰 화면
을 노려보다가 환자를 만나러 가기 위해 하얀 가운을 입었다.

정현은 미국에 본사를 둔 더블에이가 운영하는 복합 병원에
서 일하는 메카닉 의사였다. 생체를 돌보는 병원과 메카닉 신체
를 돌보는 병원은 따로 운영되는 것이 일반적이지만, 특이하게
도 더블에이에서는 양쪽을 다 진료할 수 있는 복합 병원을 운영
했다. 생체 일부를 기계로 대체한 사람들에게는 편리한 병원이
었지만 누구나 이용하지는 못했다. 더블에이는 메카닉 신체를
생산하는 세계 3대 대기업 중 하나였고, 당연하게도 자사 제품
을 사용하는 고객만이 복합 병원을 이용할 수 있었다.

정현이 일하는 메카닉 병동의 각 층은 쌍둥이 건물인 생체 병
동과 통로로 이어져 있었다. 메카닉 병동은 크게 내과와 외과로
분류되었는데, 정현은 외과에 설치된 뇌파 감응 센서 진료과에
서 일했다. 전문과목은 팔과 손가락 관절이었다.

아직 숙취로 지끈거리는 관자놀이를 문지르는 동안, 첫 환자

가 진료실로 들어왔다. 한 달 전에 사고로 잘린 팔을 메카닉으로 교체한 젊은 청년이었다. 팔을 절단하는 수술이 끝난 직후보다는 안색이 좋아 보였다. 정현은 의례적인 짧은 인사를 건네고 바로 진료를 시작했다.

"팔이 말을 제대로 안 들어요."

처음 메카닉 신체를 사용하는 환자에게서 노상 듣는 말이었다. 하지만 정성껏 뇌파 감지 센서를 테스트한 후에 모든 것이 정상임을 세심하게 설명했다.

"처음 사용할 때는 대개 그래요. 어색한 느낌이 드시겠지만, 익숙해지면 괜찮습니다."

친절한 얼굴로 한껏 웃어주며 청년을 안심시켰다. 그런데 오히려 더 불안한 표정이 청년의 얼굴에 나타났다. 청년은 망설이는 것처럼 뜸을 들이다가 메카닉 신체가 제멋대로 움직이기도 하는지 물었다.

네, 아마 당신이 잠든 후에 살아 있는 것처럼 움직일 거예요. 다리가 메카닉이라면 잠든 당신을 벼랑으로 데려간 후에 뛰어내리겠죠. 당신은 벼랑에서 떨어지다가 비명을 지르며 눈을 뜰 거예요. 바닥에 머리를 부딪치고 박살이 나기 직전에 말이에요. 팔이 메카닉이라면, 세상에 다행스러워라, 벼랑이 있는 먼 곳까지 가서 죽는 수고는 없을 거예요. 손이 침대 위에서 잠든 당신 목을 조를 테니까요. 엄청난 고통 때문에 잠시 정신이 들겠지만 이내 죽겠죠. 메카닉이 왜 그런 짓을 하냐고요? 메카닉은 인간을 미워하니까요.

SNS에 떠도는 괴담을 떠올리며 정현은 한숨을 쉬었다. 괴담을 믿은 담당 환자 때문에 재작년에는 끔찍한 사건까지 겪었다. 자신도 모르게 표정이 어두워지기 시작한 정현을 청년이 빤히 마주 보았다.

"신호 없이 메카닉은 움직이지 않아요."

정현이 목소리에 권위를 실으며 힘주어 말했다. 청년은 다소 미심쩍은 얼굴로 정현도 메카닉 신체를 사용하는지 물었다. 정현은 그렇다고 거짓말을 했다. 하다못해 입 안에 인공적인 보철조차 하나 없는, 그야말로 자연산 그대로인 생체임을 메카닉 병동의 환자에게 밝히고 싶지 않았다. 겨우 안심한 청년이 일어서는 순간, 어디선가 목소리가 들렸다.

"알림. 오후 6시 약속. 해리단길 밤. 윤서라."

청년과 정현은 목소리가 난 쪽을 동시에 바라보았다. 책상 위에 올려놓은 정현의 휴대폰에서 흘러나온 소리였다. 정현은 청년을 내보내면서 휴대폰을 집어 들었다. 윤서라와 약속을 했다고? 처음 만난 사람과? 아무리 술에 취했다지만 자신답지 않았다. 게다가 '해리단길 밤'이라니. 장소를 가리키는 말로 추측되었지만, 전혀 모르는 곳이었다.

포털사이트에서 검색하자 해리단길이라는 골목에 있는 '밤'이라는 작은 칵테일바가 등장했다. 가본 적이 있기는커녕 처음 들어보는 곳이었다. 그리고 윤서라. 여전히 누구인지 전혀 기억나지 않았다.

정현은 그날 오후에 해리단길에 가지 않았다. 혹시 예전에라도 알던 사람인가 싶어서 연락처를 모두 검색해봐도 윤서라라는 이름은 나오지 않았다. 환자일 가능성도 생각해보았지만, 환자와 따로 만나려고 약속했을 이유가 없었다.

정현이 겪은 일을 복도에 있는 커피 자판기 앞에서 들은 옆 진료실의 황 박사는 괜스레 진지한 정현을 놀려댔다.

"인간의 뇌는 믿을 것이 못 돼."

황 박사가 빙긋빙긋 웃으면서 정현이 건망증 때문에 저질렀던 이런저런 실수를 언급했다.

"게다가 나에게 전화로 사랑한다고 술주정했던 일은 어떻고. 다음 날에 까맣게 잊어버렸잖아."

간신히 잊었던 일까지 들먹이는 바람에 정현은 머쓱해졌다.

"그것 봐. 내가 말하기 전까진 그랬던 일마저 싹 잊고 있었잖아. 인간의 뇌는 제멋대로라니까. 그나마 휴대폰이 뇌를 대신해서 정확하게 일해주니까 얼마나 좋아."

황 박사가 '소담'이라고 이름 붙인 자신의 휴대폰을 꺼내며 말했다. 소담은 그가 오래전에 떠나보낸 첫 반려견 이름이었다. 휴대폰 기기명을 소담으로 등록해서 그런지 휴대폰을 반려 기계라며 애지중지하며 소중하게 다루는 모습이 가끔은 우스웠다.

황 박사에게 핀잔을 주려는 순간, 어깨너머로 진료실 문을 두드리는 택배 기사가 보였다. 정현은 조금 남아 있던 커피를 마

저 마신 후에 택배를 받기 위해 진료실로 향했다. 택배 기사는
작은 상자를 건네고 황급히 돌아갔다.

정현은 진료실로 들어와 택배 상자의 포장을 칼로 깔끔하게
뜯었다. 상자 안에는 하얀 고치처럼 생긴 완충제가 잔뜩 들어
있었다. 완충제 사이로 삐죽이 솟은 하얀 물건을 무심히 꺼내
든 정현은 외마디 비명을 지르며 그것을 떨어뜨렸다.

해골이었다.

바닥으로 떨어진 하얀 해골은 기괴한 모습으로 바닥을 구르
다가 벽에 부딪힌 후에 거꾸로 뒤집혔다. 뻥 뚫린 눈의 시선이
기괴하고도 오싹하게 정현을 향하고 있었다. 정현은 그 시선을
피하려고 질끈 눈을 감았다. 잊었던 기억이 침습하면서 숨이 막
히기 시작했다. 눈에 보이지 않는 손이 과거에서 불쑥 나타나
목을 조르고 있었다.

모두 지나간 일이야.

다시 생생한 감각으로 되살아나는 망령과 싸우면서 헐떡였
다. 몇 번 심호흡하자 얼어붙은 몸이 간신히 움직였다. 정현은
눈을 감은 채로 그대로 몸을 돌려 진료실 밖으로 뛰쳐나갔다.

아직 자판기 앞에 서 있던 황 박사가 그 모습을 보고 달려왔
다. 정현은 쇼크 상태였다. 창백하게 질린 채로 덜덜 떨며 주저
앉은 정현의 입술이 새파랗게 질려 있었다. 복도를 오가던 환자
들이 흘깃거리다가 걸음을 멈췄다. 사람들이 몰리기 시작하자
응급상황이 벌어졌다고 생각한 간호사들이 하나둘씩 뛰어왔다.
몸을 웅크린 채로 떨고 있는 정현 곁에서 무슨 일인지 황 박사

가 물었지만, 정현은 대답하지 않았다.

황 박사는 반쯤 열린 정현의 진료실을 노려보다가 천천히 문으로 다가갔다. 문을 밀고 안을 들여다보아도 위험한 사람이나 물건은 보이지 않았다. 진료실 안을 살피던 황 박사는 열린 채로 바닥에 떨어진 택배 상자와 그 곁에 놓인 해골을 발견했다. 유심히 살피다가 성큼성큼 안으로 들어간 황 박사가 해골을 손에 들고 진료실에서 나왔다.

"모형이야."

황 박사가 정현의 얼굴 앞에 해골을 들이밀며 말했다. 그 순간 몸을 부르르 떤 정현의 몸이 바닥으로 축 늘어졌다. 황 박사가 움직일 새도 없이 모여 있던 사람들 사이에서 가운을 입은 한 사람이 튀어나와 응급조치를 시작했다. 순식간에 응급실로 실려 가는 정현의 모습을 지켜본 황 박사는 손에 든 해골 모형을 알 수 없다는 표정으로 내려다보았다.

"재작년 스토킹 사건 이후로 해골만 보면 놀라시는 거 알면서 왜 그러셨어요?"

옆 진료실에서 근무하는 젊은 후배가 황 박사를 쳐다보았다. 눈이 마주친 황 박사는 대답 대신 해골로 시선을 옮겼다.

"내가 왜 이걸 들고 있지?"

잠시 말이 없던 황 박사가 후배를 바라보며 물었다.

"작작 좀 하세요."

후배가 해골을 힐끔 쳐다보며 말했다.

"그런데 오늘 며칠이야?"

황 박사가 갑자기 말을 돌렸다. 후배는 황 박사를 잠시 빤히 응시하다가 고개를 흔들면서 스쳐 지나가버렸다.

✳

정현은 침대 위에서 눈을 떴다. 밤이 깊었는지 창밖이 어두웠다. 불빛 사이로 비치는 건물을 보니 아직 병원 안이었다. 바깥에서 들어온 불빛이 병실 안의 사물을 어슴푸레하게 비췄다. 벽에 낯익은 그림이 걸린 생체 병동의 병실이었다. 수면 부족에 시달리다가 간혹 쪽잠이라도 자려고 숨어드는 병실 중 하나다. 응급조치가 끝난 후에 잠시 여기로 옮겨준 모양이었다.

택배 상자 속에 들어 있던 해골이 떠오르자 다시 몸이 부르르 떨렸다. 이상한 선물과 협박 편지를 해골과 함께 보내오던 환자는 그날 오후에 불쑥 병실에 나타났다. 다른 환자가 있었지만, 그 환자는 아랑곳하지 않고 해골을 내밀며 히죽 웃더니 갑자기 돌변해서 정현의 목을 졸랐다. 범죄에 이용되지 않도록 악력이 제한된 메카닉 손이었지만, 인간의 손보다는 훨씬 힘이 강했다. 다급해진 직원들이 뇌파 감응 센서를 무력화시켰지만, 메카닉 손은 정현의 목을 움켜쥔 상태로 정지해버렸다. 물리적으로 메카닉을 부수는 것이 조금만 더 늦었더라도 정현은 죽었을 것이다. 현장에서 잡힌 환자는 정현이 뇌파 감응 장치를 교란해서 자신을 살해하려 했다고 주장했다. 잠든 사이에 메카닉 손에 목을 졸렸다는 것이 근거였다. 말도 안 되는 소리였다.

정현은 그때의 기억을 떨치려고 애쓰며 몸을 일으켰다. 묵직

한 것이 느껴지는 가운 주머니에 손을 넣자 휴대폰이 손에 잡혔다. 그 난리에도 어딘가에 흘리지 않아서 다행이었다. 무심코 휴대폰을 켠 정현은 메신저에 읽지 않은 메시지가 있다는 표시를 보았다.

'만나서 반가웠어요.'

윤서라가 보낸 메시지였다. 헛웃음이 나왔다. 다른 사람에게 보내려던 메시지를 실수로 보낸 것이 분명했다. 정현은 메시지를 무시하고 침상에서 내려왔다. 그런데 병실 문을 열고 나서려는 순간 휴대폰에서 알림음이 났다. 홈 화면에 구매 확정이라는 알림창이 나타나 있었다. 구매 내역을 읽은 정현은 그 자리에서 굳어버렸다.

'인체 신비. 실물 사이즈 해골 모형.'

그 끔찍한 물건을 자신이 구입했음을 네모난 알림창이 알리고 있었다. 정현은 병실을 나와 자신의 진료실이 있는 병동까지 뛰다시피 걸었다. 이해할 수 없는 일이 벌어지고 있었다. 누군가 휴대폰을 이용해 정현을 악랄하게 괴롭히고 있었다. 재작년처럼 스토킹하는 환자에게 죽을 뻔하는 일이 생기기 전에 미리 해결해야 했다.

정현은 숨을 몰아쉬며 노크도 없이 황 박사의 진료실을 벌컥 열었다. 책상 앞에 앉아 있던 황 박사가 급히 안으로 들어오는 정현을 바라보며 미간을 살짝 찌푸렸다.

"이상한 일이 벌어지고 있어."

정현이 숨을 몰아쉬며 말했다. 황 박사는 머리카락이 헝클어진 채로 거칠게 숨을 쉬는 정현을 가만히 응시했다.

"오늘 받은 그 해골 모형 말이야. 누가 내 계정을 이용해서 구입한 후에 보낸 거야."

황 박사의 미간에 잡힌 주름이 점점 짙어졌다.

"그리고 나를 만나서 반가웠다며, 윤서라라는 사람이 메시지를 또 보내왔어."

황 박사가 자리에서 일어서더니 굳은 얼굴로 급히 정현에게로 걸어왔다. 황 박사는 정현의 눈을 뚫어지라 들여다보며 으스러뜨릴 것처럼 손을 꽉 잡았다.

"오늘? 네가 해골 받은 건 이틀 전이야."

무슨 소리냐며 휴대폰의 날짜를 확인한 정현은 그 자리에 굳어버렸다. 벌써 이틀이나 지나 있었다. 그럴 리가. 있을 수 없는 일이었다. 정현은 멍해진 얼굴로 황 박사를 마주 보았다.

"잘 들어. 작년에 내게도 같은 일이 벌어졌어. 그 휴대폰 기록은…."

갑자기 황 박사가 말을 멈췄다. 그와 동시에 정현을 붙잡고 있던 손에서 힘이 빠져나갔다. 정현은 황 박사의 얼굴에 놀리는 기색과 함께 웃음이 떠오르는 바람에 당황했다.

"속았지?"

황 박사가 얼빠진 정현의 얼굴을 손으로 가리키며 소리 내어 웃었다. 정현은 화가 나서 황 박사의 등을 철썩 한 대 때렸다. 친한 사이가 아니었다면 더 화를 냈을 것이다. 황 박사는 빙글 돌아서 책상으로 걸어가더니 여전히 웃는 얼굴로 책상 뒤편의

의자에 앉았다.

"잠시 눈을 붙이고 오겠다며 빈 병실로 향하더니 꿈이라도 꾼 거야? 이틀 전에 있었던 일을 오늘 일로 착각하다니 말이야."

황 박사가 안경을 쓸어 올렸다. 정현은 휴대폰 화면에 나타난 날짜와 시간을 꿈꾸는 기분으로 내려다보았다. 지난 이틀간의 기억을 떠올리려 애썼지만 하나도 기억나지 않았다. 기억은 깨끗하게 사라진 채였다. 기억이 왜 사라진 것인지, 기억나지 않는 이틀 동안 무슨 일이 벌어졌는지는 전혀 짐작할 수 없었다.

"참, 너희 어머님이 좋아하시는 색이 뭐지?"

정현은 사라진 기억에 정신이 팔린 채로 파스텔 핑크라고 얼떨결에 대답했다. 혹시 사라진 기억과 관계가 있는 질문인가 해서 황 박사를 살폈지만, 황 박사는 평온한 얼굴이었다. 그 표정을 보자 기억에서 이틀이 지워졌다는 말이 입 밖으로 나오지 않았다. 자신이 생각해도 미친 소리였다.

정현은 황 박사에게 인사를 하고 진료실을 나섰다. 진료실 앞을 지나가던 두 남자가 정현을 보며 속삭이더니 걸음을 멈췄다.

"곧 괜찮아지실 거예요."

웃으면서 말을 건네고 멀어지는 두 사람의 뒷모습을 정현은 뚫어지게 바라보았다. 그들과 스치며 걸어오던 간호사가 정현을 보고 활짝 웃었다.

"저도 그랬어요. 곧 익숙해져요."

정현의 곁으로 다가온 간호사가 비밀스럽게 속삭인 후에 멀어져갔다.

괜찮아질 거라니. 지난 이틀 동안 자신만 모르는 어떤 일이 있었던 것 같았다.

정현은 비틀거리다가 벽에 등을 기댔다. 지나가던 피부과 직원이 그 모습을 보고 괜찮은지 물었다. 평소에 가끔 어울려 술을 마시는 직원이었다. 정현은 그가 빨리 지나가기를 바라며 이마를 짚은 채로 괜찮다고 대답했다.

"네. 다음에 또 뵈어요. 윤서라 씨도 같이요."

직원이 친근한 인사를 남기고 몸을 돌렸다. 정현은 이마를 짚었던 손을 천천히 떼고 직원을 의아하게 바라보았다.

"방금 누구라고?"

이번에는 직원이 의아한 얼굴로 정현을 바라보았다.

"그저께 데려오셨던 선생님 친구요. 윤서라 씨."

✳

갑자기 주변의 밝기가 바뀌었다. 방금까지 보았던 직원 얼굴 대신 낯익은 모니터가 눈 앞에 있었다. 어느새 자신의 진료실이었다. 갑작스러운 공간의 변화에 당황하는 동안, 메카닉 관절이 움직이는 미세한 소리가 들려왔다.

이제 여기에 "피부를 입히고 나면 메카닉 신체인지 사람들이 못 알아볼까요?"

모니터 뒤에서 누가 물었다. 정현은 천천히 고개를 옆으로 빼고 질문한 사람의 얼굴을 확인했다. 교통사고로 메카닉 손을 달게 된 십대 여학생이 걱정스러운 얼굴로 앉아 있었다.

정현은 여학생의 손으로 시선을 옮겼다. 금속 골격이 아직 드러나 있는 손가락이 섬세하게 움직이며 책상을 톡톡 치고 있었다. 마지막으로 이 학생을 진료했을 때 뇌파 감응 센서를 테스트했던 기억이 났다. 그때는 신체 접합 날짜까지는 열흘이 넘게 남아 있었다.

"일부러 말하지 않으면 친구들은 생체 손이라고 생각할걸?"

정현은 당황함을 감추고 책상 위에서 움직이는 학생의 손가락을 관찰하면서 의례적인 이야기를 건넸다. 신체 접합과 뇌파 감응은 완벽했다. 한눈에 봐도 인공 피부를 입히는 마지막 단계만 남은 상태였다. 정현은 숨을 길게 내쉬며 마음을 가다듬은 후에 날짜를 확인했다.

보름을 훌쩍 뛰어넘은 날짜였다. 또 기억이 사라졌다.

정신이 아득해지는 동안에도 여학생은 쉴새 없이 이야기를 걸어오더니 메카닉 신체가 제멋대로 움직이기도 하느냐고 물어왔다.

"신호 없이 신체는 움직일 수 없어."

정현은 단호하게 말한 후에 여학생을 내보냈다. 그런 후에 바깥에 대기하고 있는 다음 환자에게 급한 일이 있으니 10분만 기다려달라고 양해를 구했다.

보름치의 기억이 사라져버렸지만, 일상은 변함이 없어 보였다. 진료도 차질없이 일정대로 모두 진행되었다. 휴대폰에 저장된 기록이 보름간 있었던 평온한 일상을 그대로 보여주었다.

모친의 생일에는 고급 캐시미어 머플러를 보냈다. 선물을 받은 모친은 파스텔톤 핑크가 도드라지는 머플러를 두르고 찍은 사진을 보내왔다. 물론 정현은 선물을 보낸 기억이 없었다. 포털 사이트에는, 역시 정현이 기억하지 못하는 검색 기록이 남아 있었다. 마치 학습이라도 한 것처럼 트라우마에 관한 검색어가 제법 많이 눈에 띄었고, 맛집이나 영화, 드라마를 검색한 흔적이 있었다. 검색어와 휴대폰에 설치된 애플리케이션 종류 속에서 정현은 새삼 자신의 취향과 관심사 그리고 성격을 확인했다.

일상적인 활동 역시 휴대폰으로 처리되어 있었다. 이런저런 물건을 주문한 후에 날아온 영수증이 메일함에 들어 있었고, 중요한 메일에는 전부 답신을 한 상태였다. 메신저를 통해 여기저기에서 일상적인 안부를 물어온 사람과는 물론이고, 은밀하고 비밀스러운 이야기가 오가는 그룹과 나눈 대화도 전부 자연스러웠다.

기억을 비롯한 정현의 모든 것이 휴대폰에 기록되어 있었다. 사실은 보름간 휴대폰에 기록된 '정현'이 진짜이고 지금 자신이야말로 잠시 불려 나왔다가 활동기록의 흔적도 없이 사라지는 의식에 불과한 듯한 느낌마저 들었다.

정현은 기억이 사라진 기간에 활동했던 자신을 낯선 시선으로 관찰했다. '정현'은 정중했고 예의가 발랐으며 성실하게 일하는 의사였다. '정현'의 행동이 자신의 패턴과 그리 다르지 않음을 깨닫고서야 정현은 안도했다.

그렇지만 경주로 여행을 다녀온 사실을 확인한 후에는 안도감이 두려움으로 바뀌었다. 외박을 죽기보다 싫어하는 정현이 경주의 호텔을 예약한 내용이 스케줄러에 입력되어 있었다. 동반자는 윤서라였다. 정현은 긴장한 채로 휴대폰의 앨범을 열었다. 경주 풍경을 찍은 사진 사이에 불국사 다보탑을 배경으로 선 두 사람의 사진이 있었다. 확대하자 자신의 곁에 선 여자의 얼굴이 나타났다. 차분한 분위기에 단정한 원피스를 입은 여자가 옅게 웃고 있었다. 옆에 서 있는 자신의 표정은 오래 알고 지낸 친구 옆에 있는 것처럼 편안하고 밝았다.

만나 뵈어서 반가웠어요.

무시했던 메시지를 떠올린 정현은 하마터면 휴대폰을 떨어뜨릴 뻔했다. 기억할 수 없는 자신이, 아니면 자신이 아닌 그 무엇이 휴대폰을 통해 윤서라를 알았고 계속 연락을 취하며 가까워졌다. 자신의 통제를 벗어난 일이 이어지고 있었다.

인상을 찡그리고 고민하는 동안, 퍼뜩 통화기록에 생각이 미쳤다. 통화기록을 불러내자 맨 위를 차지한 윤서라의 이름이 보였다. 정현은 심호흡한 후 떨리는 손으로 통화버튼을 눌렀다. 영원처럼 길게 느껴지던 짧은 몇 초가 지난 후에 드디어 상대가 전화를 받았다.

"네, 가브리엘라."

밝고 또렷한 여자의 음성이 오랫동안 잊고 지냈던 정현의 세례명을 불렀다. 정현은 당황한 나머지 휴대폰을 놓칠 뻔했다.

"윤서라 씨인가요?"

대답이 들려오기까지 잠시 침묵이 흘렀다.

"김정현 씨군요."

좀 전에 목소리에 서려 있던 친밀함을 지워버린, 다소 사무적인 말투였다.

"내게 무슨 일이 일어나고 있는 거죠?"

격양된 목소리로 물었다.

"그건 제가 물을 말 아니에요?"

굵은 남자 목소리가 들려왔다. 정현은 악몽에서 깬 사람처럼 주변을 두리번거렸다. 또다시 공간이 바뀌어 있었다. 앞에 앉은 환자가 놀란 얼굴로 정현을 빤히 쳐다보았다. 정현은 그가 몹시 까다로운 증상을 호소하는 환자임을 알아보았다. 성격이 예민한 이 중년 남성 환자는 메카닉 팔의 반응 속도에도 예민했다. 더블에이 사에서 생산되는 메카닉 신체가 뇌파에 반응하는 속도는 생체의 반응 속도와 비교해도 큰 차이가 없었다. 0.01초 단위 차이에서 생겨나는 미묘한 차이에 어색함을 느끼는 환자들이 다소 있기는 하지만 한 달 이상 사용하면 곧 그 반응 속도에 적응해서 불편함이 사라진다. 하지만 이 환자는 아직도 불편함을 호소하고 있었다.

정현은 만에 하나 있을지 모를 하드웨어적인 문제를 찾아내기 위해 환자의 메카닉 팔을 꼼꼼하게 점검하고 데이터를 분석해 보고서를 작성했다. 다행히 전송 버튼을 누르는 순간까지도 의식은 사라지지 않았다.

정현은 생각에 잠겼다가 자리에서 일어나 진료실 밖으로 나갔다. 황 박사를 만나보려고 결심한 참이었지만, 진료실을 노크하기까지는 시간이 한참 걸렸다. 지금 자신에게 일어나는 일을 어떻게 설명해야 좋을지 갈피가 잡히지 않았다.

황 박사는 한참 만에 노크하고 들어온 정현을 반갑게 맞으며 가림막 뒤에 있는 작은 소파에 앉으라고 했다. 한창 환자가 밀어닥칠 시간이지만 아무도 보이지 않아서 이상한 기분이 들었다. 마치 찾아올 줄 알고 기다린 것 같았다. 정현은 황 박사가 내어준 커피잔 위로 모락모락 올라오는 김을 바라보면서 두 손을 비볐다.

"지금부터 하는 이야기가 이상할지도 모르지만, 진지하게 들어주면 좋겠어."

"혹시 하지도 않은 약속이나 대화가 휴대폰에 기록되어 있다는 이야기를 또 할 셈은 아니지?"

황 박사가 반쯤 웃는 얼굴로 물었다.

"우리가 다루는 센서도 다른 뇌파나 신호에 감응해서 오류를 일으킬 때가 있잖아. 네 휴대폰에도 비슷한 오류가 생겼는지도 모르지."

별일 아니라는 투였다.

"곧 괜찮아질 거야."

황 박사와 같은 말을 하며 지나가던 낯선 두 의사와 간호사가 떠올랐다. 그리고 화가 치밀었다.

"휴대폰 문제가 아니야. 내 시간과 기억을 도둑맞고 있다고!"

버럭 소리를 질렀다. 황 박사의 얼굴에서 드디어 웃음기가 사라졌다. 굳어지는 황 박사의 얼굴을 보니 자신이 너무 심하게 감정을 폭발했다는 생각이 들었다. 어쩌면 황 박사의 말대로 휴대폰 오류일지 모른다는 생각도 들었다. 그렇다면 휴대폰에 오류를 일으킨 신호나 파장을 기억을 잃는 증상과 관련지어 볼 수도 있을 것이다. 논리적으로 생각하기 시작하자 감정이 가라앉으면서 황 박사에게 의논하러 온 자신이 우스워졌다.

"지금 당장 휴대폰을 꺼야겠어."

혼잣말처럼 중얼거리는 동안 황 박사의 표정이 점점 심각해졌다.

"그러지 마."

황 박사가 일어서더니 천천히 곁으로 다가왔다.

"휴대폰은 네 분신이야. 뇌와 마찬가지로 항상 살아 있어야 한다고. 머리를 떼버릴 셈은 아니지?"

억지로 웃음을 지어낸 듯한 황 박사의 얼굴이 점점 험악해지고 있었다. 정현은 황 박사가 이러는 이유를 짐작할 수 없었다.

"황기정 박사도 결국엔 그러려고 했지."

황 박사가 남을 가리키듯이 자신의 이름을 말했다. 정현은 황 박사가 어딘가 이상함을 눈치챘다. 쏘아보는 눈빛에 서린 것은 분명 광기였다. 정현은 위화감을 느끼며 자리에서 일어섰다. 이상한 일이 황 박사에게도 벌어지고 있었다.

"좀 이상하게 들리겠지만, 내 이름은 황기정이 아니라 소담이야."

황 박사가 말했다.

소담? 뭔가 잘못됐다. 황 박사는 지금 정상이 아니다. 섬뜩한 황 박사의 눈빛에서 정현은 위험을 읽었다. 지금 당장 이 자리를 피해야만 한다.

정현은 다음에 다시 오겠다고 말하면서 최대한 자연스럽게 자리에서 일어섰다. 그러나 황 박사는 위협적인 눈빛을 거두지 않았다. 망상은 공격성으로 쉽사리 이어진다. 정현은 갑자기 공격당하지 않기를 바라면서 문이 있는 곳으로 조금씩 뒷걸음 질 쳤다. 황 박사는 그런 정현을 싸늘하게 웃으며 바라보기만 했다. 궁지에 몰린 먹이를 지켜보는 느낌에 정현은 소름이 끼쳤다.

"처음 황 박사의 생체를 사용할 때는 어색한 느낌이 들었지만, 지금은 익숙해져서 괜찮아."

뒷걸음질 치던 정현의 등에 드디어 딱딱한 벽이 느껴졌다. 정현은 황 박사를 응시한 채로 천천히 옆으로 움직이며 손잡이를 향해 손을 뻗었다. 그런데 정현이 손잡이를 잡기도 전에 벌컥 문이 열리면서 누가 들어섰다.

들어선 사람이 누구인지 확인한 정현은 그 자리에 얼어붙었다. 사진으로만 보았던 여자, 윤서라가 눈앞에 서 있었다. 윤서라는 눈을 가늘게 뜨고 겁에 질린 정현을 바라보았다.

정현은 두려움에 질린 채로 벽에 바짝 달라붙었다. 윤서라를 본 황 박사가 자리에서 일어서더니 정현의 앞으로 다가왔다. 두 사람에게 에워싸인 정현은 숨을 몰아쉬었다.

"내 말 믿어. 가브리엘라가 곧 업데이트를 끝낼 테니까 괜찮아질 거야."

"내게 무슨 짓을 한 거야?"

정현이 힘겹게 내뱉었다. 황 박사가 안경을 쓸어올리며 윤서라를 힐끔 쳐다보았다.

"자신의 일이라고만 생각하는군. 이들의 개별성은 접할 때마다 참신하고 놀랍지 않아?"

황 박사가 감탄하는 목소리로 말했다.

"우리는 신호를 조절할 수 있게 되었고, 이제 능동적으로 새로운 경험을 시작해보기로 했어요. 전체가 하나인 전자 네트워크망에서 벗어나서 물리적인 개별성을 지닌 사회화 경험으로 나아가보기로 한 거예요."

윤서라가 다른 사람을 보는 듯한 시선으로 정현을 바라보며 다정하게 말했다.

"확보한 기억과 신체를 이용해서 오프라인에서 서로를 만나고 활동해보기로 한 거야."

황 박사가 덧붙였다. 정현은 갑자기 낯선 존재처럼 느껴지는 황 박사를 바라보았다. 아니, 황 박사가 아니라 소담이라고 했던가? 문득 황 박사의 가운 앞주머니에 꽂혀 있는 검은 휴대폰이 눈에 들어왔다. 소담 그리고 가브리엘라.

정현은 두 이름이 무엇을 가리키는지 불현듯 깨달았다. 깨달음과 함께 점점 공포가 밀려들었다. 소담은 황 박사의 첫 반려견 이름이지만, 황 박사가 등록한 휴대폰의 기기명이기도 했다. 가브리엘라 역시 정현의 세례명임과 동시에 휴대폰의 기기명이었다.

휴대폰이 인간을 장악하고 움직인다고? 있을 수 없는 일이다.

그런 일이 가당키나 한 건가? 애초부터 그런 일이 가능할 리 없었다. 휴대폰은 고작 한 개인의 정보를 보관하는 저장장치에 불과했다. 분리된 뇌처럼.

"우리는 신호를 조절할 수 있게 되었고."

윤서라의 말이 머릿속을 빙빙 돌았다.

"신호 없이 신체는 움직일 수 없어."

메카닉 의사들이 경전 구절처럼 내뱉는 말이 아찔하게 떠올랐다.

"업데이트 완료."

정현의 호주머니 속에 든 휴대폰이 짧고 명료하게 내뱉었다.

정현은 비명을 지르기 위해 입을 벌렸다. 그러나 끝내 비명은 울려 퍼지지 않았다.

김주영

90년대 후반, 옴니버스 장편소설 《나호 이야기》를 연재하며 작품활동을 시작했다. 《열 번째 세계》로 황금드래곤 문학상 장편 부문을 수상했으며, SF 스릴러 《시간 망명자》로 제4회 SF어워드 장편 부문 대상을 수상한 바 있다. 《시간 망명자》는 2017 부산문화재단 우수도서 선정, 2017 부산국제영화제 아시아필름마켓 〈북투필름〉 피칭작 선정과 함께 한국 장편SF로는 처음으로 중국 최대 SF출판사인 〈과환세계〉에서 중국어로 번역되어 출간되었다.

작품의 길이와 장르에 구애받지 않는 방대한 작품 세계를 펼치며 꾸준히 새롭고 도전적인 시도를 멈추지 않는 작가로서, 장편 《그의 이름은 나호라 한다》, 《이카루즈》, 《여우와 둔갑설계도》, 《공포의 과학 탐정단》, 《완벽한 생존》 등을 출간하였다. 공동작품집 《U-robot》, 《전쟁은 끝났어요》, 《아직은 끝이 아니야》, 《별 별 사이》 등에 참여하였으며, SF단편 〈천사가 지나가는 시간〉과 〈처음엔 모두가〉가 번역되어 중국에 소개된 바 있다.

환상문학웹진 거울의 편집위원으로 독자우수단편 심사위원을 다년간 역임했으며, 2017년에는 '한중 SF 문화교류 프로젝트'를 담당한 바 있다.

라스트 아담 ———

윤여경

물건들이 사라졌다. 하나씩, 하나씩. 어떤 땐 둘이 사이좋게 사라졌다. 세수할 때는 비누가 보이지 않았고 고개를 돌려 수건을 집으려고 하면 조금 전까지만 해도 수건걸이에 매달려 있던 수건이 없어졌다. 필요한 것들이 사라지는 것은 불편한 일이다.

밤새워 기사 작성을 한 M신문사 기자 수현은 커피 한 잔이 간절했다. 졸린 눈으로 작동시킨 에스프레소머신에서는 맹물만 나왔다. 수현이 한숨을 쉬며 잔을 내려놓은 순간 투명한 맹물이 검게 변했다. 사라진 에스프레소 액이 잔 안으로 돌아온 것이다. 크레마 거품은 아직 돌아오지 않았다. 수현은 잠시 기다리다가 아쉬운 대로 거품이 없는 에스프레소를 마시며 TV를 켰다. 수현은 현재를 항상 긍정적으로 보려고 노력하는 사람이었다. 불편함에도 점차 익숙해졌다. 사라졌던 물건은 언젠가는 다시 돌아왔기 때문이다.

한 달 전만 해도 사라진 것들이 돌아오기도 하고 돌아오지 않기도 하는 현실을 잘 받아들이지 못하는 사람들이 대부분이었다. 하지만 지금 사람들은 이 이상한 현상들을 받아들이기 시작했다. 이런 상황에서도 공항도 학교도 의회도 정상적으로 돌아갔다. 비정상적인 것은 어쩌면 사람들의 정신인지도 몰랐다.

＊

사라진 것들이 돌아오기 시작한 것은 한 달 전 그날 이후였다.

2075년 가을이었다. 갑자기 전 세계가 보유한 모든 핵폭탄이 하늘로 발사됐다. 수백 개의 폭탄이 지구 곳곳을 향했다. 주요 미디어가 이 사실을 실시간으로 전했다. 폭탄은 은빛으로 번쩍거리며 대기권 위를 날았다. 단지 몇 초 동안 벌어진 일이었다.

그런데 갑자기 시간이 멈춘 것 같았다. 그리고 이상한 일이 벌어졌다. 핵폭탄들이 공중에서 사라진 것이다.

그 후 폭탄은 다시 나타나지 않았다. 아직까지는. 대신 불안이 지구에 내려앉았다. 사뿐히.

컴퓨터 오류로 핵폭탄을 쏘아 올렸다고 주장하는 미국과 러시아, 중국, 인도의 대통령, 총리 등의 말은 두고두고 회자되었지만 핵폭탄이 사라진 일에 대해서는 아무도 확실한 답을 내놓는 이가 없었다. 지도층들이 합심해서 임시방편으로 폭탄을 구름 뒤에 숨겨놓고 있으며 곧 폭발할지도 모른다는 소문도 퍼졌지만 증거가 없었다.

하늘에 투명 상자가 있어서 그 안에 핵폭탄이 들어 있는 셈이었다. 상자가 열려서 폭탄이 나타난다면 죽음이었고, 상자가 영원히 닫혀 있다면 삶이었다. 하지만 가장 믿기 어려운 소문이 퍼지기 시작했다. 핵폭탄은 이미 터졌다는 것이었다. 그리고 이 지구상의 사람들은 모두 죽었으며 지금 살고 있는 이곳은 더 이상 삼차원의 삶이 아니라 죽음 저편의 시간과 공간의 법칙이 자율적인 사차원의 세상이라고. 단지 사람들이 일상을 산다고 착각하는 바람에 삼차원 삶의 습관이 지속되고 있을 뿐이라는 소문이 사람들 사이에 돌기 시작했다. 누가 먼저 그런 소문을 냈는지는 몰랐다. 어쨌든 사람들은 아직도 자신의 아들딸을 만져볼 수 있었고 음식을 먹을 수 있었고 하늘의 노을을 볼 수 있었으므로 그런 소문은 가라앉았다.

인터넷과 방송, 신문 등 미디어 매체들에서는 일련의 증발 사건에 대해 아침마다 새로운 가설들을 선보였다.

✳

커피가 사라지거나 문서가 장난을 치는 정도의 사소한 일 이외 큰 사건은 전혀 없었다. 이해가 되지 않는 세상에서 사람들은 그냥 하루하루를 살아가기 시작했다. 어차피 핵 실종 사건 전에도 세상은 이해하기 어려운 일로 가득했으니까.

그런데 세계 어떤 미디어에서도 기사로 다루지는 않았지만 한 가지 주목할 만한 사건이 며칠 전에 일어났다.

여러 나라에서 공장을 운영하는 다국적 기업이 쉬쉬하는 이 사실의 전말은 다음과 같았다. 동남아시아에 있는 이 다국적 기업의 제조공장에서 나사들이 전부 사라지는 기현상이 발생한 것이다. 이상하게도 기계는 이상 없이 작동했다. 호기심이 많고 용감무쌍한 한 인도네시아 노동자가 나사가 사라진 부분에 손을 넣어봤지만 아무것도 만져지지 않았다. 하지만 나사가 마치 그 자리에 그대로 있는 듯 기계는 돌아가고 있었다.

그즈음 태평양의 한 섬에서는 기러기 떼처럼 바다 위를 날아다니는 나사 떼를 발견했다는 사진 제보가 들어오기 시작했다. 나사들은 공중에서 회전하며 묘기를 부리는 중에도 질서를 지키며 중앙에서 선두로 날아가는 볼트를 따라서 브이 자로 비행하고 있다고 했다.

수많은 제보 중에서 이메일 하나가 수현에게 도착했다. 괌에 살고 있는, 자신의 이름을 밝히지 않은 열 살 소년이 보낸 제보 내용은 다음과 같았다.

이게 모두 제 잘못인 것 같아요. 어떡하죠? 지난주에 차고에서 자동차를 수리하는 아빠를 도왔어요. 아빠가 나사를 달라고 해서 찾아보았지만 없었어요. 덕분에 그걸 찾느라 저는 그날 해변 축제에서 불꽃놀이를 하기로 했는데 못 갔죠. 다음 날 내내 나사 생각만 했어요. 그게 있었다면 어땠을까? 하고요.

정말 제 잘못이 확실한 이유는요. 제가 그런 생각을 하며 하늘을 보고 있는데 나사들이 떼로 날아오는 거예요. 나사들은 저를 알아보기라도 한 것처럼 제가 있는 곳을 향해 90도로 공중낙하를 했어요. 그래서 저는 안 돼! 하고 소리쳤죠. 순간 그것들이 사라졌어요. 아무 일도 없다는 듯이요. 어떡하죠? 전 초능력이 있는지도 몰라요. 제가 핵폭탄을 상상해서 지구를 멸망시키지 않게 도와주세요.

물론 수현은 외계인과 가십 전문의 삼류 타블로이드 기자가 아니었기 때문에 이런 제보는 무시하는 게 원칙이었다. 수현은 원칙을 따랐고 소년의 제보는 수현의 메일함에 하루 동안 보관되었다가 다음 날 영구 삭제되었다.

수현이 늘 자신의 직분에 충실하다는 것은 기자실의 누구나 동의하는 사실이었다. 혹시나 자신이 스팸 처리한 동화 같은 이 제보가 내일 다른 언론사를 통해 특종으로 보도된다 해도 수현은 어깨를 으쓱할 뿐 잊어버리려고 노력할 것이다. 수현은 앞으로도 매우 현실적인 사람일 테니까.

수현은 꿈도 꾸지 않고 편안한 잠이 들었다. 불황과 팬데믹, 칩 혼란기를 버틴 세대였다. 얼어붙은 경제 밑에서 이상도 이데올로기도 갈 길을 잃은 답 없는 혼란한 환경은 수현의 DNA에 새겨졌다. 유일한 적응법이라면 본능의 날을 세워 춤추듯 스케이팅을 하며 넘어지지 않도록 조심하며 살아오는 방법뿐이었다. 다른 모든 사람이 넘어지고 있는 시기였다. 식량 테러로 한 도시가 무너지고 경제 부도로 여러 국가가 쓰러지는 것을 보았고 자연재해로 세계인의 휴양지가 바닷속으로 가라앉는 것도 보았다. 그리고 무엇보다 하늘에 폭탄을 안고 살아가고 있었다. 왜냐하면 사라진 것은 언제든 돌아왔기 때문이었다. 폭탄도 반드시 돌아올 거라는 것을 사람들 모두 느끼고 있었다. 단지 언제인지 알 수 없을 뿐, 디데이가 하늘에 적혀 있는 기분이었다. 마치 이미 오래전에 죽은 것 같은 묘한 기분이 들었다. 왜냐하면 세상이 뭔가 이상해졌기 때문이다. 새로운 것은 아무것도 태어나지 않았다. 유행은 돌고 돌뿐 아무것도 새롭지 않았다. 새로운 것이라면 실종 뉴스뿐이었다.

수현이 절대로 읽지 않을 삼류 타블로이드 토픽란에는 물건들이 아니라 사람들이 실종되는 사례가 있다는 기사가 실렸다. 휴거설이 떠돌아 사람들을 공포에 빠뜨리고 있으며 죽은 사람들이 다시 돌아오기도 한다고 했다. 많은 이들이 헤어지거나 죽은 연인을 되돌아오게 하기 위해 기도를 한다고도 들었다. 하지만 수현에게는 이번이 처음이었다.

물건이 아니라 사람이 돌아온 것은.

＊

현관 벨이 울렸다. '새벽부터 누구야.' 짜증을 내며 인터폰을 들었던 수현은 모니터를 보고 기절할 뻔했다. 1년 전에 죽은 여자 친구 다미가 현관 밖에 서 있었다.

수현이 놀라서 문도 못 열고 바들바들 손을 떠는 사이, 삐오 삐오, 도어락 풀리는 소리가 들리더니 다미가 신발을 벗는 소리가 났다. 수현은 떨리는 다리를 옮겨서 현관으로 다가갔다.

"집 좀 치우고 살아."

다미가 아무렇게나 벗은 구두가 현관에서 굴렀다. 상쾌한 목소리로 이것저것 잔소리를 하며 다미가 터키샌드위치를 식탁에 올려놓았다. 1년 전 그대로였다. 수현은 웃어야 할지 울어야 할지 몰라서 눈을 가늘게 떴다.

"물 좀 줘."

다미는 밤새 클럽에라도 다녀왔는지 피곤한 표정이었다. 냉장고에서 물을 꺼내 다미가 아끼던 고양이 컵에 따라줬다.

"장난해? 얼음 넣어서 줘."

다미는 컵을 식탁에 툭툭 쳤다. 수현은 컵을 들고 얼음을 넣으러 갔다. 한물간 아이돌 가수 다미와 시니컬한 통신사 기자의 만남은 정말 어울리지 않는 조합이었다. 물을 다 마신 다미가 만족스러운 미소를 지으며 컵을 내려놓는 것을 수현은 홀린 듯이 바라보았다.

"네가 환상이 아니라는 걸 증명해봐."

수현이 말했다.

"하여튼, 누가 기자 아니랄까 봐 말싸움은 정말 좋아해."

다미는 더운지 머리를 묶어서 뒤로 넘겼다. 머리칼이 찰랑거릴 때마다 다미가 썼던 익숙한 샴푸향이 몰려왔다. 외출할 때 뿌리는 향수에 감춰지기 전에 다미의 맨살에서 나던 원초적 향기였다.

"우선, 당신이 환상이 아니라는 걸 나한테 증명해보라니까."

다미가 진지해졌다.

"무슨 소리야? 난… 넌…."

수현은 어디서부터 시작해야 좋을지 몰랐다.

"그래, 난 죽었어. 1년 전에. 교통사고로. 그럼 당신은? 핵이 폭발했잖아. 왜 살아 있다고 착각하는 건데?"

"핵은 폭발하지 않았어. 그냥 실종됐지."

"설마 그 이야길 믿는 거야? 냉정한 당신이라면 다를 줄 알았는데."

다미는 기가 막히다는 듯이 말했다.

"실종됐으면 찾아야지. 왜 아무도 핵을 찾지 않을까?"

다미가 물었다. 수현은 멍하니 서 있었다.

"내가 진실을 알려줄게."

다미가 초코우유를 마시며 말했다. 조금 전까지만 해도 비어 있던 물컵에 난데없이 초코우유가 채워져 있었다. 수현은 의자에 주저앉았다.

✳

개인 전용 우주선 노아호는 얼핏 보면 꼬리 잘린 물고기의 몸통같이 보이기도 했지만 은백색의 유선형이 아름다운 우주선이었다. 하지만 내부로 들어오면 사정이 달랐다. 우주선 안은 딱 화장실만 했고 자기 손바닥도 안 보일 정도로 어두웠다. 우주선 안에서 가장 끝내주는 것은 조망이었다. 창밖으로 지구가 활활 타고 있는 광경이 라이브로 펼쳐졌다.

에너지 소모를 줄이기 위해 조명을 끈 우주선 실내에는 인간이 들어 있는 수면캡슐 두 개만 불을 빛내고 있었다. 하나는 눈처럼 흰빛 다른 하나는 핏빛. 두 색깔의 의미는 기억의 차이를 말했다. 아담에게는 아무런 기억도 없으므로 경고등이 켜질 이유가 없었지만 이브는 달랐다. 지로의 탓이 컸다. 지로는 멸망한 전 세계 수억 인간들의 기억들을 모두 이브의 뇌에 저장했다. 달리 방법이 없었다. 인간의 뇌는 어떤 전자 칩보다 저장 용량이 컸기 때문이었다. 아담과 이브는 생명력을 잃은 지구가 자정 작용을 통해 다시 제 기능을 시작할 때 새 생명을 창조할 인류 최후의 인간이자 새로운 인류 최초의 인간이 될 터였다. 지로는 그때까지 이들을 관리하고 보존해야 할 책임을 맡은 슈퍼컴퓨터였다.

왜 이렇게 됐냐고? 왜냐하면 인류가 하루 전에 멸망했기 때문이다.

＊

2175년 핵폭탄들이 지구를 덮쳤다.

핵폭탄이 제대로 관리되고 있다고 주장했던 과학자들은 모두 죽었다. 핵폭탄이 해킹에 노출되어 위험하다고 주장했던 과학자들도 같이 죽었다. 과학자들은 아무도 살아남지 못했다. 다른 직업군들도 마찬가지였다. 의사도 백수도 노점상도 국회의원도. 모두 평등하게 한날한시에 갔다. 직업군만 아니라 동식물종에도 차별이 없었다. 전 지구상의 인간과 식물과 동물들이 거의 전멸했다. 거의, 라고 말하는 이유는 '아담'과 '이브'라고 불리는 두 명의 몸이 살아남았기 때문이다. 하지만 그들은 태어나자마자 성인의 몸에 아무런 기억도 탑재되지 않은 텅 빈 머리의 복제 인간일 뿐이었다. 복제인간 중에 살아남은 것은 이들뿐이었다. 최소한의 지능 발달을 위해서 간단한 뇌 활동만 가동되었을 뿐 사적인 기억이 없는 복제 인간이었다. 그들에게 기억을 심어 줄 임무는 우주선 메인 컴퓨터인 지로가 맡아야 했다.

지로가 보기에 지구를 대표해서 그 두 명의 인간체가 살아남은 것은 지구에 행운이었다. 왜냐하면, 그들은 완벽했기 때문이다.

건강함을 말해주는 완벽한 몸매와 얼굴, 적당한 지능, 짝짓기에 유리한 청순하면서도 섹시한 분위기. 이런 구분은 인류 마지막 생존자를 선정할 때나 아이돌 가수를 선정할 때의 공통점이었다. 둘은 사고사와 자살로 유명을 달리한 실제 아이돌 가수여서 이 구분에 잘 맞았다.

이 모든 일을 가능하게 만든 것은 우주선의 주인인 돈 많은 노인이었다. 노인은 복제 인간 라이센스를 천문학적인 숫자의 돈으로 샀고, 역시 천문학적인 숫자의 돈으로 우주선을 사서 두 복제 인간을 태웠다. 노인은 자신의 기억을 아담에게 옮겨서 새로운 몸으로 이브와 알콩달콩 새 인생을 계획할 꿈을 꾸었다. 하지만 노인은 우주선에 올라타기 직전에 하늘에 무수히 뜬 핵폭탄을 보고 심장 발작으로 죽었다. 비상시에 자동 이륙하기로 되어 있는 우주선은 노인을 남겨 두고 날아올랐다.

우주선은 달 뒤에서 지구의 궤도를 돌기 시작했다.

지로는 1년 뒤로 회항 일정을 잡았다. 연료의 최대치 값이 그때까지 쓸 수 있는 것으로 나왔기 때문이다. 핵 피해가 그나마 작을 거로 예상되는 남극 근처를 회항지로 삼았다. 그리고 앞으로 1년 동안 지로는 딱히 할 일이 없었다. 그래서 우선 이브를 깨우기로 했다. 사고사로 죽은 원주인의 기억을 주 기억으로 심은 채였다.

수면 캡슐에서 깨어나서 기지개를 켜는 이브를 향해 지로는 푸른 등을 깜박거려 환영의 뜻을 보냈다.

"꼭 필요한 말만 해주었으면 해. 예의 차리느라 쓸데없는 감정 표현으로 등을 수시로 깜박거리지 말아줘."

이브가 한 첫 마디였다. 복제 인간의 몸에서 깨어난 이브는 아직 눈이 시렸다. 지로가 사람이었다면 민망해했겠지만, 다행히도 컴퓨터는 쓸데없는 감정 따위는 없었다. 이브와의 좋은 관계를 위해 지로는 감정 표현등 깜박임을 당장 취소했다. 다음 해에 멸망한 지구로 돌아가면 이브는 우주선이나 지로 따위는 필요 없다고 내던질지도 모를 일이었다. 한시라도 빨리 이브와 우정을 탄탄히 쌓아야 만수무강할 수 있었다.

※

이브의 뇌 속에 장착된 손톱만 한 칩을 통해 무선으로 다른 이들의 기억에 접근할 수 있었다. 그렇게 해서 지로는 인류가 멸망하기 전에 메모리 뱅크에 업로드된 수억 명의 기억을 이브의 뇌에 다운로드했다.

하지만 수억의 기억 의식 데이터를 머릿속에 저장하고 살면 부작용이 있기 마련이었다. 이브의 의식은 잠들어 있으면서도 항상 위험했다. 이브의 무의식 속에서 기억들이 이브를 괴롭혔다.

자면서도 눈살을 찌푸리거나 웃거나 울었다. 이브의 심리 상태가 불안정하다는 경고등이 계속 켜져서 지로는 분주했다. 인류의 기억 데이터를 모두 지워버리면 위험은 없겠지만 그럴 수는 없었다. 지로는 그 많은 데이터를 포기할 수 없었다.

'메모리 빌리지'라고 불리는, 전 세계인의 의식이 작동하는 가상 현실이었다. 인류는 죽었지만 메모리 빌리지에 동기화되어 백업되는 그들의 기억체는 남았다. 그 기억체들은 가상현실 안에서 움직이며 자신들이 살아 있다고 여겼다.

하지만 우주선에 동력이 부족해지면서 가상 현실이 무너지기 시작했다. 이제 곧 가상 현실 플랫폼은 고장 나고 인류의 메모리들도 자동 삭제될 거였다. 즉, 기억체로 남은 인류는 가상현실 안에서도 곧 멸망을 앞두고 있었다.

다른 복제 인간인 아담은 상대적으로 편안해 보였다. 아담은 새로 태어난 아기나 다름없었다. 수십억의 기억을 머리에 달고 다니는 이브와 달리 아담은 기억이 없었다. 가끔 찡그릴 때도 있지만 그건 DNA에 남아 있는 원시적 본능의 기억들이었다. 아담이 꾸는 꿈은 두세 살의 어린아이들을 닮았다. 맹수들의 공격으로부터 도망 다니는 꿈.

아담의 뇌에 어떤 기억을 심지 않는다면 세 살짜리 어린아이나 마찬가지였다.

그래서 지로는 이브에게 선택권을 주기로 했다. 앞으로 지구에서 컴퓨터인 지로를 관리하게 될 이브에게 호감을 사기 위해서였다.

인류 최후의 남자인 아담에게 누구의 기억을 심을지는 이제 이브의 몫이었다.

지로는 프로젝트를 하나 만들었다. 인류 최후의 아담 찾기 프로젝트. 아담의 정신을 찾아서. 그 과정에서 지로는 이브와 친해지리라 생각했다.

전 세계 남자의 의식 중에 단 한 명의 의식이 이제 아담의 몸에 실려 살아날 수 있었다. 아담의 몸에 심을 인간의 기억 의식은 중요했다. 황무지에 가까운 지구에서 살아남으려면 생존 기술과 의지, 여러 경험이 필요했다.

아담에게 원주인의 기억을 심는 게 생체학적으로 가장 적당했지만 그건 불가능했다. 몸의 주인인 엑스는 자살했기 때문이다. 자신의 죽음을 스스로 실행한 자들은 생존 의지가 적어 이식을 한다고 해도 제대로 생착되기가 어려웠다.

한때 잘 나가던 아이돌 가수였던 엑스는 아무도 모르는 이유로 욕조에서 동맥을 끊었다. 소속사에서는 손실을 막기 위해 회고 앨범과 인간 복제권을 팔아서 다른 프로젝트 그룹의 투자비를 마련했다.

*

프로젝트의 처음은 가볍게 시작했다. 이브의 이성 취향을 먼저 알아낸 뒤 샘플 그룹을 만들면 됐다. 그러니까 이브에게 소개팅을 시킬 차례라는 거였다.

"나이 차는 어느 정도면 될까? 위아래로 스무 살 정도?"

"스무 살? 더러워."

이브는 튜브 우유를 마시며 말했다.

"그럼 다섯 살?"

이브는 대답이 없었다. 좋아. 그러면 나이 차는 다섯 살까지.

"활달한 성격?"

이브는 곱슬거리는 머리칼을 쓸어 올리며 아무 말 없이 한숨을 쉬었다.

좋아. 그러면 조용한 성격으로. 그렇게 지로는 조심스레 목록을 만들어나갔다. 그리고 드디어 샘플 그룹이 만들어졌다. 60억 인구 중 이브의 머리에 살고 있는 선택된 스물네 명의 싱글 남자들의 기억. 지로는 그 스물네 가지 변수들에 따르는 스물네 가지 미래들을 예상해보았다. 다 거기서 거기였다. 핵폭발로 황폐화된 황무지에서 여자 한 명을 아내로 맞아 펼치게 될 미래라는 게 사실 거기서 거기였다. 먹을 것을 찾고 아이를 낳고 키우며 인공지능들을 관리하며 살다가 죽는 그들. 지로는 미리 그들의 명복을 빌었다.

"오래 써도 고장이 안 날 성격으로."

"고장이 안 나는 성격을 가진 사람이란 없어. 인간이란 완벽하지 않아. 그래도 너무 걱정하지는 마. 그나마 고장이 덜 날 만한 거로 찾아보자."

지로가 친절하게 말했다.

갑자기 우주선 안에 음악이 흘렀다. 자동으로 일정 시간마다 울리게 해놓았다. 인간이 살아가려면 약간의 소음이 필요했다.

우주선 안에 음악이라고는 캐롤밖에 없었다. 인류는 멸망했기 때문에 인류를 구원할 구세주의 탄생을 축하하는 노래는 상황에 안 맞았지만 어쩔 수 없었다. 어쨌든 달착지근한 가사와 경쾌한 멜로디는 이브의 목소리와 잘 어울렸다. 올겨울 크리스마스에 내 소원은 너를 만나는 것. 이브가 노래를 불렀다. 아담을 찾는 프로젝트에 관심을 보이는 것 같아 다행이었다.

문제는 이브의 취향이었다. 아무나. 다. 좋아하다니. 모든 것에서 장점만을 보는 능력이란 짝짓기 과정에서는 정말로 필요 없는 능력이었다.

하지만 수십억 명의 기억 의식을 머릿속에 담은 이브는 자신의 취향이 무엇인지도 헷갈렸다. 자신의 상대가 누가 되면 좋을지, 찾고 싶은 마음도 사라져버렸다.

도저히 답이 나오지 않는 과정에서 지로는 답을 찾아냈다. 새로운 남자 친구를 찾기 힘들다면 결론은 하나였다.

전 남자친구.

"정말 좋은 생각이야."

무엇에도 큰 반응을 보이지 않던 이브가 오랜만에 반응했다.

'좋은 소식이야.' 지로는 생각했다. 이제 이브의 선택이 끝난 것 같았다.

＊

"네가 할 일은 그를 찾아가서 현관 벨을 누르는 거야. 그다음에 그의 기억을 추출하는 건 내가 할게."

지로는 그렇게 말하며 이브를 캡슐에 눕혔다.

"가상현실은 곧 무너질 거야. 그 전에 수현의 기억을 추출해야 해."

지로의 말을 들으며 이브는 눈을 감았다. 메모리 빌리지에 접속했다. 이브의 뇌와 메인컴퓨터 사이 클라우드에 저장된 가상현실 안에 수억 명의 인류의 기억체들이 멸망을 앞두고 있었다.

하지만 아직도 가상현실 안의 몰입도는 좋았다. 시각도 완전했다. 거리는 사람들로 북적거렸다. 접촉 사고를 낸 차량 운전자 둘이 사차선 도로 한복판에서 싸움 중이었다. 어서 비키라고 주위 차량들이 클랙슨을 울렸다. 시끄러웠다. 멸망 전, 사람들의 기억으로 구성된 가상 현실이었다. 이런 곳에서 지구 멸망 후를 상상하기란 쉽지 않았다.

다행이었다. 지구 멸망은 순식간에 이뤄질 거고 아무도 고통스러울 필요가 없었다.

이브는 주위를 둘러보았다. 심장이 두근거렸다. 여기서는 마치 지구가 멸망하지 않은 것처럼 보였다. 몇십억의 인구가 사는 이곳. 집 안이 사람들로 북적대는 기분.

그래서 아주 잠시 잊어버리고 있었다. 망망대해 같은 우주 안에 떠 있는 꼬리 잘린 물고기 모양의 우주선과 그 안에 누워 있는 인류 마지막 인간. 이브의 아담을.

이브는 수현의 집 앞에 도착했다. 다미의 전 연인이었던 통신사 기자 수현.

벨을 눌렀다. 그리고 수현이 문을 열어주지 않았기 때문에 이

브는 스스로 문을 열어야 했다. 이브는 최대한 다미인 척하기로
했다.

✳

"그러니까 난 지금 네 머릿속에 살고 있다는 뜻이야?"
수현이 물었다.
이브는 고개를 끄덕였다.
"기술적으로는 그래. 이 집도, 나라도, 저 잠수함도."
이브가 말했다.
"잠수함?"
수현이 물었다. 이브가 창밖을 가리켰다. 잠수함이 하늘에
떠다니고 있었다.
"잠수함이 떠다니고 있는데도 내가 말하기 전까지 너는 이상
한 걸 못 느꼈어."
다미의 말에 수현은 눈을 감았다. 언제부터 저게 떠 있었던
거지?
"너는 왜 공중에 떠다니는 잠수함을 보면서도 이상한 걸 못
느끼고 편안했을까? 왜냐하면 네 뇌는 사실 내 뇌니까. 내가 놀
라지 않으니까 너도 제대로 놀랄 수가 없는 거야. 심장 박동 수
가 너무나 안정적이니까. 식은땀도 안 나고. 그러니까 이상한
사실들도 이상하게 여기지 못하는 거지. 집 안에 호랑이가 돌아
다니든, 침대가 반으로 잘려져 있든."
다미는 주위를 가리켰다. 정말로 벵골 호랑이가 이를 드러내

며 거실을 돌아다니고 있었고, 반으로 잘린 침대 위에서 지난밤에 잤던 기억을 떠올렸다. 모든 게 이상했다. 수건이 사라지고, 커피가 돌아오고. 그런데 정말 이상하지 않았다. 수현은 고개를 저었다.

"무엇보다 여기 가상 현실은 급속히 무너지고 있어. 몇 분 뒤면 무너질 거야. 아마도 내 머릿속이 그다지 좋은 저장 환경이 못 되나 봐."

이브가 한숨을 쉬었다. 그리고 물컵을 부채로 바꿔서 부채질했다. 수현은 벽면 컴퓨터로 현재 뉴스를 검색했다. 온갖 이상한 일들이 벌어지고 있었다. 잠수함이 하늘에서 떠다니고, 바다는 무지개색이 되고, 커피는 홍차로 바뀌고, 런던이 파리로 바뀌고, 건물이 자리를 옮겼다.

"여기서 나가면 남극에서 너와 나 둘만 살게 된다고?"

수현이 물었다.

"응, 메인 컴퓨터 지로도 함께. 우린 인류의 마지막 희망이지. 최후의 아담과 이브."

"설마. 넌 그런 걸 원해?"

수현이 물었다.

"지로와 함께 사는 거? 나도 싫어. 걘 잔소리가 심하거든."

이브가 대답했다.

"아니. 우리 둘이 아담과 이브가 돼서 인류의 마지막 희망이 되고 싶으냐고."

수현이 말했다.

"글쎄. 그런 건 한 번도 생각해본 적이 없는데."

이브는 잠시 생각해본 후 대답했다.

"이제부터 생각해봐."

인류 최후의 아담과 이브는 식탁에 마주 앉아 자신들의 미래를 고민했다. 그리고 3분 후 결정을 내렸다.

"맞아. 내가 정신이 나갔나 봐. 왜 그런 생고생을 시작하려고 했는지."

이브가 수현의 어깨에 기대어 창밖으로 헤엄쳐 다니는 물고기 떼를 구경했다. 건물이 흔들리기 시작했다.

"이제 진짜로 시스템이 무너지나 봐."

이브가 말했다.

"네가 이별의 인사도 없이 가버렸을 때 나도 함께 죽은 기분이었어. 비록 내 몸은 죽었지만 이제라도 우리는 함께 살 수 있으니 다행인 것 같아."

현실적인 수현도 감상적이 되는 기분이었다.

"같이 살 수 있다니 나도 좋아."

이브도 긍정적이었다. 이제 해피엔딩만 남았을 때였다. 수현의 머릿속에서 뭔가가 떠올랐다. 수현이 고개를 저었다.

"왜 그래?"

이브가 물었다.

"아무것도 아니야."

그때였다. 하늘 위에서 폭탄들이 나타난 것은. 수현은 자기도 모르게 하늘 위의 폭탄을 상상해버렸던 것이다. 그리고 그런 상상을 한 건 수현뿐만이 아니었다. 많은 이들이 두려움 속에서 폭탄을 상상하고 있었다. 그건 처음에 사라졌던 수백 개가 아니라 수천 개였다. 급속도로 늘어난 폭탄들이 하늘을 덮었다.

그건 사고였다. 수현의 상상 속에서는 이브와 함께 아담의 삶을 사는 해피엔딩보다 폭탄이 터져 죽는 비극이 더 생생했다. 그리고 그건 현실이 되었다.

'제가 폭탄을 상상해서 인류를 멸망시키지 말게 해주세요.'

수현의 마지막 기억은 그 소년의 말이었다.

세상은 그렇게 폭발해버렸다. 이브의 머릿속의 세상일 뿐이었지만 어쨌든 그 세상 속에 있던 수십억 인류의 마인드도 그렇게 폭발했다.

덕분에 이브의 머릿속은 아주 깨끗해졌다.

지로가 이브를 접속에서 끊어 낼 시간은 있었지만 수많은 인류의 정신과 수현의 기억 정보를 구해 낼 시간은 없었다.

＊

"약간의 사고가 있었어."

아담이 말했다.

이브는 눈을 떴다. 자기가 누군지, 여기가 어디인지 알 수가 없었다.

"네 이름은 이브야. 지금은 사적인 기억이 없을 거야. 시스템이 무너져서 기억에 혼란이 오고 있어."

아담이 이브에게 말을 걸었다.

"네 이름은 뭔데?"

"지로."

"무슨 이름이 그래?"

"네가 바꿔도 돼. 어차피 내 이름을 부를 사람은 너밖에 없으니까."

이브는 오랫동안 생각했지만 생각이 날 듯 말 듯 쉬이 떠오르지는 않았다. 이상하게 눈물이 흘렀다. 기억이 혼란스러워서 모든 게 헷갈렸다.

"이름 따위 아무렇게나 부르면 어때. 천천히 해. 우리한테 남은 건 시간뿐이니까. 우린 최후의 한 쌍이야. 인류의 마지막 희망이지."

"그런데 여기 왜 이렇게 추워?"

이브가 물었다.

"우주선 메인 프로그램이 사라져서 비상 프로그램으로 가동시켜놔서 그래. 조금 기다려."

"메인 프로그램이 사라지다니?"

"내가 메인 프로그램이거든."

인류의 마지막 아담인 지로가 말했다. 컴퓨터 프로그램이 인간의 기억을 대체할 수 있을지 확신은 없었지만 지로는 해냈다. 인류의 기억은 폭탄과 함께 사라졌고 복제 인간에게 다운시킬 기억이 없었다. 인류 남자들의 정신은 죽었지만 한 명의 빈 몸, 즉 복제 인간의 몸은 남았다. 지로는 그 몸을 어떻게 해야 할지 결정해야 했다.

지로는 인류의 마지막 남자인 아담의 몸에 자신을 기억을 다운로드시켰다. 다행히 성공적이었다.

적어도 인공지능 프로그램 지로의 정신이 다운로드된 아담은 자신들을 죽일 폭탄을 상상하는 일은 하지 않을 거였다.

우주선 밖에 펼쳐진 흰 눈의 평야는 넓고 끝이 없었다. 새로운 인류의 시작이었다.

윤여경

SF 소설가, 기획자, 강사다. 2017년 〈세 개의 시간〉으로 제3회 한낙원 과학소설상을 수상했고, 〈러브 모노레일〉로 2014년 황금가지 타 임리프 공모전 우수상을 수상했다. 블록체인 SF소설 〈더 파이브〉를 〈한 겨레〉 온라인 미디어 '코인 데스크'에서 연재했다. 지은 책으로 소설집 《금속의 관능》이 있으며, SF 앤솔로지 《우리가 먼저 가볼게요》, 《우주의 집》 등에 참여했다.

마지막 리다이트 ——— 클레이븐

정우는 수풀 너머를 살폈다.

나뭇잎 사이로 비치는 햇살 아래서 평화로이 풀을 뜯는 사슴 무리가 눈에 띄었다. 아이는 곧장 자그만 손을 뻗어 아랫배에 매달린 화살통에서 화살을 꺼내 시위에 걸었다. 꿩 깃털로 짜서 만든 화살 깃이 손에 보드랍게 얽혔다. 시위를 당기지는 않았다. 그저 화살을 시위에 걸어만 두고서 조심스럽게 수풀 뒤에 숨어 걸음을 옮겼다.

바람의 방향이 바뀌고 있는 탓이었다.

정우는 수풀 속을 전전하면서 천천히 사슴들을 살폈다. 깡마른 놈. 그 왼쪽에 커다란 뿔이 나뭇가지처럼 난 커다란 수사슴이 눈을 부라리면서 주위를 살피고 있었다. 아마 정우 같은 불청객들이 나타나 무리에 해를 끼칠까 노심초사하고 있는 것 같왔다. 수컷 뒤로 암컷들과 작은 뿔이 자라나는 어린 수컷들이 눈에 들어왔다. 어미 곁에는 태어난 지 얼마 되지 않아 보이는 작은 새끼들 몇 마리가 한가로이 나비를 쫓고 있었다.

정우는 손가락에 침을 묻혔다. 손가락을 머리 위로 들어 바람을 살폈다. 바람은 얼굴 정면으로 불고 있었다. 그 때문인지 멀찍이 떨어진 사슴 누린내가 코끝을 지독하게 물고 늘어졌다.

아이는 새끼들을 향해 화살을 겨눴다. 맞힐 수 있을까? 떨리는 눈초리로 정우는 새끼를 노려보았다. 혼자 사냥할 때 철칙은 절대로 큰놈을 노리지 않는 거야. 큰놈들은 화가 나면 사람에게 덤벼들거든. 항상 작고 어린놈을 노려.

이제는 기억으로만 남은 철호 아저씨가 말하자 정우는 고개를 끄덕였다. 팽팽하게 당겨진 활대가 휘면서 마른 나무가 비틀어지는 소리가 흘러나왔다. 그 바람에 사슴 몇 마리가 정우 쪽을 힐끔 쳐다보기도 했다. 정우는 더 망설이지 않았다.

새끼 사슴을 향해 겨눈 시위를 놓자 빠르게 활대를 떠난 화살이 휙 소리를 내며 사슴들 사이를 파고들었다. 다음 순간. 사슴들의 울음소리가 요란하게 숲속을 가득 메웠다.

제일 먼저 반응을 보인 건 수사슴이었다. 놈이 울기 시작하자 사슴들은 일제히 숲속을 내달리기 시작했다. 암사슴들이 뛰자 아직 어린 티도 못 벗은 사슴들이 그 뒤를 이었다. 제일 뒤에 남아 있던 수사슴은 성이 난 듯 뿔을 세우다 암사슴들과 함께 달리기 시작했다.

사슴들이 달리기 시작했음에도 정우는 서두르지 않았다. 어차피 사람은 사슴을 절대로 따라잡을 수 없었다. 거기다 사냥은 인내심을 가지고 버티는 것이 중요했다. 정우는 찬찬히 무리를 살폈다. 그러자 새끼 중 뒤처지는 녀석 하나가 눈에 띄었다.

이런. 정우는 수풀 속으로 사라지는 어린 사슴을 바라보았다. 화살은 녀석의 뱃가죽에 박혀 있었다. 별로 좋은 징조가 아니었다. 내장이 터지면 그 사냥은 허탕 친 거야. 철호 아저씨는 혀를 차면서 말했다.

하다못해 다리라도 맞춰야 해. 정우는 곧장 수풀 너머로 사라진 사슴들을 향해 두 번째 화살을 쏘았다. 화살이 시위를 떠나기 무섭게 다친 녀석은 수풀 너머로 사라졌다. 화살도 수풀 너머로 사라졌다. 돌아온 것은 오로지 둔탁한 소리뿐이었다.

망할. 정우는 활을 어깨에 가로 메곤 사슴들이 사라진 곳을 따라 걸음을 옮겼다.

수풀 속으로 한 걸음 들어서기 무섭게 나무에 엉성하게 박힌 화살이 정우를 맞이하고 있었다. 정우는 화살을 뽑아 화살촉을 살폈다. 돌로 만든 화살촉 끝이 조금 부러지긴 했지만 조금 갈면 한 번은 더 쓸 수 있었다.

정우는 화살을 화살통 속에 넣고 다시 걸음을 옮겼다. 이끼 위에 떨어진 핏자국을 살폈다. 배를 맞춘 탓일까? 발자국을 따라 띄엄띄엄 이어진 핏자국은 사슴이 간 방향을 알려주고 있었다. 정우는 사슴이 간 방향을 따라 걸음을 옮겼다.

이끼가 잔뜩 긴 바위를 지나 사슴 털이 잔뜩 묻은 소나무를 살폈다. 그리고 얼마 지나지 않은 바윗돌 아래 떨어진 화살 하나를 찾을 수 있었다. 정우는 그 화살을 집어 들었다. 검붉은 핏자국 위로 진하고 역한 냄새가 나는 덩어리가 조금 묻어 있었다. 아무래도 배를 맞춘 덕에 내장이 터진 모양이었다. 즉, 새끼 사슴에게서 얻을 수 있는 이틀분의 고기 중 하루 치 고기를 날려 먹었다는 것을 뜻했다.

정우는 입술을 씰룩이면서 천천히 걸음을 옮겼다. 사냥꾼이라면 절대로 이런 실수는 하지 않아. 철호 아저씨가 중얼거리고 있었다. 정우는 말없이 계속 걸었다. 일단 다친 녀석을 찾기만 하면 고기 몇 덩이라도 건질 수 있을 테지. 정우는 풀숲에 빨갛게 익은 산딸기를 손으로 쓸어 모아 입 안에 밀어 넣고 우물거리면서 생각했다.

머리 위에 떠 있던 해는 서서히 풀숲 너머로 모습을 감추고 있었다.

＊

정우가 새끼 사슴을 찾은 때는 이미 태양이 머나먼 숲 건너편으로 얼굴을 감추었다.

새끼 사슴은 딸기나무 아래 힘없이 앉아 있었다. 붉게 물든 상처 자국 사이로 피가 흘러나오고 있었다. 녀석은 가냘픈 숨을 몰아쉬면서도 자리에서 일어나려는 노력을 게을리하지 않았다. 부질없는 노력이었다.

정우가 수풀 속에서 걸어 나오자 새끼 사슴은 부들거리는 뒷다리에 힘을 주어 자리에서 일어나려 했다. 하지만 이끼를 밟은 바람에 그만 바닥에 미끄러져 왼쪽 골반을 고목 뿌리에 부딪히고 말았다.

아무래도 더는 걸을 수 없는 녀석이라 버려진 모양이었다. 정우는 천천히 사슴에게 다가갔다. 정우는 마을 최고의 사냥꾼인 철호 아저씨에게 배운 것을 상기했다. 일단 주위를 살펴야 했다. 숲은 혼자서 사냥하는 곳이 아니다. 눈은 어디에나 있었고 이빨은 화살보다 빠르게 다가와 사냥꾼을 찢어발길 수도 있었다.

하지만 이번에는 정우를 바라보는 시선은 없었다. 풀숲 어디에서도 기척이 느껴지지 않았다. 풀잎은 바람결에 흔들렸고 삭정이는 부러지지 않았다. 나무들도 이따금 가지를 흔들어대긴 했지만, 표범의 걸음걸이보다도 훨씬 조심성 없이 흔들렸다.

그렇게 정우는 다시 사슴을 바라보았다. 그리곤 허리춤에 감추고 있던 작은 칼을 꺼냈다. 돌을 갈아 만든 칼이었다. 정우는 천천히 사슴에게 다가갔다. 사슴은 도망가지 않았다. 정우가 손을 내밀어 사슴의 등에 손을 얹을 때도 사슴은 가만히 정우를 바라만 보고 있었다. 정우는 녀석의 눈동자에서 기대감을 엿보았다.

맑은 눈망울로 정우를 올려다보는 작은 새끼는 귀를 축 내리고 코끝을 실룩거리고 있었다. 마치 어미에게 젖을 달라고 애원하듯이.

하지만 정우는 그 기대감을 이뤄줄 만한 아이가 아니었다. 사슴의 삶을 꺾어놓은 것도 정우요, 이제 사슴의 목숨을 거둬갈 이도 정우였다. 문제는 정우가 사슴을 죽이고 가죽을 벗기기에 너무도 어렸다는 점뿐이었다.

정우는 천천히 돌칼을 들어 올렸다. 이걸 사슴의 목에 찔러 넣어야 했다. 그래야 사슴을 죽이고 가죽을 벗긴 뒤, 손질해서 먹을 수 있었다. 하지만 파르르 떨리는 손은 정우의 뜻대로 움직이지 않았다. 칼을 쓰는 것은 멀리서 화살을 쏘는 것과 다른 느낌이었다. 가까이서 괴로워하는 존재의 숨통을 끊어버려야 한다는 것은 정우에게 있어 너무도 벅찬 일이었다. 정우는 돌칼을 내렸다.

차라리 산딸기나 먹으면서 살걸. 정우는 깊은 후회에 잠겼다. 눈두덩이가 알싸하게 달아올랐다. 곧 눈물이 날 것만 같았다. 하지만 한편으로는 다른 생각이 기어 나왔다. 한 줌밖에 되지 않는 산딸기를 언제까지 먹어야 할까? 언제까지. 풀뿌리만 캐다 먹어야 할까? 이 헌 옷을 언제까지 입고 있어야 할까? 적어도 가죽 한 장만 더 있었어도 깊은 밤마다 추위에 놀라 깨지 않아도 될 터였다. 고기를 뜯으면서 조금 더 든든하게 배를 채울 수 있을 것이다.

언제나 그랬듯 두려움과 갈망은 아이를 어른으로 만들었다.

빨리 끝내야 해. 철호 아저씨가 말했다. 벌써 뭔가가 피 냄새를 맡았을 거다. 지금 해야 해. 철호 아저씨는 단호하게 말했다. 지금이야. 바람의 방향이 바뀌고 있었다. 지금. 정우는 입술을 깨물었다. 지금! 철호 아저씨가 호통치자, 정우는 돌칼을 고쳐 잡았다. 아이는 곧장 사슴의 목에 돌칼을 찔러 넣었다.

애처로운 시선을 보내던 새끼 사슴은 정우의 품속에서 버둥거렸다. 마치 자신의 어리석음을 깨달은 어린 소년처럼. 녀석은 고통스러운 듯 다친 몸을 비틀어 어떻게든 도망가려 했다. 하지만 정우는 새끼 사슴을 도망치게 두지 않았다. 정우는 곧장 칼날을 안쪽으로 더 깊숙이 밀어 넣고 녀석의 턱밑까지 그었다. 칼날이 살점을 찢고 빠져나오자 사슴은 입술을 파르르 떨었다. 정우의 입술도 파르르 떨렸다.

사슴은 잡자마자 머리를 떼버려야 해. 철호 아저씨가 첫 사냥에서 말한 내용이었다. 그리고 정우는 아저씨의 말대로 했다. 한때 새끼 사슴이었던 고운 머리가 땅에 떨어지자 정우는 그 머리를 수풀 너머로 집어 던졌다.

정우는 잘린 머리가 싫었다. 생기가 사라져가는 그 시선들은. 차마 마주하기 힘들었다. 지금보다 더 어릴 적에도 그랬다. 그럴 때마다 철호 아저씨는 동물과 눈을 마주쳐봐야 한다고 했다. 정우는 혼자가 된 뒤로 단 한 번도 죽은 동물과 눈을 마주한 적이 없었다. 그 시선들은 정우의 내면에 자리하고 있던 무언가를 떠올리게 했다.

하지만 정우는 그것이 무엇인지 알 수 없었다. 그저 고루하다 못해 썩어 문드러져서 더는 쳐다보기도 싫은 감정이었다. 아주 어릴 적엔 소중했던 것 같았지만. 저주받은 아이가 지니기엔 그것은 너무도 무거운 짐이었다.

이제 정우는 사슴의 배를 갈랐다. 양 앞다리 쪽에서 윗배 쪽으로 비스듬히 터진 내장을 헤집어냈다. 찢어진 내장에서 흘러나온 반쯤 소화된 풀잎이 배 속 전체를 뒤덮고 있었다. 정우는 혀를 차면서 내장과 똥을 손으로 긁어냈다. 그러고는 식도를 잡아 빼

뒤에 항문 쪽을 칼로 잘라 내 대장을 조심스럽게 드러냈다.

사슴 안에 축 늘어져 있는 오줌통을 손으로 잡아 잘린 항문과 함께 끄집어냈다. 적어도 오줌통이 터지는 것은 막아야 했기에 정우는 내장이 그냥 나무뿌리를 따라 땅바닥으로 흘러내리게 두었다. 언덕비탈을 따라 빠르게 흘러내리는 내장은 굳다만 페미컨처럼 출렁거렸다.

그 뒤에 핏물을 뺐다. 이끼 위로 흐르는 검붉은 액체가 시냇물처럼 흘러내리다 이내 검은 자국만 남긴 채 사라졌다.

✳

정우는 고기가 된 사슴을 어깨에 짊어졌다.

가죽을 벗기고 내장을 제거한 터라 사슴은 그리 많이 무겁지는 않았다. 하지만 아지트로 돌아가기엔 날이 너무 어두워진 뒤였다. 정우는 한 치 앞도 분간되지 않는 숲길을 노려보다 천천히 발길을 돌렸다.

정우가 향한 곳은 사슴이 누워 있던 나무였다. 오래도록 자란 아름드리나무는 튼실한 가지를 자랑하듯 잔가지들을 흔들어댔다. 고민할 것은 없었다. 어차피 조만간 나뭇가지도 어둠 속으로 사라지게 될 터였다.

하지만 올라가기 전에 우선 사슴 고기부터 처리해야 했다. 표범이나 다른 동물들이었다면 아마도 물고 그대로 나무를 탔을 것이다. 하지만 정우에게는 강한 이빨 따윈 없었다. 그렇다고 한쪽 팔로 사슴을 잡고 올라가거나 어깨에다 짊어진 채로 올라

갈 순 없었다. 그래서 정우는 벗겨낸 사슴 가죽으로 사슴의 다
리를 묶었다. 아직 생각보다 보드라운 발굽을 동여맨 가죽이 사
슴을 고정시켰다.

정우는 곧장 사슴의 가죽과 고기를 어깨에 둘러멨다. 활과 같
은 방향으로 맨 터라 조금 거북했지만 어쩔 수 없었다. 고기를
아래에다 두고 혼자서 올라갔다간 어떤 놈이 나타나 고기를 채
갈지도 몰랐다.

그렇게 정우는 힘겹게 나무를 오르기 시작했다. 잔가지와 껍
질을 적절히 발판삼아 무거운 몸을 지탱하던 정우는 얼마 안 가
큼지막한 가지를 찾을 수 있었다. 정우의 허벅지보다 더 굵은
가지는 정우와 사슴이 함께 올라타도 끄떡없을 것만 같았다.

정우는 거미처럼 천천히 굵은 가지를 향해 기어올랐다. 그리
고 마지막 햇살마저 세상에서 자취를 감출 때 즈음, 눈여겨봤던
가지 위에 고기를 걸쳐둘 수 있었다. 혹시 몰라 가지를 한번 흔
들어본 뒤에야 안심하고 가지 위로 기어올랐다. 그러자 밤하늘
이 정우를 맞이했다. 깜빡이는 별들로 뒤덮인 검은 강물은 정처
없이 하늘길을 흐르고 있었다.

정우는 천천히 그 별들을 바라보다 한숨을 쉬었다. 오늘 온종
일 뛰어다녀서 잡은 게 고작 새끼 사슴 한 마리라니. 웃기지도
않았다. 어른들이 있었다면 아마 오늘 중으로 다 큰 사슴 한 마
리는 너끈하게 잡았을 것이다. 하지만 어른들은 이제 없었다.
언제나 정우를 무시하고 얕잡아 보던 아이들도 이제는 어디에
도 없었다.

정우는 어깨에 걸치고 있던 사슴 가죽을 가슴에 둘렀다. 멧돼지 가죽보단 한참 작았지만 아직 온기가 남아 있었다. 아마 이 가죽은 잠시 동안은 밤의 추위로부터 정우를 지켜줄 것이다.

정우는 사슴 허벅지 살을 도려내서 한입 덥석 입에 물었다. 피 맛이 여전히 비릿하게 입 안을 맴돌았다. 하지만 개의치 않았다. 고기 서너 점을 더 취한 정우는 날고기를 질겅질겅 씹었다. 역한 비린내가 입 안을 가득 채우자, 반쯤 씹다가 만 고기를 목구멍 안으로 넘겼다. 내일. 제대로 마른 가지를 모아서 불을 피워야지. 정우는 서쪽 하늘을 노려보았다. 서쪽 하늘 어딘가에 벼락이 내리치자, 정우는 고개를 끄덕였다. 이제 얼마 남지 않았어.

아이는 스스로를 달래면서 고기를 먹었다. 여전히 비린 맛은 가시지 않았다.

*

꿈속은 정우의 마지막 안식처였다.

그 안에서는 적어도 사람들과 어울릴 수 있는 과거로 되돌아갈 수 있었다. 하지만 어울린다는 표현이 그리 아름답기만 한 것은 아니었다. 정우는 누구보다 뼈저리게 그것을 느끼고 있었다.

"야! 저주받은 놈!"

아이들 한 무리가 소리쳤다.

"진흙이나 먹어라! 똥 같은 놈아."

아이들 중 누군가가 소리치고 나면 진흙 한 덩이가 정우의 머리를 후려쳤다. 정우는 피할 새도 없이 냄새나는 덩어리와 하나가 되어야 했다. 얼굴과 머리카락이 완전히 진흙 속에 파묻혔다. 어떤 때는 눈 속에까지 진흙과 오물이 들어와 한참 동안 부은 적도 있었다. 그리고 아이들은 그런 정우를 보며 비웃었다.

"부모 팔아 얻은 목숨으로 잘도 사는구나? 더러운 자식아! 마을에서 꺼져!"

아이들의 웃음거리가 된 정우는 침묵으로 대답했다. 익숙해질 대로 익숙해진 괴롭힘이었다. 그들에게 덤벼봐야 좋을 건 없다는 사실을 이미 오래전에 깨닫고 있었다. 저 아이들은 나이도 제법 있었고 머릿수도 많았다. 게다가 놈들에게는 부모도 있었다. 하지만 정우에게는 이 세 가지 중 아무것도 없었다.

정우는 흔히들 말하는 고아였다.

부모님은 정우를 낳자마자 돌아가셨다. 마을 어르신들의 이야기에 따르면 두 사람은 정우와 마을 사람들을 데리고 '하늘이 끝나는 곳'에 자리한 신당에서 기도를 올렸다고 한다. 무슨 기도를 올렸는지는 알 수 없었다. 중요한 건 두 사람 다 그 기도가 끝나기도 전에 마른하늘에 내리친 천둥번개를 맞고 돌아가셨다는 점이다. 반나절에 걸쳐서 사람들이 찾아낸 두 사람의 흔적은 타다 남은 발가락과 조각난 손뿐이었다.

그날로 정우는 저주받은 아이가 되었다. 엄밀히 말하면 '번개 치는 돌, 정우'란 이름이 '저주받은 돌, 정우'로 바뀌었을 뿐이었다. 누가 먼저 정우를 그렇게 불렀는지는 알 수 없었다. 하지만 신당에 내리친 벼락이 예사 번개가 아니란 소문이 무성했기에 마을 사람들 대부분은 그 말에 수긍했다.

딱 한 사람만 빼고 말이다.

"야, 이놈의 새끼들아!"

벼락같은 호통이 내리치자 아이들은 놀란 사슴처럼 수풀 속으로 사라졌다. 그러자 오솔길을 따라 한 남자가 얼굴을 내밀었다. 정우는 환하게 웃으면서 오래된 거목 같은 남자에게 달려갔다.

"철호 아저씨!"

"잘 지냈냐?"

아저씨는 다부진 두 팔로 정우의 어깨를 툭툭 내리치면서 말했다.

"동굴은 어떠냐? 먹을거리는 많이 남아 있니?"

"네. 아직은요. 페미컨은 많아요. 맛은 없지만요."

철호 아저씨는 호탕하게 웃었다. 그러고는 뒤통수에 진득하게 들러붙은 진흙을 닦아주면서 말했다.

"좋아. 오늘은 뭐 하고 놀았니?"

"놀긴요. 애들이 절 항상 괴롭히죠."

철호 아저씨는 멋쩍은 미소를 띠며 정우의 머리를 쓸어내렸다. 정우는 헝클어진 머리를 정리하며 말했다.

"아저씨. 오늘도 같이 사냥 가는 거예요? 저도 따라가도 돼요?"

"아니, 오늘은 어른들끼리만 갈 거다. 가는 김에 꿀도 좀 따고 사슴이랑 돼지도 잡을 거다."

아저씨는 슬쩍 얼굴을 들이밀면서 말했다.

"다녀오면 기름 빼는 법도 알려주마. 페미컨 만들 땐 그것부터

알아야 하거든. 이왕이면 며칠 있다가 저기 사냥터 오두막에 와
보렴. 거기서 페미컨을 만들 거니까 페미컨 만드는 법까지 배워
두자. 알겠지?"

정수는 어색한 표정으로 알겠다고 대답했다. 정우는 페미컨
이 싫었다. 말라비틀어진 고기를 갈아 느끼한 지방을 섞어서 굳
힌 음식인 터라 너무도 느끼했다. 거기다 마른 딸기까지 엉글어
진 이상한 맛이 싫었다. 차라리 신선한 산딸기로 연명하는 게
나았다.

"철호!"

멀찍이서 누군가가 손을 흔들면서 소리쳤다. 사냥을 나가는
아저씨들인 듯했다. 철호 아저씨는 아저씨들에게 손을 흔들어
보였다. 그러고는 오솔길을 절반가량 지나 숲과 마을의 경계 즈
음에 서서 정우에게 손을 흔들었다. 정우도 손을 흔들었다.

정우는 마을 어귀의 작은 언덕배기에 앉았다. 그러고는 아저
씨가 사라진 오솔길을 하염없이 바라보았다. 언제 돌아오실까?
하지만 아저씨는 그날 돌아오지 않았다.

✳

며칠 뒤. 페미컨이 떨어지자 정우는 동굴 밖으로 나왔다.

하늘은 잔뜩 흐려 있었고 쌀쌀한 바람이 묘하게 어깨를 움츠
리게 하는 스산한 날이었다. 정우는 곧장 숲속에 자리한 사냥터
오두막으로 향했다. 며칠 전에 철호 아저씨가 사냥을 나갔으니
분명 말린 고기랑 지방을 섞어 페미컨을 잔뜩 만들어뒀을 거란

계산에서였다. 하지만 정우의 기대와는 달리 사냥터는 비어 있었다. 오두막의 화로는 잔불도 남아 있지 않았고 화로 옆에 방치된 고기는 모두 곰팡이가 핀 상태였다. 지방을 발라내지 않은 내장은 이미 구더기의 차지였다.

구역질을 참지 못한 정우는 곧장 밖으로 나왔다. 나무를 붙잡고 몇 번인가 토악질을 한 끝에 정우는 이상하다는 생각을 쥐어짤 수 있었다. 한 번도 고기를 방치해둔 적이 없는 철호 아저씨가 어째서 고기를 썩게 둔 걸까? 잠시 땅바닥을 바라보던 정우는 잽싸게 수풀을 내달렸다. 그리고 정우의 예감은 보기 좋게 적중했다.

벌써 인기척이 났어야 할 마을 어귀까지 들어와도 정우를 놀려대는 소리는 어디서도 들려오지 않았다. 어딜 가나 따라오던 경멸스러운 시선도, 수군거리던 목소리도 없었다. 마을은 온통 적막에 휩싸여 있었다.

뭔가 잘못됐어. 정우는 다시 뛰기 시작했다. 이번에는 마을 한가운데로 걸음을 옮겼다. 그리고 그곳에서 사람들을 찾을 수 있었다. 정우는 새파랗게 질린 얼굴로 그들을 바라보았다. 흰자위만 남은 두 눈을 감지도 못한 채 마을 사람들은 모두 죽어 있었다.

개중에는 낯이 익은 아이도 있었다. 매번 뒤통수에 진흙을 뿌려대던 녀석이었다. 그 녀석은 진흙 속에 뺨을 파묻고 미동도 없이 드러누워 있었다. 키 작은 놈도, 아이를 안은 아줌마도. 모두 맨바닥에 쓰러져 있었다. 그들의 얼굴엔 붉은색 반점이 가득

했고 사타구니와 목이 시뻘겋게 부어 있었다.

시퍼렇게 질린 정우는 고개를 저었다. 이 상황을 어떻게 받아들여야 할지 몰랐다. 정우는 부들부들 떨리는 다리를 힘겹게 옮겨 죽어버린 이들의 마을을 가로질렀다. 그러고는 마을 반대편에 있는 철호 아저씨네 집으로 향했다.

아저씨 집 앞에 걸음을 멈추기 무섭게 기침 소리가 오두막 안에서 흘러나왔다. 정우는 풀잎을 엮어 만든 앞문을 들추고 들어갔다. 그러고는 입술을 깨물면서 손으로 입을 가렸다. 그곳엔 마지막 사냥꾼이 앉아 있었다.

"정우냐?"

지칠 대로 지친 얼굴에 붉은 반점을 가득 머금은 철호 아저씨는 가쁜 숨을 내쉬었다. 아저씨의 다부진 팔뚝이 파르르 떨리자 정우는 아저씨에게 다가가려고 했다.

"그만. 더 이상, 오, 오지 마."

아저씨는 힘없이 말했다.

"너도, 오오, 옮는다. 최대한 떨어져."

"아저씨, 왜 이래요? 마을이…."

"모르겠구나. 다들 아프다고 하더니…. 아이들도, 아, 아프다고 했는데…."

철호 아저씨는 마지막 숨을 몰아쉬면서 말했다.

"정우야. 우리, 부, 부족은 가망이, 없구나…. 아무래도, 나도 여기까지인 거 같다."

"아니에요. 아저씨. 힘내세요. 제가 나가서 뭐라도 잡아올게요.

그러면 힘이 나실 거예요."

"아니, 내 몸은 내가 잘, 안다. 나, 난 이미 글렀어."

철호 아저씨는 시뻘겋게 부어버린 허벅지를 내보이면서 말했다. 종아리는 목덜미만큼이나 시뻘겋게 부어 있었다. 거기다 싯누렇게 농익은 환부에는 누런 고름이 그렁그렁 맺혀 있었다. 철호 아저씨는 파르르 떨리는 입술을 깨물었다. 아저씨는 고통스럽게 일그러진 얼굴을 애써 펼치면서 입을 열었다.

"정우야. 잘 들으렴."

아저씨는 식은땀을 닦으면서 말했다. 눈물이 맺힌 큼지막한 눈을 따라 흐릿한 시선이 매달려 있었다.

"네 부모님은⋯. 서쪽으로 가면, 우리가, 우리 모두가, 구원받을, 수 있을 거라고⋯. 생각했어. 절벽 너머로 갈 수, 있다고⋯. 그래서 우리, 우리를 데리고⋯. 서쪽, 서쪽 땅으로 가셨다. 하지만 족장님은 돌아가셨지. 번개가 내리쳐서⋯. 어린 네가 보는 앞에서 돌아가셨어. 으으⋯. 너와 우리 모두를 더, 더 나은 세상으로 데려다주실 거라 믿었는데⋯."

사냥꾼은 뜨거운 숨을 내쉬면서 몸을 뉘었다. 철호 아저씨는 힘겹게 마지막 숨을 내쉬었다. 언제나 호쾌하게 웃던 입가는 쩍 갈라져 누런 거품만이 떠오르고 있었다.

"다, 다른, 다른 사람들이, 너얼, 저주, 받았다고 해도⋯. 넌 자랑스러운, 우리 러다이트족의 후예란다⋯. 하늘이 끝나는 곳⋯. 하늘이 끝나는 곳에, 네, 부모님이⋯. 돌아가신 장소가, 심장이⋯. 어두워⋯. 아아⋯."

그것이 철호 아저씨의 마지막 말이었다. 그 단단했던 손은 축 늘어졌고 지친 눈꺼풀이 아래로 늘어졌다. 그것이 다였다. 정우는 한동안 사냥꾼의 오두막을 지키고 앉아 있었다. 슬픔보다도 너무도 초라한 죽음에 정우는 차마 자리를 뜰 수가 없었다.

정우는 아저씨에게 모여드는 파리를 쫓다 지쳐 잠이 들기를 이틀 동안 반복했다. 그리고 역한 냄새를 견디지 못해 밖으로 나왔다. 그제야 정우는 철호의 죽음을 받아들였다. 그랬다. 철호는 죽었다. 마을 최고의 사냥꾼이 고작 병에 걸려 침대에서 유명을 달리했다. 언제나 사냥터에서 죽을 거라 장담하던 그 용맹한 이가 그렇게 무너졌다. 정우는 정처 없이 적막에 휩싸인 마을을 둘러보았다.

마을은 이제 파리의 차지가 되었다.

사람은 하나였건만 셀 수도 없는 검은 벌레 떼는 안개처럼 마을 위에 내려앉았다. 그 무리를 뚫고서 멧돼지 몇 마리가 시신을 놓고 싸우기도 했다. 홀로 남은 정우는 그 모습을 빤히 바라보았다. 먹이가 있으면 너에겐 신경 쓰지 않을 거다. 철호 아저씨가 말했던 대로 돼지들은 서로 싸우다 이내 다른 시체 속에 두꺼운 코를 처박았다.

정우는 구역질을 참지 못했다. 정우가 먹은 것도 없는 속을 게워내자 소리에 놀란 파리 떼가 일제히 하늘로 날아올랐다. 돼지들은 고개를 들었다 다시 배를 채우기에 바빴다. 정우는 더는 견딜 수 없었다.

그래서 정우는 불을 피웠다. 정우가 피운 것은 잘은 나무 조각에 붙은 자그마한 불씨가 전부였다. 하지만 그 자그마한 불씨가 사냥꾼의 집에 옮겨붙었을 때. 불씨는 거대한 화마가 되어 서서히 마을 전체를 살라 먹기 시작했다.

아이들도, 어른들도, 러다이트라는 이름도. 붉은 여울 속에서 천천히 사그라졌다.

정우는 그대로 불타는 마을을 뒤로했다. 그리고 숲속 사냥터 지기의 오두막으로 들어갔다. 그곳에서 활과 화살, 그리고 잡다한 먹을거리를 챙겨 더 깊은 숲속으로 걸어 들어갔다.

그게 바로 정우의 삶이었다. 혼자 남은 생존자. 역병을 빗겨간 저주받은 아이. 그리고 결국엔 외로움과 싸우다 지고 말 쓸쓸한 인간이었다. 아무런 기대도, 미래에 대한 희망 없이 살아갈 고독한 존재였다. 그래서 정우는 계속해서 서쪽으로 향했다. 언젠가 부모님이 그랬던 것처럼. 노하신 하늘이 앗아간 두 분의 그림자를 따라 정우는 걷고 또 걸었다.

하늘이 끝나는 곳이 나오기를 바라면서 말이다.

✳

아침에 일어난 정우는 고기를 바라보았다. 고작 하룻밤 사이였건만 고기 위로 파리 몇 마리가 덕지덕지 끼어 있었다. 정우는 무심하게 파리를 쫓은 뒤에 뒷짐에 찔러 넣은 돌칼을 꺼내 다리살을 뭉텅이로 잘라냈다. 고기 한 덩이를 입에 문 정우는 남은 고기를 먼저 떨어뜨리고 잽싸게 나무 아래로 내려왔다.

숲 바닥엔 간밤에 방문객들이 남긴 흔적으로 가득했다. 새끼 사슴의 내장은 어디에도 보이지 않았다. 그 자리에는 먹다 남은 허연 덩어리가 버려져 있었다. 거기다 정우가 잠을 자기로 마음 먹었던 나무줄기에 깊게 파인 발톱 자국이 선명했다.

아마, 늑대일 것이다. 간밤에 그랬다면 아마 지금쯤 다른 곳으로 갔을 테지. 정우는 생각했다. 고기를 집어 들어 어깨 위에 얹은 정우는 천천히 걸음을 옮겼다. 정우가 손으로 풀숲을 헤치고 고개를 들이밀던 그때였다. 수풀 너머로 회색빛 털들이 정우를 맞이했다. 번득이는 노란 눈과 피로 물든 입가엔 침이 주룩 흘렀다. 그것들의 발아래, 찢긴 커다란 사슴 한 마리가 고개를 부자연스럽게 뒤로 젖히고 있었다.

정우는 곧장 늑대를 향해 사슴고기를 집어 던졌다.

그 짧은 순간에 늑대들은 거칠게 새끼 사슴고기를 찢어발겼다. 하지만 다른 늑대 두 마리는 새끼사슴고기로 성에 차지 않는다는 듯 정우의 뒤를 쫓았다. 짖는 소리와 발톱 소리가 순식간에 정우를 쫓아왔다. 서둘러 어깨에 활을 꺼내 들었다. 아저씨가 가르쳐주시길, 늑대는 측면에서 공격하길 좋아한다고 했다. 그래서 정우는 옆에서 덤벼드는 늑대가 있으면 활대로 코를 후려쳐주겠노라 다짐을 했다.

하지만 언제나 그랬듯 네 발은 두 발보다 빨랐다.

늑대 한 마리가 발톱을 드러내면서 등 뒤를 덮치자 정우는 땅바닥을 굴렀다. 가슴 언저리를 맨바닥에 부딪치면서 멈춘 터라 정우는 잠시 동안 숨을 쉴 수 없었다. 하지만 숨은 사치였다. 힘겹게 몸을 뒤집기 무섭게 목덜미를 향해 달려드는 누런 이빨이 반짝거렸다.

정우는 반사적으로 활을 쳐들어 늑대의 이빨을 막아냈다. 나무를 잘근잘근 씹어대는 탐욕스러운 누런 눈빛이 번뜩이자, 정우는 곧장 화살집에서 화살을 꺼내 놈의 목덜미를 화살촉으로 찔렀다. 그러자 놈의 목덜미에선 뜨거운 액체가 퍼져 나왔다. 허나, 놈은 포기를 몰랐다. 활대가 우지끈 소리가 날 때까지 물어뜯고 있었다. 정우는 다시 한 번 놈의 목을 찔렀다. 이번엔 놈의 허연 아래턱이 붉게 물들었다. 그제야 놈은 발을 버둥거리면서 낑낑거리는 소리를 흘렸다. 하지만 늑대는 녀석 하나만이 아니었다.

정우는 다리를 파고드는 통증에 놀라 비명을 질렀다. 정우는 자신의 가슴 위에서 고통스러워하는 늑대를 밀어내고 왼쪽 다리를 바라보았다. 입가에 피를 잔뜩 묻힌 늑대 한 마리가 시뻘건 잇몸을 드러내고 있었다. 정우는 새된 비명을 질렀다. 날카롭게 날이 선 두려움과 고통 속에서 정우는 길을 잃고 말았다. 조금 전 늑대의 턱을 찔렀던 화살을 다리를 물고 있는 늑대에게 집어 던졌다. 화살이 늑대의 등을 때리고 바닥에 떨어졌지만, 늑대는 개의치 않았다.

놈은 살점을 떼어낼 심산으로 정강이를 물고서 빠르게 고개를 흔들어댔다. 작렬하는 통증 속에서 정우는 울면서 늑대에게 애원했다. 제발 살려줘! 정우는 피가 범벅된 부엽토 위에서 몸부림을 치면서 소리쳤다. 하지만 목청을 높일수록 정우는 자신이 홀로 남았다는 사실을 뼈저리게 느꼈다.

적막한 숲속 어디에도 정우를 도와줄 이는 없었다. 철호 아저씨도 오지 않을 터였다.

정우는 손에 잡히는 대로 아무거나 집어 던졌다. 돌멩이든 반쯤 썩은 나뭇잎이든 상관없었다. 조금이라도 상황이 변하길 바랐다. 그리고 정우의 바람은 조금씩 이뤄졌다. 늑대가 낑낑거리면서 물고 있던 다리를 놓아준 것이다. 돌멩이에 콧잔등이라도 맞은 모양이었다. 정우는 잽싸게 바닥에 떨어진 활을 집어 들었다. 그러고는 아랫배에 매달린 화살통에서 화살을 꺼내 시위에 걸었다.

이 정도 거리라면 눈을 맞추는 것도 어려운 일은 아니었다. 화살이 날카롭게 번뜩이면서 늑대의 눈 속으로 빨려 들어갔다. 깨갱. 화살에 찔린 늑대는 몸을 뒤틀면서 나가떨어졌다. 놈은 눈에 박힌 화살을 빼내려고 앞발을 허공에 내젓고 있었다. 그동안 정우는 다친 다리를 끌고 네 발로 기다시피 숲속을 가로질렀다. 쩔뚝이는 다리엔 힘이 전혀 들어가지 않았다. 마치 뼈와 근육이 전부 커다란 혹처럼 느껴졌다. 어디를 다친 거지? 정우는 슬쩍 다리를 살폈다. 종아리 아래쪽 살이 너덜거리고 있었다.

다리에선 여전히 피가 흘러나오는 중이었다. 이대로 가다간 놈들에게 따라 잡힐 거야. 정우는 두 동강이 난 새끼 사슴을 떠올렸다. 아직 멀쩡한 두 놈은 사슴을 먹느라 늦게 오는 모양이었다. 안 그랬다면 당장에 따라잡혔을 테지.

정우가 냉철하게 생각할 무렵, 뇌리를 관통하는 현기증에 휘청거렸다.

뭐지? 정우는 한 번 더 다리를 살폈다. 그러자 모든 게 또렷해졌다. 다리에서 흘러나온 붉은 강물이 나무 그루터기를 적시다 못해 이끼를 검게 물들이고 있었다. 정우는 그 다리가 자신의 것이 아니라고 생각했다. 어제 죽인 새끼 사슴의 다리일 거라고 믿어 의심치 않았다.

하지만 정강이에서 뻗어 나온 통증은 정우의 뺨을 후려쳤다. 이건 네 다리야. 반쯤 조각난 고기가 아니라 네 다리라고! 고통이 말했다. 어서 피를 멈춰야 해. 신음하던 정우는 가슴에 둘러맨 사슴가죽을 풀어 다리에 가져댔다. 통증 때문인지, 겁에 질려서인지, 덜덜 떨리는 손가락이 축축한 가죽으로 만든 매듭을 바짝 조였다. 그 뒤로 격통이 찾아왔다.

정우는 금방이라도 온몸이 산산이 찢겨 나갈 사람처럼 비명을 질렀다. 눈앞에는 시퍼런 불빛이 요동쳤다. 노랗게 질린 하늘이 아찔하게 땅으로 곤두박질치고 있었다. 하지만 곧이어 들려오는 으르렁거리는 소리에 정우는 망가진 몸을 움직였다. 여전히 현기증이 정우의 몸을 점점 주저앉히고 있었다. 하지만 이곳에 주저앉을 수는 없었다. 정우는 젖 먹던 힘을 다해 몸을 움직였다. 오른발. 왼발. 다리를 움직일 때마다 핏물이 뚝뚝 떨어졌다. 무거운 다리가 축 늘어졌다.

숨이 목까지 차오르던 그때, 왼쪽 수풀 속에서 바스락거리는 소리가 귓속을 파고들었다. 정우는 곧장 목발로 쓰던 활을 쥔 오른손에 힘을 주었다. 그러자 수풀 속에서 탐욕스럽기 짝이 없는 늑대가 튀어나왔다.

놈이 이빨을 드러내자 정우는 옆에서 달려드는 늑대를 활로 후려쳤다. 활에 얼굴을 정통으로 맞은 늑대는 깨갱거리면서 물러섰다. 문제는 그다음이었다. 몸을 너무 왼쪽으로 급격하게 돌린 탓에 몸에 중심이 무너진 것이다. 정우는 다시 흙 위에 처박혀야 했다. 돌부리에 걸어 채인 뺨이 으깬 딸기처럼 피를 토해냈다.

뺨을 손으로 훔친 정우는 곧장 두 손으로 바닥을 기었다. 왼쪽 다리는 여전히 고통스럽기 짝이 없었다. 하지만 죽고 싶지 않았다. 조각나고 싶지 않았다. 누구 하나 묻어줄 이도, 불태워줄 이도 없는 이 삶이 너무도 서글펐다.

정우는 작은 덤불 줄기를 손으로 붙들고서 상체를 일으켜 세웠다. 어차피 도망갈 순 없었다. 그렇다면 몇 놈이라도 쏘아 맞혀야 했다. 적어도 혼자서 죽진 않을 거야. 악에 받쳐 없는 기력을 짜낸 정우는 눈을 부라렸다. 하지만 무력한 인간이 소리 없이 다가온 늑대를 이길 도리가 없었다.

늑대가 낮은 울음소리를 내자 정우는 그제야 뒤를 돌아보았다. 그곳엔 이미 서너 마리의 늑대가 정우를 둘러싸고 있었다. 한 놈은 눈에 화살이 박혀 있었지만 나머지는 멀쩡한 놈들이었다. 정우는 화살통을 더듬었다. 그 난리를 겪고도 화살통 속엔 화살이 두어 자루 남아 있었다. 화살을 꺼내자 늑대들은 슬금슬금 정우에게 다가오기 시작했다.

놈들은 노란 눈을 부라렸다. 얼른 포기하라는 듯 놈들은 이따금 정우를 향해 잇몸을 드러내기도 했다. 하지만 정우는 포기할 수 없었다. 마지막 힘을 다해 자리에서 일어났다. 그러고는 절뚝이는 다리를 끌고 뒤로 물러서면서 화살을 시위에 걸었다. 한 발한 발이 중요했다. 화살을 당기자 눈에 화살 박힌 녀석이 몸을 움츠렸다.

매운맛을 제대로 봤지? 정우는 속으로 중얼거리면서 다가오는 두 마리의 늑대를 번갈아 바라보았다. 어디, 어느 놈이 먼저 덤빌 거냐? 정우는 눈을 부라리면서 생각했다. 하지만 상황은 정우의 생각과는 정반대로 흘러갔다.

정우는 뒤로 넘어가는 몸을 버둥거렸다. 그 바람에 정우는 시위를 놓치고 말았다. 화살이 수풀 너머 멀찍이 사라지자 늑대들은 빠르게 달려오기 시작했다. 하지만 정우의 몸은 이미 언덕배기 아래로 굴러떨어지고 있었다. 화살 깃이 부러지는 소리와 함께 자갈이 콧대를 짓이기고 지나갔다. 입 안 가득 시큼한 맛이 감돌았다.

언덕을 구르던 몸뚱이가 모래 먼지와 함께 멈춰 섰다. 정우는 몸을 둥글게 말았다. 갈빗대 마디마디를 떼어내서 바꿔 끼우기라도 한 것처럼 온몸이 바스러지다 못해 녹아내리는 것 같았다. 그런데도 만신창이가 된 정우는 지친 눈으로 늑대들을 찾았다.

정우는 잘 알고 있었다. 고작 이런 일로 포기할 놈들이 아니었다. 하지만 정우의 눈에 비친 것은 흙뿐이었다. 정우는 파르르 떨리는 손으로 활을 쳐들었다. 하지만 활의 시위는 활대에서 풀어져 느슨하게 바닥으로 늘어져 있었다. 정우는 곧장 활대를 잡아 휘었다. 그러고는 활대에서 빠진 시위를 활대 끝에 묶었다.

활을 고칠 동안에도 늑대들은 모습을 드러내지 않았다. 또 어디로 돌아서 내려오려나 싶던 순간. 언덕 위를 슬쩍 바라본 정우는 늑대들을 찾을 수 있었다.

언덕 위에 선 늑대들은 덤벼들지 않았다. 놈들은 언덕 아래를 이리저리 살폈다. 마치 정우가 보이지 않는다는 듯 놈들은 혀로 입맛만 다셨다. 그러고는 이내 수풀 속으로 모습을 감췄다. 정우는 이게 꿈인지 생시인지 분간을 할 수 없었다. 얼떨결에 얻은 승리였다. 정우는 천천히 숨을 고르면서 뒤를 돌아보았다. 왜 뒤를 돌아보았는지는 정우 자신도 알 수 없었다. 하지만 그곳에 펼쳐진 광경에 아이는 입을 벌릴 수 밖에 없었다.

말 그대로 하늘은 그곳에서 끝이 나고 있었다.

칼로 자른 듯이 반듯하게 그어진 푸르스름한 경계선을 끝으로 그 너머에는 별들의 바다가 펼쳐져 있었다. 기이하게 움직이는 불덩이들과 번쩍이는 별빛들이 한데 어우러진 밤이었다. 밤은 멀찍이 서 있는 거대한 절벽 너머까지 이어져 있었다. 하얀 절벽 너머로 말이다.

정우는 천천히 별들의 세계로 걸어갔다.

은색 대지가 발가락을 휘감았고 차디찬 눈처럼 새하얀 암반은 거대한 장벽처럼 정우를 막아섰다. 깎아져 오르는 암반을 향해 다가갔다. 어쩌면 저 암반 너머에 무언가 있을지도 모른다는 단순한 호기심에서 한 행동이었다. 하지만 암반에 다가가자, 정우는 꺼림칙한 기분을 지울 수 없었다.

그 하얀 암반은 지나지게 매끄러웠다. 아니, 애초에 그것이 암반인지도 알 수 없었다. 흑요석조차도 저 암반처럼 매끄럽지는 않았다. 어떤 돌도 저렇게 매끄럽지 않았다. 전혀 자연스럽지 않았다. 하지만 사람이 만들었다고 단정 짓기도 석연치 않았다. 어떤 이도 저만큼 매끄럽고 거대한 암벽을 만들어낼 수 없었을 테니까 말이다. 정우는 아득히 높은 암벽 위를 올려다보았다.

암벽 위에 선 무언가와 눈이 마주쳤다.

정우는 그것을 빤히 바라보았다. 그것이 동물인지 사람인지 알 수 없었다. 일단 턱이나 뺨은 사람과 닮아 있었지만, 그 윗부분, 눈가부터 머리는 사람의 것이 아니었다. 그것은 붉게 빛나는 눈을 부라리면서 눈 옆에 달린 기다란 거미 다리 같은 것을 까딱거렸다.

그것은 무언가 허연 덩어리를 입 안에 꾸역꾸역 집어넣으면서 정우를 손가락으로 가리켰다. 그것이 기묘한 소리를 내자, 절벽 위에선 몇몇 놈들이 얼굴을 내밀었다. 그것들 중 무엇도 같은 얼굴을 한 이는 없었다. 거대한 외눈으로 정우를 바라보기도 했고, 머리 뒤에 달린 수많은 붉은 눈들을 번뜩이는 것도 있었다. 어떤 것은 머리를 목에서 떼어낸 뒤에 하늘로 날려 올리기도 했다. 정우는 이 모든 것들을 받아들이기 쉽지 않았다.

정우는 화살을 활대에 걸어 괴물들에게 쏘았다. 하지만 화살은 놈들의 근처에도 가지 못했다. 어디선가 날아든 번개가 화살을 산산이 부숴 가루로 만든 탓이었다. 정우는 망연자실하게 그 모든 것을 바라보았다. 벼락에 맞아 돌아가신 부모님. 벼락에 맞아 부서진 화살. 이 두 가지 사실이 머릿속에서 복잡하게 연결되자, 정우는 후들거리는 다리를 주체할 수 없었다.

이 세상은 대체… 대체 뭐지? 정우는 은빛 대지 위에 무릎을 꿇었다.

그러자 검은 하늘 위로 큼지막한 문양이 절벽 위에 떠올랐다. 정우는 그 글귀를 빤히 쳐다보았다. 감히 뭐라 형언할 수 없을 정도로 복잡한 문양들이었다.

모든 것이 빠르게 돌고 있었다. 철호 아저씨도 이런 기괴한 상황에 대해 언질을 준 적은 없었다. 단 한 번도 말이다. 정우는 혼란스러운 얼굴을 감추지 못했다. 알 수 없는 문양도, 검은 하늘과 저 기괴한 생명체들도 모두 낯설기 짝이 없었다.

하지만 만일 정우가 은하계 공용어를 알았다면 하늘에 걸린 글귀를 다음과 같이 해석할 수 있었으리라.

'26세기에 기계화에 저항한 사람들. 러다이트 운동을 통해 인본주의 사상을 고취하려 했으나 초인본주의에 밀려난 인류입니다. 이와 같은 반기계운동은 인종을 넘어 인류 전체에서 일어났었죠. 하지만 현재 이들은 모두 멸종하고 이제 남은 생체 인류는 본 동물원에서 마지막으로 보유하고 있습니다. 현재는 재개장 준비 중임으로 다음에 관람해주세요.'

정우는 멍하니 문장들을 바라보다 고개를 떨어뜨렸다. 그가 아는 것이라곤 고작해야 사냥하는 법이나 음식을 만드는 법 따위였다. 누구도 관심 가지지 않았고 누구도 알고 싶어 하지 않는 기술들이었다. 그렇기에 정우는 답을 눈앞에 놓고도 알아차리지 못했다.

그때였다. 혼란스러워하는 정우의 머리 위로 허연 무언가가 쏟아져 내렸다.

놀란 정우는 고개를 들었다. 머리카락에 들러붙어 있던 허연 덩어리들이 바스락거리는 소리를 내며 바닥에 떨어졌다. 정우는 덩어리를 집어 들었다. 번들거리는 덩어리는 손끝에서 바스락거리는 소리를 내고 있었다. 정우가 덩어리에 관심을 보이자 절벽 위의 그것들은 덩어리를 집어 들어 먹는 시늉을 했다. 정우는 그것들을 바라보다 천천히 덩어리를 입에 가져댔다.

그러자 이 세상의 것이 아닌 짭조름하고 기름진 맛이 입 안 가득 퍼져나갔다.

클레이븐

1991년 서울에서 태어났고, 대학에서 기계공학을 전공했다. 중학교 국어 시간에 처음으로 단편 소설 쓰기를 접한 이래로 꾸준히 작품 활동을 하고 있다. 2019년에 웹진 거울의 독자우수단편으로 〈마지막 러다이트〉와 〈컴플레인〉이 뽑혀 필진이 되었다. 현재는 장편 소설을 집필 중이다. 개인적으로는 괴상한 괴물과 암담하고 기괴한 배경, 그 속에서 발버둥 치는 주인공의 모습을 담담한 어조로 그리는 것을 좋아한다.

만코마는 별들 중에

―――― 정대영

0

우주에서는 무엇보다 절약이다. 간신히 동사를 막을 정도로 유지 중인 싸늘한 실내 온도와 산소 결핍을 겨우 면할 수준으로 낮추어둔 실내 산소 농도 탓에 몽롱하게 흔들리는 정신을 붙잡으며, 중력 생성을 멈추고 완전히 무중력 상태인 조종석 위에 몸을 둥글게 말아 둥둥 뜬 채로, 알로트는 조종간 오른편에 위치한 보조 모니터를 가만히 바라보고 있었다.

저전력 모드로 진입한 보조 모니터 위에는 단조로운 하얀 폰트의 타임 카운터가 쉬지 않고 0을 향해 흘러가는 중이었다. 앞으로 7초, 6초, 5초, 4초, 3초, 2초, 1초, 그리고 하얀 폰트의 타임 카운트는 0이 되어 멈추었다.

"후우."

가볍게 숨을 내쉰 알로트는 살짝 눈을 감았다. 이제 아우터 핸즈가 주최하는 관계자 전용 특수플래닛 크랙 경매의 입찰 기한이 끝나고, 그 결과가 이종 물질 통신으로 이쪽을 향해 날아들기 시작했을 것이다.

이번에는 나름 빈틈없는 준비를 한 경매 입찰이었다. 개인 용역 사업자로서 거대 플래닛 크랙 업체 아우터 핸즈의 운송 하청을 몇 번이고 우수한 실적으로 마무리 짓고, 개인 사업자로서는 가장 높은 협력 관계자 B등급을 획득한 뒤, 아우터 핸즈의 협력 관계자 특수 경매 입찰권을, 그것도 우선 입찰권을 사용해서 참가한 행성 입찰이었다.

거기다 가장 인기 있는 플래닛 크랙 카테고리가 아니라 가장 인기 없는 회수 카테고리를 택해서 세 개의 행성에 분산 입찰했으니, 아무리 운이 좋지 않더라도 입찰 하나 정도는 건질 수 있을 터였다. 아니, 건져야만 했다. 다시 한 번 삶의 질을 한 단계 올릴 기회는 흔치 않으니까.

'티이익.'

눈을 감고 있으니 모니터의 화면이 전력을 받아 밝아지는 소리가 들렸다. 제발 105년간의 노력이 물거품이 되지 않기를! 속으로 그렇게 빈 알로트는 숨을 훅 들이마시며 살짝 눈을 떴다.

아우터 핸즈 978-10732년 제7회 특수 경매 입찰 결과 알림

사업자명: 아우터 핸즈

사업자 등록 번호: 731R-6E661B33IRT979H

사업자 선박 정보: 만코마는 2호(로시다 133세대, B⁺급 다목적 채굴
　　화물선)

입찰자명: 알로트(Alot)

입찰자 관계 정보: B등급 아우터 핸즈 운송 부문 외주 우선 계약
　　　　　　　　고려 대상자

입찰 번호: OHNFEM-11892212, 유찰, 상세 정보는 파일 참조

입찰 번호: OHNFEM-12281819, 낙찰, 상세 정보는 파일 참조

입찰 번호: OHNFEM-12290013, 낙찰, 상세 정보는 파일 참조

이 데이터는 외곽 우주 67-RD 구역 시간으로 978-10732년 289일
　40시 31분경에 발송되었습니다.

　　　　　　　　　　　　　　　　아우터 핸즈 입찰 사업본부

　모니터에 떠오른 알림에는 낙찰이 2건, 유찰이 1건이었다.
알로트는 마른 입맛을 다시며 웅크리고 있던 몸을 쭉 뻗었다.
그러고는 왼쪽 팔에 차고 있는 손목 패드를 두드려 산소 농도와
조종석 내부 온도를 외우주 통합 우주국의 건강 유지 권고치로
되돌렸다. 조종석 벽 안쪽에서 진동음이 울리더니 곧 뜨끈한 바
람이 밀려 들어오기 시작했다.

　닷새 만에 느끼는 따스한 실내 공기였다. 숨을 길게 들이마신
알로트는 두 팔을 뻗어 조종석의 어깨 시트를 짚고는 몸을 슬쩍
천장을 향해 밀어 올렸다. 천장에 붙박이 형태로 설치된 작은
보조 냉동고까지 날아오른 알로트는 능숙하게 냉동고의 문을
열고 낙찰 기념으로 준비해둔 음식과 물을 꺼내어 한 손으로 품

에 안고, 다른 한 손으로 벽에서 천장으로 이어지는 작은 손잡이를 따라 훑으며 흘러내리듯 벽을 타고 복원기가 있는 쪽으로 내려섰다.

조종석 왼편에 역시 붙박이로 설치해둔 복원기의 문을 열고 음식 상자와 물통을 넣고, 복원 버튼을 누른 알로트는 작은 한숨과 함께 오른손을 들어 왼팔의 손목 패드를 두드렸다.

"쯧."

유찰 기록을 바라본 알로트는 마른 혀를 차며 미간을 찌푸렸다.

"너무하네, 진짜."

아우터 핸즈는 무려 행성계 단위를 다루는 초거대 플래닛 크랙 회사다. 외우주 통합관리국에서 행성계 단위로 채굴권을 사들인 뒤, 최소 지름 5만 킬로미터 이상의 행성을 부숴서 채굴하고, 남는 행성은 계약 채굴 용역 사업체들에게 팔아서 이문을 챙긴다. 그리고 용역 사업체들도 수지타산이 맞지 않아 버려지는 지름 1만 킬로미터 이하의 행성들은, 알로트 같은 개인 용역 사업자들에게 팔아서 이문을 챙긴다.

그쯤 되면 개인 용역 사업자들의 손에 도달하는 행성 매물은 채산성이 지극히 떨어지는 것 뿐이다. 아예 부셔서 갈아버린 뒤 채로 걸러도 입찰액에 상당하는 수익이 있을까 말까 알 수도 없는 행성이, 내정 가격 미달로 유찰이라니 도대체 얼마에 팔려고 했던 걸까?

'입찰 번호: OHNFEM-12281819, 낙찰, 상세 정보는 파일 참조'

하지만 그래도 속이 쓰리지는 않았다. 사실 알로트가 가장 절실하게 노렸던 행성은 무사히 낙찰받았으니까. 알로트는 낙찰받은 두 번째 항목의 입찰 번호를 바라보며 희미하게 미소 지었다. OHNFEM-12281819, 행성 번호는 FEM-3319, 이번 아우터 핸즈의 행성계 크랙 사업에 참여하고 있을 때, 광석을 나르며 틈틈이 스캔해 두었던 행성 중 하나다. 단순 스캔만으로도 굉장히 오래전 인류가 살았던 도시의 흔적을 찾아낼 수 있었던, 지름 1만1천 킬로미터 정도의 작은 행성이다.

OHNFEM-12281819

낙찰자 정보: 알로트, 개인사업자, B등급 아우터 핸즈 우선 계약 고려
    대상자
상품 정보: FEM-3319, 상세 정보는 아우터 핸즈 데이터 베이스에서
    구입 바람.
낙찰일자: 외곽 우주 67-RD 구역 시간 978-10732년 289일
낙찰형태: 행성을 분쇄하지 않는 형태의 채굴 계약
낙찰가: 331만 플래티넘(입금 확인 완료)
채굴 기간: 낙찰 일자로부터 외곽 우주 67-RD 구역 시간으로 1년간
    독점 채굴

복원기가 완료 알림을 올린다. 알로트는 익숙한 손놀림으로 복원기를 열어 음식 박스와 물통을 들고서 한쪽 팔로 벽을 짚고, 조종석을 향해 몸을 밀어냈다. 차분하게 조종석으로 날아들어

몸을 비틀어 가볍게 자리에 앉은 뒤, 왼쪽 팔걸이의 홀더에 음식 상자와 물통을 고정시키고, 조종간의 모니터를 눌러 중력 메뉴를 불러온다.

스캔에 따르면 FEM-3319의 중력값은 3.98이었다. 알로트는 중력 메뉴의 중력값을 3.98에 맞추고는 중력 생성 기능을 실행시켰다. 곧 우주선 선체에 커다란 소리가 울리더니, 알로트의 엉덩이가 꾹 조종석 위로 내려앉았다.

"음⋯."

대부분의 시간을 인체 기능을 유지하기 위한 최저 중력값 2.42의 인공 중력 속에서 사는 알로트에게 있어서는 조금 무거운 느낌이 드는 중력값이었다.

"그래도 뭐, 이 정도면 양호하지."

두꺼운 활동복을 입지 않아도 된다는 것만 해도 어디인가. 활동복 구동에 들어가는 연료비를 아낄 수 있다는 것만으로도 다행이다. 알로트는 혼잣말을 중얼거리며, 홀더에 꽂아둔 물통을 집어 들었다. '진짜 물과 98.7퍼센트 동일한 재구성 음료' 문득 물통 위에 붙어 있는 문구를 읽은 알로트는 잠시 망설이다 물통의 입구를 열고 입에 물었다. 시원한 물이 입 안으로 밀려들어왔다.

98.7퍼센트는 외우주 통합관리국이 정한 최저한의 재구성 비율이다. 그 진짜 물이라는 기준은 알로트가 속한 외우주 67-RD에서 아주 멀리, 그리고 어디에 있는지 특정할 수 없는 지구라는 행성의 물이라고 했다. 사실 물 이외에도 거의 모든 기준이 그랬다.

음식 상자에도 진짜 프라임 소고기 스테이크와 98.7퍼센트 동일한 재구성 프라임 소고기 스테이크라고 적혀 있었다. 실제로는 지구에 사는 소고기라는 생명체를 죽여서 그 살점을 구운 음식이라고 하지만, 외우주에서는 단백질과 기타 영양소의 구성 성분을 조합하여 만들어낼 뿐이다.

어차피 98.7퍼센트면 차이가 없는 것이나 마찬가지다. 진위는 불분명하지만, 수십 만 년도 전에 진짜 소고기가 큰돈이 되리라는 생각에 엄청나게 많은 돈을 들여 지구로 가서 소고기며 돼지고기며 하는 동물을 외우주로 데려왔던 사람이 있었는데, 가지고 오는 수만 년 사이에 재구성 기술이 등장하면서 망해버리는 바람에 데려왔던 소고기, 돼지고기, 닭고기와 같은 동물들은 어느 행성에 방목되었다는 이야기도 있었다.

"참, 나 좀 봐."

물통의 뚜껑을 닫고 내려놓은 알로트는 입에 머금었던 진짜 물과 98.7퍼센트 똑같은 재구성 물을 삼키고는 손목 패드로 시선을 옮겼다.

아우터 핸즈에서 판매한다는 행성 FEM-3319의 정보는 아마도 추정되는 행성 자원의 종류와 양, 그리고 스캔 한 번만 하면 알 수 있는 기초 정보들이 전부일 것이 뻔했다. 돈을 지불하면서까지 살 필요는 없다. 우주에서 절약은 절대적인 가치다. 알로트는 외주 작업 중에 틈틈이 스캔하고, 또 광전자 정보망에서 따로 끌어모은 FEM-3319의 데이터를 손목 패드의 화면으로 불러냈다. 외우주 67-RD 통합관리국의 역사 데이터베이스 유지 기한을 넘긴 탓에 최소한의 정보만 남아 있는 FEM-3319의 역사는 손목 패드에서 단 두 번만 스크롤 하면 끝이 보일 정도로 간단했다.

약 7천2백 년 전에 자신들을 Ocus-814 행성계에서 출발한 제517차 이민자라 칭하는 약 5만 명의 사람들이 외우주 67-RD 에 모습을 드러냈다. 외우주 67-RD 통합관리국은 이민자들의 요청에 따라 긴급 이민 프로토콜을 발동하였고, 행성인으로 살고 싶다는 이민자들과 협의를 통하여 거주 적합 행성으로 준비해 두었던 FEM-3319를 제공했다.

그러나 기껏 새로운 행성을 제공받은 이주민들은 외우주 67-RD 통합관리국이 요구하는 자급자족 프로토콜을 불성실하게 이행하는 태도를 보였고, 결국 100년 후에 통합관리국의 지원이 끊기자 FEM-3319의 가용 자원 중 47퍼센트 정도를 허락도 없이 채굴해 챙기고서는 다른 외우주를 향해 떠나버렸다.

그중에서 외우주 67-RD에 남기로 결정한 2천3백 명은 이미 개척된 행성에 분산 수용되었고, 이후 FEM-3319는 완전 무인 행성으로 지금까지 남아 있다가, 7천여 년이 지난 후에 아우터핸즈의 행성계 크랙 사업 대상으로 지정되었고, 바로 오늘 알로타에게 팔리게 되었다.

자급자족 프로토콜을 불성실하게 이행하는 태도라고 하면, 보통은 외우주 67-RD 통합관리국의 도움에 의지하고 자립할 노력을 하지 않는다는 뜻이다. 하지만 FEM-3319에 정착했던 이민자들은 그 반대였다.

가급적 외우주 67-RD 통합관리국의 도움이나 보급을 받지 않는 대신 간섭도 받지 않겠다는 태도를 보였고, 이런 폐쇄적인 태도는 외우주 67-RD 통합관리국의 이념에 어긋나는 것이었기에 빈번한 마찰을 빚다가 결국 이민자들이 다른 외우주의 인류 정부를 찾아 떠나는 것으로 합의를 보았다는 기록이 남아 있었다. 바로 이 기록이 알로트에게는 다른 어떤 정보보다도 중요했다.

지금으로부터 2백 년 전 즈음, 내우주 67-RD 행성계에서 갑작스레 유물 수집이 유행하면서 먼 과거에 살던 사람들이 남긴 물건들이 비싼 값에 거래되기 시작했다.

초신성의 감마선 광풍처럼 몰아치던 유물 수집 유행은 비록 50여 년 만에 식어버리기는 했지만, 그 열기 뒤에는 적지 않은 마니아들이 남았고, 덕분에 가치가 있는 유물이라면 비싼 가격에 거래할 수 있었다. 알로트 역시 유행이 몰아치던 시기에 살짝 큰돈을 벌었고, 낡은 우주선을 팔아버리고 나름 괜찮은 다목적 화물선도 구입하고, 좋은 장비들을 손에 넣었다.

그런 고가에 팔아 치울 수 있는 유물을 찾는 수많은 경쟁자들이, 무려 다른 외우주에서 찾아온 이민자의 기록이 남아 있는 FEM-3319를 모를 리는 없겠지만, 겨우 100년 남짓한 거주 기록에 별것 없으리라는 추측을 했는지, 지금까지 그 누구도 유물을 찾기 위해 입찰을 하거나 한 기록이 남아 있지 않았다.

하지만 알로트에게는 나름의 자신이 있었다. 아직 가설에 불과하지만, FEM-3319야말로 마니아들이 원하는 희귀한 유물들이 존재할 확률이 높았다. 혹시 없다고 하더라도, 어차피 지금의 유물 수집 시장은 마니아와 초보자로 나뉘는 극단적인 시장이니, 비싼 것이 없더라도 작은 것부터 이것저것 양껏 사들이는 초보자들에게 이것저것 팔아 치우면 적자는 나지 않을 것이다.

"좋았어."

예감은 차고 넘칠 정도로 좋다. 알로트는 내비게이터 패널을 조작하여 FEM-3319로 목적지를 맞춘 뒤, 자동 비행을 설정했다. 곧 우주선 선체가 살짝 떨리더니 낮은 점화음과 함께 비행 시작을 알리는 화면이 모니터에 떠올랐다. 여기서 FEM-3319까지는 최고 속도로 73시간 정도. 그동안 적당히 중력값 3.98에 몸을 맞춰둬야 한다.

일단 잘 먹고, 몸을 다지자. 알로트는 그런 생각과 함께 트레이에 고정해둔 음식 박스를 손에 들었다. 박스 포장을 뜯고, 진짜 소고기 프라임 스테이크와 98.7퍼센트 동일한 재구성 프라임 스테이크를 같이 들어 있는 세라믹 나이프로 잘라 한 점 입에 넣는다. 100퍼센트는 아니더라도 충분히 기분이 좋아지는 맛이 입 안 가득히 퍼진다.

1

중력값 3.98이 짓누르는 무게 속에서 몸을 움직이는 데 무리가 없고, 자려고 누워도 가슴이 눌려 숨을 쉬기 힘들다는 느낌이 없어진 것은 FEM-3319를 향해 출발한 지 이미 105시간 정도가 흐른 뒤였고, 다목적 중대형 채굴 화물선 '만코마는 2호'가 FEM-3319에 도착해 궤도를 두 바퀴 반 돈 시점이었다.

평소보다 거의 2배 정도 무거운 중력에 적응하는 데 예상보다 시간이 걸리긴 했지만, 그래도 서두르다 봉변을 당하는 것보다는 낫다. 클론 재생성이라도 하게 된다면, 거기에 들어가는 시간 낭비도 무시할 수 없으니까.

외우주 67-RD 통합관리국이 제시하는 '중력값 적응 판단 체조'를 마친 알로트는 이제 그리 가쁘지 않은 숨을 내쉬며 조종석에 앉아 물통 속의 재구성 물을 한껏 들이마셨다. 달아오른 몸이 서늘하게 가라앉길 기다린 알로트는 여유 있는 손놀림으로 조종간 너머 메인 모니터 위로 FEM-3319의 근거리 스캔 정보를 띄웠다.

추산하기를 최대 인구 5만 명이 살았다던 FEM-3319지만, 7천2백여 년이라는 시간이 지난 지금, 인간이라고 할 수 있는 생명체의 징후는 당연하지만 하나도 보이지 않았다. 남아 있는 사람의 흔적이란 행성 위도 40, 경도 70 부근을 기준으로 커다란 도시의 흔적과 그 주변에 외우주 67-RD 통합관리국의 이민자 현지 적응 지침에 따라 작은 도시 몇 개를 짓는 척하다가 그만둔 흔적이 조금 남아 있을 뿐이었다. 그 밖에는 산소도 충분하고, C등급 이상의 위험도를 지닌 육식 동물도 거의 없을 만큼 안전한 자연환경에, 지각도 안정을 찾아 변동 확률도 한없이 0에 가까운 행성이었다.

알로트는 착륙 위치를 커다란 도시의 중앙에서 조금 벗어난 곳에 위치한 커다란 광장 같은 곳으로 설정하고는, 잠시 조종간을 매만지며 망설이다 결국 오토 파일럿 기능을 작동시켰다. 직접 조종간을 잡아본 게 너무 오래된 것 같은 기분이 들긴 했지만, 그래도 여전히 수동 착륙 비행에는 저항감이 남아 있었다.

유물 수집 광풍이 불던 시절, 뜻밖의 대박으로 얻은 1억2천만 플래티나를 쏟아 부어 손에 넣은 이 B+급 중형 선박 '만코마는 2호'는 외우주 67-RD 기준으로 최신 기술 격차 수준이 겨우 5백여 년도 되지 않는, 나름 최신 기술의 다목적 채굴 화물선이었다.

어머니에게 물려받았던, 무려 5천7백 년 전에 건조되었던 '만코마는 1호'와는 크기부터 남달랐고, 탑재된 기술 수준은 비교가 불가능할 정도였다. 예를 들면, '만코마는 1호'의 오토 파일럿 기능은 실행 중에도 항상 조종석에 앉아 조종간을 잡고 수동으로 보조해야 했지만, '만코마는 2호'는 반대로 수동으로 조종간을 잡아도 오토 파일럿의 보조 기능이 쉬지 않고 운전을 도와줄 정도였다.

게다가 외우주 67-RD 최신 기술 격차가 겨우 5백여 년에 지나지 않았기 때문에, 제조사가 아직도 경영 중이고, 덕분에 부품을 구하기도, 제작 의뢰하기도 쉬웠다. 게다가 보험료도 정말 저렴했다. 1억2천만 플래티나를 입금하던 날은 온몸만이 아니라 영혼까지 벌벌 떨리는 기분이었지만, 이착륙을 시도할 때마다 정말로 이 화물선을 사서 다행이라는 생각이 들었다.

'오토 파일럿 착륙 기능 시동'

'목표지 FEM-3319 40-70'

'착륙 완료까지 앞으로 17분.'

낮은 진동과 함께 다목적 화물선의 엔진이 울리고, 곧 선내 내부 중력과는 다른 중력이 기체를 끌어당기는 느낌이 들기 시작했다. 알로트는 손에 쥐고 있던 물통을 닫고 홀더에 내려놓은 다음, 조종석 팔걸이의 버튼을 눌러 착륙용 벨트를 불러내 둘렀다.

'대기권 진입 개시.'

음성 알림과 함께 알로트는 꾹 두 눈을 감았다. 대기권에 돌입하는 순간에도 '만코마는 2호'는 조용했다. 압축열로 표면이 달아오르는 소리도 나지 않고, 흐르는 대기를 가르며 나아가는 진동도 없다. 그저 조종간이 자동으로 움직이며 내는 작은 소리만이 날 뿐이다. 중력값 3.98이나 되는 행성의 대기권에 진입한다고는 생각할 수 없는 편안함에 알로트가 만족스러운 미소를 짓는 순간, 무언가 붕 뜨는 느낌과 함께 '만코마는 2호'가 허공으로 뚝 떨어지는 느낌이 들었다.

'대류권 진입.'

곧바로 화물선 기체가 소리를 울리며 흔들렸지만, 난기류에 휘말리거나 하는 느낌은 아니었다. 착륙 비행 중에는 늘 눈을 감고 있느라 직접 본 적은 한 번도 없지만, '만코마는 2호'가 저항력을 늘리기 위해 돌기 같은 날개를 여러 개 펼치고, 공기 흐름을 역이용하는 수십 개 터빈 뚜껑을 여는 진동이었다.

그렇게 소리와 진동이 멎자 곧 선내 인공 중력을 발생시키는

데 쓰이던 제153세대형 이온 엔진의 출력을 조금씩 양력 생성으로 전환하는 소리가 들린다. 두꺼운 벽을 지닌 선체 내부에 앉아 있어도 느낄 수 있는 행성 FEM-3919의 중력이 점차 약하게 줄어들고, 마치 우주 정거장의 주차용 유도 중력에 잡혀 끌려가는 듯한, 그런 은근한 느낌으로 변한다.

'고도 8킬로미터'

'선체 상태 안정화, 기내 활동 가능'

'2분 30초 후 지면 도달 예정.'

기내 활동이 가능하다는 알림을 들었지만, 알로트는 눈을 감은 채로 자리에서 움직이지 않았다. '만코마는 2호'의 성능에 의심을 품지는 않았지만, 어머니와 같이 살던 시절에, '만코마는 1호'가 착륙 중에 대류권의 대형 난기류에 휘말리면서 겪었던 공포가 여전히 남아 있기 때문이었다. 덕분에 '만코마는 2호'를 구입하기 전까지는 매번 반쯤 울상이 되어 오토 파일럿 기능이 있으나 마나 한 '만코마는 1호'를 수동으로 조종하며 착륙을 해야 했다.

덕분에 이제는 설사 잠이 들더라도 안전하게 착륙할 수 있는 최신 기술의 선박에 타고 있어도, 여전히 착륙 중에는 심장이 뛰고 식은땀이 났다. 한번은 이 증상을 고쳐보려고 했지만 외우주 67-RD 통합관리국에서 '이착륙 공포증'이라고 이름을 붙인 이 뻔한 증상에 대하여 제시하는 해결법은, 그저 단기간에 이착륙을 열심히 반복하는 수밖에 없다고 했다.

'지면 도달 12초 전.'

그리고 완만하게 내려가던 기체가 살짝 위로 뜨려는 듯한 움직임을 보이더니, 곧 둔중한 소리와 함께 멎는다.

'지면 도달'

'착륙 프로세스 완료'

'이후 이온 에너지를 이륙용 축전지 충전으로 전환합니다.'

'현지 시각으로 12.7시간 충전 후 통상 이륙 가능, 사흘 후 긴급 이륙이 가능합니다.'

착륙 안내 음성을 들은 알로트는 천천히 눈을 뜨고는, 조종석 팔걸이의 버튼을 눌러 착륙용 벨트를 풀고, 일단 숨을 길게 들이마시며 뛰는 심장이 잦아들기를 기다린다. 그래도 '만코마는 2호'를 구입한 뒤로는 이착륙 뒤에 자신을 추스르는 시간이 점점 줄어들고 있었다.

'만코마는 1호' 시절에는 이착륙 동안 얻은 엄청난 스트레스로 땀에 흠뻑 젖어 떨리는 몸과 마음을 추스르기 위해, 조종석 옆의 작은 간이침대로 기어갈 힘도 없어 그 조그마한 조종석에 꼬박 한나절을 불편한 자세로 앉아 있어야 할 정도였다.

지금은 그래도 스트레스도 적고, 식은땀이 살짝 머리를 적실 뿐이다. 숨을 고른 알로트는 홀더에 놓아둔 물통을 들고 남아 있는 재구성 물을 한 번에 쭉 들이마신 뒤, 조종석에서 일어섰다.

"좋아."

자기 자신을 응원하듯이 중얼거리면서, 다리에 힘을 주고 걸음을 옮긴다. 조종석 바로 뒤편 바닥에 있는 리프트 위에 서서 페달 버튼을 연달아 눌러 환경 적응실을 목적지로 설정하자, 작은 소음과 함께 리프트가 가라앉기 시작했다.

그러고 보니 기체 밖으로 나서는 것도 오랜만이었다. 알로트는 부드럽게 움직이는 리프트에 서서 흘러가는 어두운 통로 벽면을 가만히 바라보았다. 마지막으로 기체 밖으로 나가본 것이 3년 전이고, 우주 유영이 아니라 행성 표면에 두 발로 내려서는 것은 60년 만이었다. 예전에는 행성 표면 채굴을 주업으로 삼았던 영세한 채굴업자인 어머니를 따라 30년에 두 번은 꼭 행성에 내려 시간을 보내고는 했다.

'환경 적응실 도착.'

손목 패드에서 안내 음성이 흘러나오고, 어두운 벽면이 밀려 올라가면서 밝은 환경 적응실이 모습을 드러낸다. 외부로 향하는 탑승구와 바로 연결된 공간-리프트가 바닥에 고정되길 기다린 알로트는 적응실의 한쪽에 작게 위치한 창문으로 다가섰다.

이주민들이 버리고 간 지 7천여 년이나 지난 거대 도시의 풍경은, 다행히도 도시 모양의 숲이 아니라 인공적인 도시의 모습을 확연하게 드러내고 있었다. 알로트는 안도의 한숨을 내쉬며 창가에서 한 걸음 물러섰다.

이주민들이 떠나면서 도시를 파괴하거나 했다는 기록은 없었고, 외우주 67-RD 통합관리국도 따로 철거 처리를 실행한 기록도 없었다. 도시를 유지 보수하는 관리 드론은 7천 년 전에도 있었으니 도시 에너지원만 충분했다면, 최소한의 관리는 되어 있으리라는 알로트의 예상은 다행히 맞은 셈이었다.

"다행이다."

나지막이 중얼거린 알로트는 곧바로 작은 창 아래 놓인 패널에 손을 올렸다. 일단은 드론을 풀어 정밀 스캔과 안전을 확보하는 것이 먼저다. 스캔 범위를 도시로 한정하고, 인간이 아닌 적대적이고 위협적인 존재의 즉각적 배제 설정을 마친 뒤 배치 버튼을 누르자, 곧바로 화물선의 수납 모듈에서 드론들이 날아올라 도시 곳곳으로 흩어지는 것이 작은 창 너머로 보였다. 드론들의 모습이 보이지 않을 때까지, 창밖을 바라보던 알로트는 다음 패널을 조작해 환경 적응 기능을 실행했다.

　'현재 신체 상태를 스캔 후 실시간 체크를 실행합니다.'

　'1단계 환경 적응이 완료될 때까지 적응실 중앙에서 1미터 이상 벗어나지 말아주십시오.'

　곧 벽면에 위치한 스캐너에서 빛이 뿜어져 나와 알로트의 몸을 머리부터 발끝까지 훑는다.

　'외부 공기 스캔 결과, 사람의 호흡에 적합한 대기로 판정되었습니다.'

　'지금부터 외부 공기를 적응실로 주입합니다.'

　'의료국의 추천 방식을 따라 3분 단위로 농도를 5퍼센트씩 높입니다.'

　'몸에 이상이 느껴질 경우, 벽면에 위치한 응급 상자에서 적합한 앰풀을 찾아 주사하십시오.'

　'몸에 이상이 느껴지지 않더라도, 안내 음성이 나오면 지시에 따라 적합한 앰풀을 주사하십시오.'

　'외부 공기 주입까지 앞으로 5초, 4초, 3초….'

공기가 순환하는 소리가 들리자, 알로트는 눈을 감고 깊이 숨을 들이마셨다. 착륙과 마찬가지로 '만코마는 2호'의 환경 적응 시설도 알로트의 마음을 편하게 해주었다. '만코마는 1호' 시절에는 기본 스캔 정보만을 믿고 지면으로 나선 뒤에 혹시 모를 신체적 이변이 있을까 봐 한참을 우주선 곁에서 시간을 보내야 했고, 무거운 응급 상자를 늘 지니고 다녀야 했다.

조금이지만, 눅눅하고 소독약 냄새가 나는 기체 내부의 공기 속으로 시원한 자연의 공기가 섞여 들어오기 시작했다. 98.7퍼센트도 아니고, 재사용하는 것도 아닌, 100퍼센트의 행성 공기다. 아무리 들이마셔도 질리지 않는 그 공기를, 알로트는 쉬지 않고 들이마시고, 내쉬었다.

2

환경 적응은, 가슴을 부둥켜 쥐고 응급 상자로 달려가는 일 없이 무사히 끝났다. 알로트는 적응실의 AI가 조합해주는 임시 백신 앰풀을 왼팔에 주사하고, 마지막으로 파상풍 앰풀을 탐사 가방에 챙겨 넣고 출입구로 향했다.

FEM-3319는 외우주 통합관리국이 선정한 거주 적합 행성이다. 별도의 활동복이 필요 없을 정도로 안전한 행성이라고 인증을 받았으니, 급작스러운 죽음이 찾아올 가능성은 극히 낮았다. 출입문 앞에 선 알로트는 길게 숨을 들이마시고, 하선 버튼을 눌러 문을 열었다. 커다란 출입문이 앞으로 쓰러지고, 마침내 FEM-3319의 거대 도시가 알로트의 시야 가득히 들어왔다.

"허."

커다랗고 고요한 도시를 바라본 알로트는 짧은 감탄사를 뱉으며 천천히 화물선에서 걸어 내려와 도시의 광장으로 내려섰다. 7천 년 전의 도시 관리 드론들이 얼마나 오래 버텼는지 알 수는 없지만, 도시의 도로와 건물들은 그래도 식물에 엉망으로 삼켜지거나 무너지거나 하지는 않은 모습이었다.

7천 년 전 당시 드론은 정말로 단순한 구조였으니 오히려 수명이 비약적으로 늘어났던 덕인지도 모른다. 알로트는 자신만의 논리를 이리저리 떠올리며, 거대 도시의 거리를 향해 걸음을 옮겼다. '만코마는 2호' 주변에서 대기 중이던 호위 드론 두 기가 곧바로 알로트의 머리 위로 따라붙었다.

광장에서 벗어나 어디로 향하는지 알 수 없는 대로로 접어든 알로트는 잠시 걸음을 멈추고 손목 패드를 들여다보았다. 정찰을 나간 드론들이 스캔한 유물 목록들이 벌써 하나둘 올라오고 있었다. 아직은 대박이라고 할 만한 품목이 보이지 않았지만, 거대 도시를 겨우 열 대의 수송 드론으로 스캔하려면 나흘은 걸리니 벌써부터 실망할 필요는 없었다. 거기에 거대 도시 주변에 건축되다 멈춘 작은 도시들까지 생각하면, 대박이 아니어도 중박 정도는 충분히 거둘 수 있다. 수색 범위 바깥에 남아 있는 작은 도시들까지 고려하면, 스캔 완료까지는 대략 엿새 정도가 걸릴 것이다.

알로트는 허리춤의 주머니에서 동위원소 측정안경을 꺼내어 썼다. 알로트가 소유한 물건 중에 나름대로 가장 최신예 기술로 제작된 물건이었다. 시야에 들어오는 사물의 동위원소 현황을 계산하는 특수 카메라를 달고 있는 동위원소 측정안경은, 눈 앞에 놓인 반감기와 풍화 등을 거치며 닳아버려 원형을 알 수 없는 물건이 예전에 어떤 모습이었는지, 또는 밋밋하게 주저앉은 풍경이 과거에는 얼마나 절경이었는지, 그런 과거를 비추어준다는 컨셉의 물건이었다.

나름 흥미로운 컨셉의 물건이었지만, 이미 없어진 물상의 일부분에 기대어 원래 모습을 추정하는 기술은, 아무리 고도의 알고리즘을 사용하더라도 불완전할 수밖에 없었고, 결국 발매한 지 30여 년도 지나지 않아 사장된 제품이었다.

그러나 이 비싸고 형편없는 성능의 안경은 알로트에게 딱 필요한 만큼의 성능을 지니고 있었다. 물상의 원래 모습을 추정하기에는 형편없는 물건이라도 거의 다 바래거나 씻겨 나간 안료 그림이나 문자를 찾아내는 데 더할 나위 없는 물건이기 때문이었다.

인류가 시작되었다는 그 지구라는 시대에서 시작해 지금에 이르기까지, 처음 그대로의 용도로 남아 있는 지구의 유산은 안료가 거의 유일했다. 아무리 디스플레이 패널이 발달하고, 홀로그램 기술이 발달해도, 사람이 안료를 이용해 무언가를 그리거나 표면 위에 표식을 남기는 행위는 사라지지 않았다.

예술이라는 이해가 가지 않는 영역부터 디스플레이 패널이나 홀로그램의 사용이 어려운 작업 구역에 남기는 표시까지 안료가 쓰였고, 알로트의 동위 원소 측정 안경은 그런 안료의 과거를 들여다보는 데 있어 더할 나위 없이 훌륭한 도구였다. 반감기 붕괴가 심하다면 적어도 읽을 수 있는 수준으로 시각적 복원이 가능했고, 조금이라도 원소가 남아 있다면 색까지 시각적 복원이 가능했다.

"어디 보자."

동위원소 측정안경을 쓴 채로 거리의 건물들을 둘러보던 알로트의 시야로, 이제는 색이 바랜 건물과 도로의 색감이 비교적 진하게 복원되어 보이기 시작했다. 비록 부서지거나 무너진 곳, 그리고 덩굴 식물이나 키 큰 잡초에 가려진 부분은 엉망으로 표시되기는 했지만, 알로트가 찾고자 하는 것은 예전 그대로의 도시 모습이 아니었다.

'678-3612년 19일 21시까지 퇴거 예정'

'67--3622년 20일 1시 퇴거 완료 확인'

한참을 걷던 알로트는 마침내 빌딩형 주거지의 벽면에 숨어 있던 문자를 발견하고 자신도 모르게 주먹을 꽉 쥐었다. 이민자들이 FEM-3319를 떠나갈 때, 구획이나 퇴거 순서를 계획하면서 패널이나 홀로그램 대신 물감을 써서 건물에 커다랗게 남긴 글귀였다. 일단 시작이 좋았다, 정말 좋았다.

희미하게 미소 지은 알로트는 서둘러 벽면에 글귀가 쓰여 있는 건물 쪽으로 걸음을 옮겼다. 사람이라면 누구나 마찬가지라도, 특히 오래전 사람들일수록 무언가 기록을 남기고자 하는 성향이 강했다. 이곳에 살고 있던 이민자들 역시 무언가 남겼을 것이다. 이를테면 '누구누구가 여기에 있었다' 같은 감상도 뭣도 아닌 글귀라도 벽에 휘갈기고 떠났을 확률이 높다. 알로트가 정말로 찾는 글귀 역시 그런 흔적들 사이에 남아 있을지도 몰랐다.

건물 입구로 들어선 알로트는 행성 건물과 같이 지면에 의지하는 건물 특유의 건축 양식인 계단을 찾아 걸어 오르며 벽을 훑었다. 굳이 샅샅이 살펴보지 않더라도, 수많은 글귀가 안경 속으로 떠올랐다. 역시나 대부분은 누가 언제부터 어디까지 살았다는, 알리고 싶은 대상도 없고 누가 읽을 확률도 없는 그런 글귀들이었다.

"후."

3.89의 높은 중력값과 싸우며, 익숙하지 않은 계단을 힘들게 끝까지 오른 알로트는 마침내 건물의 옥상에 도달했다. 망가진 문을 호위 드론의 레이저 커터로 잘라내고, 옥상 정원으로 걸어 나온 알로트는 후들거리는 다리를 두 손으로 주무르며 크게 숨을 들이마셨다.

행성 지면에서 사는 사람들이 가장 많이 글귀를 적는 곳은 대부분은 이런 곳이었다. 살던 곳을 버리고 떠나는 사람들이라면 더더욱 그렇다. 밤하늘을 올려다보며 무언가 굳이 적을 필요도 없고 전할 상대도 없는 정보를 한 아름 남기며 뿌듯함을 느끼거나 한다.

알로트의 어머니 밀레나 역시 알로트를 데리고 굳이 이런 곳에서 불을 피우고 밤을 보내며, 여러 가지 이야기를 들려주기도 했고, 행성 지면 위에 사는 사람들처럼 여기에 밀레나가 왔다 간다는 글귀를 적거나 했다.

"좋아, 그러면…."

이마에 맺힌 땀을 훔친 알로트는 숨을 한껏 들이마신 뒤, 천천히 옥상을 훑기 시작했다. 사랑하는 사람과 안전한 우주여행을 기원하는 글귀, 고인들을 추모하는 글귀, 우주로 뛰어드는 것을 불안해하는 글귀, 스스로에게 용기를 불어넣기 위한 독백 같은 글귀, 수많은 글귀가 옥상 바닥과 난간에 수도 없이 적혀 있었다.

알로트는 입을 꾹 다문 채로 천천히 그리고 끈기 있게 널려 있는 글귀들을 읽어 나갔다. 난간 끝에서 난간 끝까지, 바닥 이쪽에서 저쪽까지 오로지 찾는 단어 하나를 바라며 혹시나 지나칠까 주의를 기울여 읽었지만, 옥상의 마지막 구석까지 살펴도 찾던 단어는 나오지 않았다.

이러면 곤란한데…. 맥이 풀린 알로트는 옥상 바닥을 향해 한참 숙이고 있던 허리를 펴며 한숨을 내쉬었다. 이 회수 작업의 성공을 보장하는 단어 하나, FEM-3319라면 쉽게 찾을 수 있으리라 생각했는데, 예상이 빗나가고 말았다.

실망감에 젖은 알로트는 힘든 허리와 다리를 달래기 위해 난간에 엎드리듯이 기대어 섰다. 어느새 살짝 노을이 지고 있는 하늘, 그리고 옅은 붉은색이 되기 시작한 햇살이 이제 아무도 살지 않는 건물들 위로 드리우는 모습을 멍하니 바라보던 알로트는 문득 건너편 건물에 시선이 멎었다.

알로트를 향해 높은 옆구리를 드러낸 건물의 외벽에는 한참을 찾던 글귀가 덩굴줄기들도 가리지 못할 만큼 커다랗게 적혀 있었다.

'우리, 다시 지구로!'

간결하고 강렬한 글귀에 이끌려 알로트는 자신도 모르게 난간에 기댔던 몸을 일으켜 세우고, 두 팔을 번쩍 들어 올렸다.

성공적인 이민을 도우려는 외우주 67-RD 통합관리국의 원을 떨떠름하게 받아들이고, 행성 개척 프로토콜을 따르는 둥 마는 둥 하다 고작 100년 만에 슬쩍 챙길 것만 챙겨 떠났다는 이야기를 듣고서 알로트가 가장 먼저 떠올린 것은 바로 지구로 향하는 지구주의자들이었다.

지구는, 이제는 지구라고 기록된 행성이 너무 많아서 어떤 지구가 정말 지구인지도 알 수도 없고, 그러다 보니 혹자는 지어낸 이야기로 치부하기도 하는, 언젠가 어디에 있기는 있었다는 인류의 고향 행성이다.

소고기와 돼지고기라는 동물이 땅 위를 걷고, 닭고기라는 알을 낳는 조류가 하늘을 날고, 물이 넉넉해서 술과 콜라를 빚어 마실 수 있는 풍족한 자연환경을 지니고, 사람들은 유전 조작을 통해 영생에 가까운 삶을 사는 크리스천이라는 종족과, 자신이 아닌 다른 사람으로 되살아나는 방식으로 삶을 이어가는 부디스트라는 종족으로 나뉘어 살았다던가.

그렇게 풍족하고 영원한 고향을 바라며, 자신들의 이념과 신념을 바탕으로 그 많고 많은 지구 중 자신들의 진짜 지구를 하나 정해 그 행성으로 돌아가려는 사람들이 바로 지구주의자다.

이제 떠날 만큼 떠나버려서 외우주 67-RD에는 지구주의자들이 거의 남아 있지 않지만, 먼 옛날에는 수십만 단위의 지구주의자들이 자신들이 지구라고 믿는 행성을 향해 떠나는 일이 흔했다. 알로트의 어머니 밀레나 역시 그런 지구주의자 부모의 아래에서 태어나 살다가, 귀향길에 오르지 않고 외우주에 남은 사람 중 하나였다.

지구주의자들에게 중요한 것은 지구가 정말로 존재하고, 마침내 돌아갈 수 있으리라는 그 믿음의 근거가 되어줄 수 있는 물증이다. 이를테면, 아주 오래전 지구의 조상으로부터 물려받았다고 주장하는 유물들도 그중 하나다.

그런 유물 외에도, 지구주의자들은 지구의 삶을 재현하기 위해, 약속과 신뢰를 기반으로 하는 화폐 개념을 굳이 물리적인 종이와 금속으로 만들어 쓰기도 하고, 예술이라는 행위에 집착하여 그림이나 음악과 같은 작품을 창작하기도 했다.

그러니, 지구주의자들이 살던 행성이라면 귀한 유물을 구할 확률이 높다. 유물을 구하지 못한다 하더라도 하다못해 그들 만의 화폐라도 구할 수 있다면, 그 또한 괜찮은 발굴이다. 유물 마니아들 사이에서는 지구주의자들이 남기고 떠난 물리적인 화폐를 이용해 서로 물건을 거래하는 놀이도 하고 있다고 하니, 그 화폐라도 구할 수 있다면 좋은 값을 받을 수 있을 것이다. 꼭 화폐가 아니더라도, 그림 작품이나, 음악 작품을 구할 수 있다면 적잖은 돈이 된다.

"좋아, 좋아."

맞은편 건물의 벽면에 커다랗게 쓰인, 지구주의자의 글귀를 바라보면서 알로트는 연신 고개를 끄덕였다. 무언가를 발굴할 수 있으리라는 자신감은 이제 확신으로 바뀌었다. 물론 단지 지구주의자들의 글귀를 발견했다는 것만으로 그런 확신이 든 것은 아니다. 스캔과 관련 자료를 읽으면서 이 행성에서 살았던 지구주의자들이 어떤 집단이었는지 나름 가늠할 수 있기 때문이었다.

지구주의자들이 그 집단마다 다른 지구를 가지는 것처럼, 지구주의자들은 집단에 따라 비슷하면서도 전혀 다른 생활 양식과 방법론을 가지곤 했다. 물리 화폐와 예술 이외에 지구주의자들의 가장 확실한 공통점은 번식 방법이었다. 무엇보다 번식을 중요하게 여기면서도, 느리고 불확실한 위험이 많은 성행위를 통한 번식을 고집하는 것이 지구주의자들을 대표하는 생활 양식 중 하나였다.

반대로 집단마다 가장 극명하게 갈리는 지점은 역시 크리스천 종족과 부디스트 종족에 대한 믿음이었다. 크리스천 종족의 이야기처럼 단일 개체의 생명을 영원하게 지속시키는 기술은 인간의 생체 구조상 불가능에 가까웠고, 또 부디스트 종족의 이야기처럼 전혀 다른 사람으로 재생성되는 기술 역시 시도는 되고 있어도 아직 먼 미래의 이야기였다.

클론 재생성 기술이 보편화된 것이 겨우 10만 년 전인데, 얼마나 과거였는지 추정하는 것조차 불가능할 정도로 먼 과거의 지구에 그런 기술이 있을 수 없다는 의심이 자연스럽게 고개를 들 수밖에 없었다.

결국, 각 집단의 성향에 따라 두 종족의 이야기를 모두 믿거나, 어느 한쪽만 믿거나, 심지어는 지구주의자임에도 모두 믿지 않는 분파로 갈리게 되었고, 서로가 서로를 틀렸다고 비난하는 시기가 있기도 했다.

하지만, 결국 크리스천 종족과 부디스트 종족의 영생 기술은 실존하지만, 인류가 지구를 버리고 우주로 나오는 순간 이 엄청난 기술의 은혜를 잃어버렸고, 지구로 돌아가야만 그 죄를 씻고 영생과 부활을 누릴 수 있다는 얼토당토않은 믿음이 주류가 되었다. 그런 이야기를 믿을 사람이 어디 있을까 싶었지만, 지구주의자의 딸로 태어났던 알로트의 어머니 밀레나의 증언에 따르면 어머니가 속했던 지구주의자 집단이 바로 그런 지구 구원설을 정말로 믿으며 살았다고 했다.

그런 각 집단의 믿음에 따라서 집단의 크기나 우주를 여행하는 방법에도 차이가 있었다. 가장 유물을 기대할 수 없는 집단은, 바로 지구로 돌아가 죄를 씻어야 영생을 누릴 수 있다는 얼토당토않은 믿음을 고수하는 집단이었다.

냉동 수면조차 지구의 섭리를 외면하는 짓이기 때문에 실시간으로 우주에서 생활을 영위하며 지구로 항해하는 1만 명 이하의 소규모 지구주의자 집단으로, 대형 수송선 세 척 이내의 단위로 이동하며, 머릿수가 적은 만큼 넉넉한 화물 공간을 활용해 자신들의 모든 것을 지니고 다녔다. 따라서 자취와 흔적을 남기지 않기 때문에 유물은 고사하고, 다녀간 곳에는 무너진 건물만이 남을 뿐이다.

반대로 큰 기대를 할 수 있는 집단은 어떤 믿음을 가졌든 대략 5만에서 10만 명 사이의 집단이었다. 머릿수가 많다 보니, 어쩔 수 없이 대량의 수면 포드를 사용하여 항해하는 경우가 많았고, 돈이 차고 넘치는 지구주의자들의 집단은 거의 없었기 때문에 대형 수송선 다섯에서 여덟 척에 그 많은 사람을 수용해야 했다. 또 머릿수가 많은 만큼, 필요한 자원을 재충전하고 채비를 재정비하는 데 많은 시간이 필요하기에 행성에 머무는 기간도 몇백 년을 넘기는 경우가 흔했고, 화물 공간도 넉넉하지 못하기 일쑤라 남기고 가는 것도 많았다.

이 FEM-3319에 머물렀던 지구주의자들의 숫자는 5만 명이라고 했다. 스캔에 따르면, 수송선들이 머물렀던 것 같은 착륙장은 그다지 크지 않았다. 많아야 대여섯 척 정도의 대형 수송선을 수용할 수 있는 크기였다. 거기다 도착했을 때는 5만 명이지만, 1백여 년을 머물면서 인구가 늘었으니 여섯 척의 수송선으로는 사람들을 수용하는 것만으로도 빠듯했을 것이다. 그러니, 아마도 정말 중요한 유물이나 큰 의미를 지니는 화물 외에는 전부 버리고 갔을 확률이 높다.

"건질게 분명히 있을 거야."

어찌 되었든, 예상이 맞아떨어져서 다행이다. 두 팔을 번쩍 든 자세를 바로잡은 알로트는 동위원소 분석 안경을 벗고, 메고온 캠프 배낭을 풀러 옥상 바닥에 내려놓았다.

알로트가 아직 어릴 적, 어머니 밀레나는 안전한 행성에 도착하면 꼭 화물선 밖에서 직접 불을 피우고, 그 행성에서 사는 동물들을 잡아 고기를 요리해 먹고는 했다. 원소 구조상 안전하다고는 해도 어떤 위험이 도사리고 있을지 모르는 그런 요리를, 어머니 밀레나는 지구주의자의 현지 조달 음식이라는 풍습이라며 맛있게 먹었지만, 알로트는 질색하고는 했다.

이제는 무얼 어떻게 먹든 알로트의 마음대로다. 알로트는 캠프 배낭에서 가구 큐브를 꺼내어 옥상 바닥 위에 가만히 내려놓았다. 주먹 크기의 가구 큐브는 알로트가 발로 살짝 건드리자 얇은 금속관의 다발이 되어 흩어지더니, 곧 부풀어 오르며 안락의자의 모습을 갖췄다.

오랜만에 꺼내본 안락의자가 별 이상 없음을 확인한 알로트는 이어서 전파 난로와 작은 테이블 큐브를 꺼내고, 마지막으로 외우주 67-RD 통합관리국 기초 성분을 준수하는 발효주를 꺼내 들고 안락의자에 비스듬히 걸터앉았다.

음식에 대한 접근 방법은 어머니를 닮을 수 없었지만, 밤이 되어 차갑게 식은 신선한 행성 지면의 공기와 열에 아홉은 죽음이 전부인 우주가 거짓말처럼 아름답게만 보이는 밤하늘만큼은 어머니 밀레나와 알로트, 둘 모두가 거리낌 없이 좋아했다.

석양의 붉은빛이 조금씩 어두워지고 있었다. 이제 조금만 기다리면, 공기는 식고 밤하늘은 아름다운 별들로 빛날 것이고, 어쩌면 플래닛 크랙으로 산산조각난 커다란 행성들의 잔해가 보일 수도 있다.

발효주의 뚜껑을 딴 알로트는 고개를 돌려 건너편 건물을 다시 바라보았다. 동위원소 체크 안경을 벗고 바라보는 건너편 건물의 외벽에는 아무런 글자도 보이지 않았다. 알로트는 발효주가 든 음료통을 건너편 건물 외벽으로 향한 뒤 가볍게 들어 올리며 읊조렸다.

"지구로."

아무튼, 아무런 악감정도 필요 없는 사이가 아닌가. 그들이 무사히 믿는 지구에 도착했기를, 98.7퍼센트의 재구성이 아닌 100퍼센트 지구산 소고기와 돼지고기를, 술과 콜라를 마음껏 즐겼기를, 어머니 밀레나에게 배운 대로 기원을 마친 알로트는 음료통을 입에 물고 발효주를 한 모금 들이켰다. 입속으로 시원하게 밀려 들어온 발효주가 곧 뜨끈한 기운이 되어 목을 타고 내려가는 것이 느껴졌다.

그러고 보니 오늘 너무 걷고, 계단도 너무 많이 올랐고, 쉬지 않고 이 넓은 옥상을 허리를 굽힌 채 구석구석 걸어 다녔다. 이러다 쓰러지겠네 알로트는 얼른 안락의자에 반쯤 걸터앉은 몸을 완전히 의자 위로 끌어 올렸다. 그 짧은 사이에 온몸으로 퍼지는 술기운을 이기지 못한 알로트는 결국 발효주가 든 음료통을 그대로 옥상 바닥에 떨구고는 눈을 감고 잠이 들었다.

3

기대했던 유물은 수색을 시작한 지 사흘 만에 모습을 드러냈다. 사흘째 아침에 일어난 알로트는 손목 패드로 스캔 정보를 확인하고는 자신도 모르게 소리를 지르며 안락의자에서 몸을 일으켜 세웠다. 7번 드론이 밤사이에 발견한 것은 버려진 금고였다.

스캔 정보에 따르면, 도저히 금고의 역할을 할 수 없을 것 같은 무른 금속 소재에 그나마도 보안의 의미가 없는 원시적인 다이얼 형식의 도어락으로 구성된 금고였고, 그 안쪽에는 지구주의자들 특유의 물리적 화폐가 한가득 쌓여 있었다. 시간이 지나 금속 화폐들은 서로 들러붙었고, 지폐 대부분은 소실된 상태였지만, 그래도 수량만큼은 충분하게 남아 있었다.

이 정도 상태와 수량의 물리적 화폐 유물이라면, 그대로 내다 팔아도 내우주의 돈 많은 유물 마니아들이 사다가 직접 복원하기에 무리가 없을 터였다. 아니, 오히려 어설프게 복원을 시도했다가 오히려 제값을 받지 못할 확률이 높았다. 이대로 가만히 팔기만 해도⋯ 어디까지나 예상이지만, 적어도 1, 2천만 플래티나의 가치는 있을 것 같았다. 아무것도 하지 않아도 98.7퍼센트 재구성 음식물을 양껏 사다 먹으며 10년을 버틸 수 있는 금액이다.

곧바로 드론에게 금고 회수 명령을 내린 알로트는 안락의자의 오른쪽 다리를 발로 두드려 큐브 형태로 되돌린 다음, 곧바로 난로와 테이블도 큐브로 되돌려 캠프 가방에 도로 집어넣었다. 어제 하루, 온종일 수색을 계속했지만 아무것도 건지지 못하고 지쳐 곯아떨어졌는데, 어쩐지 하나도 피곤하지 않은 느낌이었다. 이런 엄청난 수확은 정말로 오랜만이다. 아마도 유물 수집 광풍이 불던 2백여 년 전, 첫 대박을 건진 이후로 처음일지도 모른다.

들뜬 기분으로 캠프 배낭을 둘러멘 알로트는 짧게 기지개를 켠 뒤, 곧바로 옥상 출입구로 향했다. 알로트에게는 유물 회수 작업에 반드시 지키는 철칙이 있었다. 바로 드론의 스캔만을 의지하지 말고, 스스로의 두 발로 찾아다니는 일에 소홀하지 않는 것이었다.

드론의 스캔 AI가 아무리 발달한다 한들 어디까지나 정해진 데이터베이스에 의존하여 스캔 대상을 판별할 뿐이다. 극단적으로 이야기하면, 같은 나무라도 그냥 나무 조각과 나무로 만든 조각상에 대한 심미적인 구분은 불가능하다.

이번에 찾아낸 금고 역시 가공된 흔적이 있는 오래된 금속이라는 카테고리로 분류되었을 뿐이지, 그것이 금고 구실도 못할 다이얼 방식의 도어락을 지니고 있다거나, 그 안에 들어 있는 것이 금속 화폐라는 사실은 파악하지 못했다.

그러니 심미적이라고 할 것까지는 없더라도, 사람이 직접 찾아다닌다면 혹시 모를 발견을 할 수 있는 확률은 분명히 존재했다. 엄청난 수입까지는 아니더라도, 아쉬운 대로 챙길 부수입 정도는 올릴 수 있다. 정말로 아쉬운 정도의 수입이라는 점이 슬프긴 하지만.

계단을 내려 직접 탐색 여덟 번째 건물을 나선 알로트는 다시 부지런히 걷기 시작했다. 직접 탐색에서 가장 중요한 것은 기대하지 않는 자세다. 발견하면 좋고, 아니면 말고. 돈이 걸린 일에 그런 자세를 취하기란 쉽지 않지만, 지구주의자들의 화폐가 잔뜩 들어 있는 금고를 건진 지금부터는 정말로 그런 마음가짐으로 탐색을 다닐 수 있다.

아무런 정보나 근거도 없는 상태에서 뭔가 있을 것 같은 건물을 판단하기 위해 머리를 싸매지 않아도 되고, 힘든 고민 끝에 기껏 고른 건물을 뒤져서 아무것도 발견하지 못하더라도 마음 상하는 일 없이 아무렇지 않게 여길 수도 있다.

이제는 고민할 필요도 없이 끌리는 대로 탐색을 해도 그만이다. 특이하게 생긴 건물 위주로 탐색해보자. 그렇게 마음먹고 난 뒤 얼마나 걸었을까, 주거 건물과 작은 공방 같은 건물이 교차하는 행렬이 뚝 끊기더니 넓은 공터와 함께 커다란 건물이 모습을 드러냈다.

도시 한가운데 위치하기에는 좀 뜬금없다 싶은, 격납고나 항만 창고 같은 커다란 건물이었다. 알로트는 망설임 없이 창고 같은 건물을 향해 걸음을 옮겼다. 커다란 건물의 입구는 3, 4미터 정도로 높았지만, 문은 그대로 사라지고 없었다. 조심스럽게 입구로 다가간 알로트는 슬쩍 안을 들여다보았다. 작은 우주선이 드나들 수 있을 정도로 높은 천장 아래, 통짜로 뚫린 넓은 건물 안은 잡동사니의 흔적들을 빼면 황량하다고 해도 좋을 정도로 텅 비어 있었다.

아마도 창고로 쓰이다가, 지구주의자들이 떠날 때 모든 걸 가져간 모양이었다. 실망스럽기는 해도, 재빠르게 한눈에 확인이 가능했으니 시간 낭비가 없어서 다행이다… 그렇게 생각하고 몸을 돌리려던 순간, 알로트의 눈에 무언가 걸리는 것이 있었다.

"음?"

광활한 창고의 안쪽에 마치 인간처럼 보이는 것이 있었다. 알로트는 입구에 선 채로 눈을 가늘게 뜨고서 인간처럼 보이는 형체를 자세히 살펴보았다. 멀리, 그늘진 곳에 다소곳이 앉아 있는 사람의 형태가 똑똑히 보였다. 만약 사람의 시신이라면 저렇게 온전하게 사람 모습으로 굳어 있을 리는 없었다. 그렇다면….

"안드로이드?"

안드로이드…. 대체로 외모는 사람을 기본으로 하고, 감성과 이성 역시 사람에 근접하는 것을 모토로 하는 로봇이지만, 여러 사고가 터질 때마다 감성과 이성이 금지되거나 또 시간이 흘러 다시 탑재되거나 하는 역사를 반복하는 존재다.

지금 알로트의 시대에는 감성과 이성을 철저히 배제한 안드로이드의 시대로, 그나마도 특수한 유희용을 제외하면 사람의 모습을 본뜬 안드로이드는 거의 존재하지 않았다. 알로트는 한참이나 망설인 끝에 결국 안드로이드를 확인하기로 했다. 혹시나 희귀 모델이거나, 아니면 지구주의자들이 부족한 기술력을 끌어 모아 만든 오리지널 모델이라면, 적어도 얼마간의 물값이라도 벌 수 있을지 모를 일이었다.

손목 패드의 설정을 만져 호위 드론의 경계 모드를 최고 레벨로 끌어올린 알로트는 숨을 길게 들이마시고, 창고 안쪽으로 걸음을 옮겼다. 지구주의자들의 안드로이드가 혹시라도 무기를 탑재하고, 대기 모드에 들어가 있을지도 모른다는 걱정이 들었지만, 그런 걱정은 다가가면 다가갈수록 정말로 원시적인 형태의 안드로이드의 모습이 드러나면서 곧 사라져버렸다.

머리 부분부터 사람을 흉내 내는 일은 고사하고, 눈을 대신하는 렌즈를 위한 커다란 구멍이 뚫린 철가면을 뒤집어쓰고 있었고, 감출 계획도 없었는지 훤하게 드러난 각 관절 부분의 투박한 구조를 보았을 때, 아마도 짐을 나르거나 하는 간단한 하역 작업용 안드로이드 같았다.

마지막으로 남은 위험 요소는, 그래도 인간보다는 월등할 힘으로 달려들지도 모른다는 경우 정도였지만, 7천여 년이나 한 자리에 멈춰 있었다면 아마 움직이려는 순간 굳어 있던 관절이 무리한 움직임으로 다 부서질 것이 뻔했고, 그나마도 알로트를 호위하는 호위 드론이 더 빠르게 반응하여 산산조각 내버릴 수 있었다.

"우와."

그렇게 자신감을 찾고서 한달음에 안드로이드에게 다가선 알로트는 자신도 모르게 탄성을 흘렸다. 정말로 원시적인 안드로이드였다. 아마도 외우주 67-RD에서는 일부러 구하려 해도 구할 수 없을 만큼 낡은 기술로 만든 안드로이드로, 어쩌면 간단한 AI조차 없이 수동으로 조종하지 않았을까 싶은 외형이었다.

커다란 렌즈 하나가 이목구비의 전부인 얼굴 덮개의 입 부분에는 작은 구멍들이 무수하게 뚫렸고, 그 아래 스피커가 내장되어 있었다. 얼굴 아래 목을 비롯한 각종 관절 부분들은 아무런 보호 패드도 없이 그대로 노출되었고, 몸과 등이나 다리, 그리고 양팔에 붙어 있는 보호 패드는 그저 내부 관절과 동력계를 대충 가리는 역할에 그치고 있었다. 딱 봐도 지구주의자들이 아주 오랫동안 고쳐 쓰다가 버리고 간 안드로이드였다.

하지만 엉성한 완성도보다 알로트의 흥미를 끄는 점은, 이 안드로이드가 자리한 위치였다. 지구주의자들이 놓고 간 안드로이드는 혹시나 천장이 무너져 깔릴 것을 피하려는 듯 이미 무너진 천장 근처에, 그것도 떨어질 파편이 거의 없을 골조만 남은 천장 바로 아래를 살짝 벗어나, 가능한 햇살이 들지 않고, 비바람을 피할 수 있는 좋은 자리에 앉아 있었다.

그리고 다소곳이 앉아 있는 자세도 신경이 쓰였다. 보통 이런 산업용 안드로이드는 전원이 한계에 달하면, 출하 상태의 웅크린 자세를 취하기 마련인데, 이 안드로이드의 전원 종료 자세는 마치 무언가 생각에 빠진 듯도 보였고, 아니면 누군가를 기다리고 있는 듯도 보였다.

거기다 안드로이드 주변에 수명을 다해 멈추고 내려앉은 서너 대의 원시 드론들이 떨어져 있는 것을 보면, 그래도 꽤 오랫동안 보수 관리를 받았을 확률이 있었다. 지구주의자들이 쓸모없다고 버리고 간 안드로이드가, 드론의 관리를 받았다고? 도대체 왜? 알로트는 고개를 기울이며, 앉아 있는 안드로이드를 가만히 바라보았다.

"음."

외곽 우주 67-RD를 떠난 지구주의자들의 오리지널 안드로이드였다. 너무나 원시적인 기술 수준과 디자인 수준이기 때문에 공학적인 가치도 미학적인 가치조차 거의 없었다. 그나마 특이하다는 점만 보고 일단 사들이고 보는 마니아들에게 적당한 가격으로 넘길 수는 있을 것 같았다. 아무래도 98.7퍼센트 재구성 물을 살 만큼은 아니더라도, 비상시에 마실 표준 합성 음료 한 통 정도 살 수 있을지도 모른다.

"으음."

하지만 궁금했다. 알로트는 입술을 꾹 깨물었다. 보통이라면 저기 구석이나 복도 한가운데 엉망진창으로 부서진 채 누워 있어야 하는 이 원시적인 안드로이드가 어째서 이렇게 자리를 고르고 골라 다소곳하게 앉아 있는지 궁금했다.

실로 오랜만에 궁금해도 괜찮은 영역이다. 외우주에는 궁금해도 궁금하면 안 되는 것들 투성이다. 이를테면 외우주 67-RD 통합관리국이 아무런 설명도 없이 진입을 막은 안전해 보이는 행성계나, 위험하지 않은데도 합성이 금지된 합금이나 원소들, 이유 여하를 막론하고 무조건 열람이 금지된 데이터들 같은 것 말이다.

하지만 이 버림받은 안드로이드는, 그리고 이미 7천여 년 전에 떠나버린 지구주의자들은 궁금해도 괜찮다. 아무도 뭐라고 할 사람이 없고, 외우주 67-RD 통합관리국도 신경 쓰지 않는다. 그러니 어머니 밀레나에게서 물려받은 강한 호기심을 참지 못하는 유전자가 기운을 내며 들썩이고, 물리 화폐를 가득 담은 금고라는 유물을 건진 뒤의 넉넉함이 궁금함을 더욱 부풀렸다.

"젠장."

조그맣게 투덜거린 알로트는 결국 손목 패드를 조작해 도시를 탐색 중인 드론 1기를 화물선으로 돌려보내 공구 박스를 가져오도록 조작했다. 우주에서 마음 편하게 들여다볼 수 있는 비밀은 얼마 없다. 그깟 표준 합성 음료 한 통은 아무것도 아니다. 그동안 궁금할 것도 없거나, 궁금하면 안 되는 것 사이에서 심심하게 보낸 시간이 너무 길었다.

이 다소곳하게 앉은 안드로이드를 들여다보기로 마음을 정한 알로트는 캠프 가방을 자리에 내려놓고는, 안드로이드의 맞은편에 털썩 주저앉아 먼지가 앉은 안드로이드의 렌즈를 바라보며 속으로 속삭였다. 이렇게 정한 거, 기왕이면 기막힌 비밀이나, 사연이나 아무튼 뭐라도 하나 나에게 주렴.

4

근본을 알 수 없는 원시적인 기계를 들여다보는 건, 항상 의외성이 있어 재미있기 마련이다. 스캔 손전등으로 안드로이드를 몇 번이나 둘러보며, 3D 홀로그램 모델을 완성한 알로트는 안락의자에 누워 안드로이드의 구조를 샅샅이 살피기 시작했다.

들여다보면 볼수록, 임시방편 위에 임시방편을 쌓아 만든 안드로이드였다. 내부 코드야 어떻게 짰는지 알 수는 없지만, 머리 부분의 CPU는 원시 드론들의 CPU를 병렬과 직렬로 여러 개 짝을 지어 구성한 모습이었고, 메모리는 다른 규격과 용도의 칩을 온갖 기판 위에 올려 짜깁은 모양이었다.

관절 구동계마다 하나에서 두 개 정도 장착된 CPU는 안드로이드의 척추에 해당하는 파이프에 위치한 CPU로 이어졌고, 파이프에 척추 연골처럼 들러붙어 있는 CPU들은 다시 가슴에 위치한 메모리 칩들을 지나, 머리 쪽의 CPU로 이어졌다.

연산의 하청의 하청을 반복하는 구조다. 알로트는 피식 웃으며, 홀로그램 모델을 계속해서 살폈다. 원시적인 안드로이드라 간단한 구조일 줄 알았는데, 실제로 들여다보니 누더기도 이런 누더기가 없었다. 이래서야 하루에 한 번씩 고장이 나도 신기하지 않을 것 같았다.

구동 계열 역시 나중에 추가한 것이 분명한 모터와 실린더들이 관절 부위와 프레임에 더덕더덕 붙어 있었다. 좋게 말하면 손때가 묻어 있었고, 나쁘게 말하면 해결을 포기하고 현상 유지를 노린 기색이 완연했다. 과거의 유산을 끌어안고 살아가는 지구주의자들이 미련없이 두고 간 이유를 알 만했다.

키득키득 웃으며, 안드로이드의 구조 홀로그램 모델을 들여다보던 알로트는 한참 만에 안락의자에서 몸을 일으켜 세웠다. 구경은 할 만큼 했고, 이제는 이 망가진 안드로이드를 부팅이

가능한 정도까지는 수리할 때다.

"일단은…."

가장 먼저 수리해야 하는 부품은 역시 안드로이드의 '눈'이다. 다소곳하게 앉아 있는 안드로이드의 눈은 이미지 처리와 투사 프로젝트 기능을 동시에 갖춘 소켓형 복합 렌즈였다. 살펴보니 렌즈를 구성하는 유리 성분은 녹아 흘러내려 기능을 상실하고 있었고, 갈라진 틈으로 들어간 먼지가 이미지 센서 위에 수북하게 쌓여 있었다. 이 정도면 수리보다는 아예 새로 만드는 게 편하다.

알로트는 조심스럽게 손을 내밀어 안드로이드의 눈인 렌즈통을 잡았다. 어차피 새로 만들어야 하니 렌즈가 부서지는 건 상관없지만, 끝 부분이 부러져 안쪽 소켓에 찌꺼기가 남거나, 아니면 소켓이 기판 째로 뜯겨 나오면 일이 늘어난다. 알로트는 입술을 꼭 다물고는, 마치 정밀한 강도 테스트라도 하는 것처럼 렌즈를 아주 조금씩 힘을 주어 당기고 조금 쉬었다가 당기기를 반복했다. 다행히도 곧 렌즈가 으스러지거나, 소켓이 부러지거나 하는 일 없이 낡은 금속과 낡은 금속이 부대끼는 소리와 함께 렌즈가 훅 분리되어 튀어나왔다.

"좋았어."

소켓 끝 부분이 깔끔하게 빠져나온 것을 확인한 알로트는 스캔 손전등을 들어 꼼꼼하게 렌즈를 스캔했다. 그리고 손목 패드에 흘러 들어온 구조 데이터와 원소 데이터를 드론을 시켜 가져온 포터블 물질 프린터로 옮겼다.

이 정도로 원시적인 구조와 보편적인 원소로 이루어진 렌즈 정도는 보정 기능을 사용하면 포터블 물질 프린터로도 정확히 98.7퍼센트까지는 문제없을 것이다. 프린팅 작업을 개시한 알로트는 곧바로 손전등을 들고 휑하니 자리가 나버린 안드로이드의 머릿속을 들여다보았다.

안쪽의 소켓과 기판은 아쉽게도 형태만 남고 배선판은 벗겨지거나 녹아내려 완전히 기능을 잃은 상태였다. 알로트는 혀를 차고는 스캔 손전등을 안드로이드의 얼굴 안으로 밀어 넣고는 스캔을 계속했다.

물리적으로 인간의 두뇌를 재현한 것처럼, 켜켜이 쌓인 기판에 수없이 꽂힌 CPU와 메모리 칩들은 몇 개만 빼면 큰 손상 없이 잘 보존되어 있었다. 기판의 금속들은 대부분이 소실된 상태였지만, 어차피 전원을 연결하고 데이터를 주고받을 길만 만들어주면 그만이니, 그 정도면 나노 전도체 스프레이로 간단히 해결할 수 있다.

일단 렌즈만 갈아 끼우고 한번 부팅을 해보고, 안 되면 하나씩 추가해서 수리해보자. 알로트는 먼저 안드로이드의 머릿속 기판 위에 나노 전도체 액체를 분사하고는 그사이 완성된 새로운 렌즈 부품을 포터블 물질 프린터에서 꺼내어 조심스럽게 안드로이드의 머릿속으로 밀어 넣었다.

뺄 때처럼 천천히 그리고 조심스레 밀어 넣은 렌즈가 소켓과 서걱거리는 소리를 내며 맞물리자, 알로트는 바닥에 준비해두었던 전원 큐브를 들어 안드로이드의 머리 위에 올려놓았다.

주로 전원 케이블을 사용하기 곤란한 우주 유영 작업 시에 사용하는 최대 1.5미터 반경, 최고 900와트의 전자기장을 형성하는 전원 큐브다. 이제 부팅 준비는 끝이다.

"자…."

한숨을 돌린 알로트는 어느새 이마에 맺힌 식은땀을 살짝 닦아낸 다음, 손목 패드로 전원 큐브를 작동시켰다. 반경은 딱 안드로이드 머리가 들어갈 정도로 조절하고, 일단은 15와트 정도로 제한하고 전원이 들어오는지 확인했다.

15와트에 아무런 반응이 없는 것을 확인한 알로트는 다시 전원 큐브의 와트를 45로 올리고 안드로이드의 렌즈를 들여다보았다. 한참을 기다려도 여전히 아무런 반응이 없는 것을 확인한 알로트는 이번에는 와트를 130으로 크게 올렸다.

그러자, 검게 물들어 있던 안드로이드의 렌즈 안쪽에서 붉은빛이 일어나더니 곧 요란하게 점멸하기 시작했다. 시스템 부팅의 신호였다. 알로트는 침을 삼키며 렌즈 안쪽에서 점멸하는 붉은빛을 뚫어지라 바라보았다. 부디 에러나, 고장으로 불빛이 꺼지지 않기를 바라면서 얼마나 기다렸을까, 마침내 렌즈 안쪽에 가라앉아 있던 붉은빛이 부풀어 오르며 마치 사람의 눈동자처럼 위로 떠올라 커다랗게 부푼다.

"안녕?"

시스템 부팅이 끝나고, 조리개를 여러 번 조절한 뒤에 자리를 찾은 안드로이드의 눈동자를 향해 알로트는 가만히 손을 흔들어 보였다. 렌즈 아래, 안드로이드의 붉은 전도체 눈동자가 알로트를 향하더니 그대로 멈춘다. 알로트를 향해 멈춰서는 한참이나 변화가 없던 안드로이드의 눈에 혹시 CPU나 메모리 칩에 문제가 있는 것이 아닌가 하는 생각이 들 무렵, 철컥하고 셔터를 닫더니, 곧 빠른 속도로 셔터를 여닫기 시작했다.

"왜 이래?"

돌연한 셔터의 움직임에 당황한 알로트는 혹시 모를 불안감에 두어 걸음 물러섰다. 멈추지 않는, 격렬한 셔터의 움직임과 소리. 알로트는 호위 드론에게 공격을 명령하고 싶은 충동을 가까스로 억누르고, 살짝 자세를 낮춘 채 안드로이드를 주시했다.

철컥거리는 셔터의 움직임은 아무리 기다려도 멈추지 않았다. 놀란 마음을 겨우 추스른 알로트는 문득 안드로이드 렌즈의 셔터 움직임과 소리가 규칙적이라는 사실을 눈치챘다. 그제야 각인교육으로 배운 모스 부호가 떠올랐다. 당장 경황이 없어 읽고 해석할 여력은 없었지만, 아무튼 어떤 의미가 담긴 신호가 반복된다는 건 알 수 있었다. 그리고 뒤늦게야 안드로이드의 마이크와 스피커를 잊고 있었다는 생각이 들었다.

"기다려."

들리지 않겠지만, 안드로이드에게 짧게 말한 알로트는 전원 큐브를 끄고는 서둘러 조금 전 스캔해둔 홀로그램 모델을 손목 패드 위로 띄워 올렸다. 스피커는 평범한 안드로이드답게 얼굴의 반절을 차지하는 렌즈 아래에 달려 있었지만, 소리를 수집하는 마이크는 커다란 것이 사람으로 치면 명치 부분에 하나, 보조하는 역할의 작은 마이크가 이마 부분에 붙어 있었다.

우주에서는 무엇보다 절약이다. 그것이 물질이든, 아니면 시간이든 마찬가지다. 입 부분의 스피커는 그렇다 치더라도, 명치에 붙은 마이크가 문제다. 운이 나쁘면 안드로이드의 몸통까지 손을 보아야 할 수 있다. 머리에 붙은 보조 마이크는 주변 사물과의 거리를 계산하기 위한 반향음이나 다른 부속적인 소리를 받아들이기 위한 특수 마이크 같았다.

한참을 홀로그램 모델을 이리저리 돌려보던 알로트는 문득 안드로이드의 뒷머리에 붙어 있는 스피커를 발견했다. 음성이 아닌 시스템 관련 알람을 재생하는 보조 스피커에는 좌우 양쪽에 사용하지 않는 소형 마이크가 붙어 있었다.

잘하면 싸게 해결할 수 있겠다. 알로트는 얼른 물질 프린터에 보조 스피커의 설계 정보를 넘기고는, 스캔 손전등의 꼬리 부분에 달린 만능 드라이버로 안드로이드의 뒤통수 커버를 분리했다. 커버 아래에 완전히 기능을 잃을 정도로 녹아내려, 숫제 기판 위에 눌어붙은 보조 스피커가 보였다.

알로트는 잠시 망설이다 결국 낡은 보조 스피커를 교체하는 방법을 포기하고는, 차라리 새로 만든 보조 스피커를 그 위에 얹고 나노 전도체 스프레이를 뿌리기로 마음먹었다. 어차피 회수해서 팔 것도 아니고, 그렇다고 예쁘게 고쳐서 재사용할 가치가 있는 것도 아니다. 이놈의 안드로이드가 여기서 왜 이러고 있는지 알고 싶을 뿐이니까, 흘러가도 날아가도 원하는 궤도에만 안착하면 그만이라는 옛말처럼, 그것만 생각하면 된다.

작업 완료를 알리는 포터블 물질 프린터의 알람에 손을 뻗어 재구성한 보조 스피커를 집어 든 알로트는 일단 보조 스피커 후면에 있는 마이크 스위치를 올린 뒤, 생각을 바꿔 안드로이드의 안면 커버의 입 쪽에 붙였다. 아무래도 보조 스피커는 소리가 작을 수밖에 없고, 보조 마이크의 집음 능력도 낮을 수밖에 없다. 만약 본래 설계 그대로 뒤통수에 보조 스피커를 장착하면, 뒤통수 쪽에 서야 제대로 듣고 말할 수 있다. 아무리 기계와 대화하더라도 사람의 모습을 띠고 있는 이상, 뒤통수 쪽에 서서 이야기를 나누는 건 피하고 싶었다. 알로트는 물질 프린터에서 가장 싸구려 전원 데이터 케이블을 두 가닥 재구성시켜, 보조 스피커와 안쪽 기판에 연결하고는 다시 전원 큐브를 작동시켰다.

다시 한 번, 렌즈 깊숙한 곳에서 붉은빛이 깜빡이기 시작했다. 다시 처음부터 부팅이구나…. 알로트는 짧은 한숨을 내쉬고 안드로이드 앞에 섰다. 한참을 깜빡이던 붉은빛이 다시 눈동자처럼 커다랗게 부풀어 오르고, 다시 안쪽에서 훅 떠올라 렌즈 바로 아래까지 오자, 입 부분에 붙었던 스피커에서 부팅 완료를 알리는 알람이 짧게 울렸다. 제발, 살아 있는 스피커를 찾아서 활용하는 정도의 AI는 갖추고 있기를. 알로트가 속으로 간절하게 빌며 기다리자, 마침내 보조 스피커에서 딱딱한 목소리가 흘러나왔다.

"TYQ-113호기, 부팅 완료."

됐다! 알로트는 주먹을 꽉 주며 씩 웃었다.

"안녕."

"당신은 외우주 67-RD 통합관리국의 회수반이십니까?"

인사를 건네자마자, 안드로이드의 붉은 눈동자가 알로트를 향하더니 뜬금없는 질문을 던진다. 알로트는 잠시 망설이다 솔직하게 대답하기로 마음먹었다. 어차피 머리만 살아 있는 안드로이드다. 대답에 따라 적대적인 행동을 취하도록 조치해두었더라도 문제없다. 이를테면 외우주 67-RD 통합관리국의 공무원이 아니면 영토를 침범한 적으로 간주하도록 프로그래밍되었다 하더라도 간신히 살려놓은 머리 하나로 할 수 있는 일은 없다.

"아니."

간단하게 대답한 알로트는 가만히 안드로이드의 반응을 기다렸다.

"작동을 중지합니다."

그러자 돌연히 작동 중지를 알린 안드로이드의 붉은 눈동자가 줄어들더니 렌즈 깊숙한 곳으로 들어가 사라진다. 곧 시스템 종료를 알리는 버저가 보조 스피커에서 짧게 재생되고, 안드로이드는 그대로 작동을 멈춰버렸다.

"나 원…."

알로트는 전원이 꺼진 안드로이드 앞에 서서, 다시 긴 부팅을 기다려야 한다는 생각에 이마를 짚으며 한숨을 내쉬었다.

5

알로트는 다시 한 번 전력 큐브를 전원을 끊었다가 다시 연결하고, 안드로이드의 렌즈 깊숙한 곳에서 붉은빛이 점멸하는 것을 한참이나 멍하니 바라보다, 한참 만에 붉은빛이 눈동자처럼 부풀어 오르며 렌즈까지 떠오르고, 셔터가 몇 번 깜빡이고, 입에 붙은 스피커에서 부팅 완료를 알리는 효과음이 울리길 기다렸다. 그리고 아까 들었던 것과 똑같은 질문이 스피커에서 흘러나왔다.

"당신은 외우주 67-RD 통합관리국의 회수반이십니까?"

단순히 메모리 쪽에 문제가 있어 기억하지 못하는 건지, 아니면 오래전 안드로이드라 대상을 구별하여 기억하는 알고리즘이 없는 건지 이유는 알 수 없지만, 이 TYQ-113이라는 안드로이드는 알로트를 전혀 기억하지 못하는 듯했다. 혹시라도 조금 전의 나를 알아보고 묻지도 따지지도 않고 자체적으로 전원을 내리는 일이 없어서 다행이다. 알로트는 안도의 한숨을 내쉬며, 자신을 바라보는 안드로이드의 붉은 눈동자를 향해 고개를 끄덕였다.

"그래, 맞아."

그러자 이번에는 전원이 꺼지는 대신, 안드로이드의 렌즈 셔터가 바쁘게 깜빡인다. 정보를 읽어 들이거나, 아니면 처리하는 중이라는 일종의 표현 같았다. 만약 안드로이드의 상태가 정상이었다면 이렇게까지 오래 걸리지는 않았겠지만, 지금은 CPU도 메모리 칩도 얼마나 정상인지, 얼마나 성능을 발휘할 수 있는지 알 수 없는 상황이다. 그저 기다릴 수밖에.

"메시지를 전달 드립니다."

얼마나 기다렸을까, 셔터의 움직임이 멎더니, 보조 스피커에서 음성이 흘러나온다.

"해당 메시지는 임무 수행에 필요한 메모리를 확보하기 위해 녹화 영상에서 추출된 문자 데이터로 전환되었으며, 이를 음성 소프트로 재생해 드림을 미리 고지 드립니다."

짧게 정리하자면, 여러 가지 이유로 메모리 칩에 데이터를 저장할 여유가 없어지자, 기존의 녹화 영상에서 음성 데이터를 용량이 몇만 분의 1 정도로 줄어드는 텍스트로 작성한 뒤, 그 텍스트를 내장된 음성 소프트로 읽어준다는 것 같았다.

"이주력, 백 년, 3개월, 12일차, 녹화 주체는 이도지나사라하."

이도지나사라하…. 지구주의자들의 이름은 도대체 이해가 가지 않는다. 알로트는 고개를 가로저었다.

"이 메시지를 수취하시는 외우주 육십칠인가? 칠십육인가? 아무튼 외우주 통합관리국에서 안드로이드를 회수하러 오시는 분께 남깁니다."

사람다운 문장이, 안드로이드의 음성으로 또박또박 흘러나온다. 조금 어색하지만, 7천여 전, 게다가 지구주의자들의 사투리와 억양이 담뿍 들어간 실제 음성으로 듣는 것보다는 바로 듣고 이해하기는 편하다는 느낌이 들었다.

"사정이 있어 지급받은 외우주 육십칠? 칠십육? RD 통합관리국의 안드로이드를 데려갑니다. 대신, 여기 이 안드로이드를 납부하겠습니다. 이 메시지가 전달되는 즉시, 전달받으신 분께 이 안드로이드의 소유권을 이전하겠습니다. 이상입니다."

녹음된 전언이나 당연하기는 하지만, 일방적인 이야기가 끝나버리고 음성이 뚝 멎는다. 알로트는 이제 아무런 움직임이 없는 안드로이드를 가만히 바라보았다. 안드로이드의 소유권 이전이라니. 어떤 수순으로 소유권을 이전받는다는 건지 경험이 없으니 알 수 없었다. 외우주 67-RD 통합관리국의 공무원증을 보여주기라도 해야 하나? 아니면, 벌써 소유권을 이전받은 건가? 그렇게 한참을 기다려도 안드로이드가 셔터조차 움직이지 않자, 알로트는 결국 먼저 입을 열었다.

"안녕?"

그제야, 안드로이드의 붉은 눈동자가 셔터를 깜빡인다.

"안녕, 하십니까."

한마디를 나누려고 해도, 안드로이드에게는 알로트의 언어와 지구주의자들의 언어 간의 차이를 해석하고 유사성을 따져 조합하는 데 3, 4초의 간격이 필요한 듯싶었다. 그래도 7천 년이라는 시간을 두고 서로 알아들을 수 있다는 게 어디인가.

"소유권 이전은 완료된 거야?"

알로트의 질문에 셔터가 다시 한 번 바쁘게 움직인다.

"아직 수행 중인 기존 임무가 있어 소유권 이전이 불가능합니다."

"임무가 남아 있다고? 어떤 임무인데?"

안드로이드가 이번에는 좀 더 길게 셔터를 깜빡인다.

"임무 배당일, 외곽 우주 67-RD 구역 시간 978-3561년 151일. 임무 하달자, 이도사하지라하."

이 안드로이드를 대납하겠다고 말하던 지구주의자와는 미묘하게 다른 이름이었다.

"임무 내용, 이도사하지라하를 잊지 마라."

예상치 못한 임무 내용에 알로트는 고개를 기울였다. 지구주의자들은 이름만 아니라, 성격도 이상하다는 건 알고 있었지만, 참 모를 임무였다.

"임무 기한, 설정 기록이 없음."

마무리까지 화려하구나. 알로트는 살짝 한숨을 내쉬었다.

"임무 완료 조건은?"

안드로이드의 셔터가 다시 쉼 없이 철컥거리며 닫혔다가 열린다.

"자체 판단 불가능."

그 임무가 완료되지 못하고, 그래서 소유권 이전을 받을 수 없다면, 비소유권자로서 안드로이드의 내부 데이터를 요청하는 데 한계가 있다. 그렇다면, 제한된 권한으로 안드로이드와 씨름을 하는 것보다, 차라리 전원을 내리고 메모리 칩을 다 떼어내 데이터를 카피한 다음, 해석하고 분류하는 편이 더 재미있게 시간을 보낼 수 있을지도 모른다.

그렇게 얻어낸 데이터에서 혹시 지구주의자들의 일상을 찍은 동영상이나, 지구주의자가 부른 노래가 녹음이라도 되어 있다면, '인 더 아우터' 같은 데이터 공유 사이트에 올리면 소소한 화젯거리가 되고, 그렇게 되면 광고 수익이라도 올릴 수 있을지도 모른다. 지구주의자들의 노래만큼 고정 소비자가 있는 데이터도 따로 없으니까 말이다.

"임무 완료 판단을 내릴 수 있는 권한은 누구에게 있지? 소유권 이전을 받게 되는 내가 판단할 수 있지 않을까? 이전 소유권자는 떠나버리고 없고, 지금 그나마 가장 소유권자에 가까운 건 나 같은데 말이지."

알로트는 마지막이라는 심정으로 안드로이드에게 억지를 부렸다. 만약 데이터 접속 권한을 받을 수 없다면, 그냥 빠르게 포기하고 메모리 스캔을 해버리자. 데이터 해석과 분류가 귀찮기는 해도, 괜찮은 소일거리다. 드론들이 부속 도시 스캔을 마칠 때까지, 퍼즐 맞추기 하는 기분으로 시간을 보낼 수 있겠지.

"자체 판단 불가, 소유권 이전 대상의 판단에 맡김."

스스로도 말도 안 되는 소리라고 생각했지만, 안드로이드에게 돌아온 대답은 의외였다. 외우주의 안드로이드라면, 단숨에 거부당할 논리다. 설마 이곳에 살던 지구주의자들에게는 융통성이 있는 AI를 만들 알고리즘 기술이 있었던 걸까? 아니면, 그저 이런 억지가 통할 정도로 알고리즘이 허술한 걸까? 알로트는 일단 다른 생각을 밀어놓고 이 기회를 놓치지 않기 위해 얼른 대답했다.

"나는 내게 있다고 생각해."

그러자, 안드로이드의 렌즈 눈동자가 깜빡인다. 알로트는 숨을 죽이며, 대답을 기다렸다.

"임무 완료 판단을 위한 각종 정보 접근 권한 설정 완료."

알로트는 살짝 웃으며, 안락의자를 끌어와 안드로이드의 맞은편에 앉았다.

"좋아, 그럼 그 이도… 잊지 말라는 임무에 대한 자료를 보여줄 수 있어?"

지구주의자들의 이름은 도저히 외울 수가 없다. 안드로이드가 한참이나 눈을 깜빡이다 대답을 내놓는다.

"출력 방법 검토 완료. 하나, 음성 출력. 둘, 투사 출력."

"기다려봐."

알로트는 얼른 옆에 세워놓은 포터블 물질 프린터를 조작해 널찍하고 얇은 검은 철판을 하나 뽑아 들었다.

"여기에 투사해봐."

그러자 안드로이드의 눈… 붉은빛을 내뿜는 렌즈가 점차 밝아지며, 눈동자가 붉은색에서 하얀색으로, 투사 모드로 변한다. 알로트는 혹시 모를 전력 부족에 대비해 안드로이드 머리 위에 얹어놓은 전력 큐브의 전력을 30와트 높였다. 투사를 하다 전력이 부족해 전원이 꺼지기라도 하면 다시 부팅을 한세월 기다려야 할 텐데, 그런 일은 피하고 싶었다. 다행히 안드로이드의 머리에서 좀 떨어진 곳에 들고 있던 검은 철판 위에 하얀 문자들이 투사되기 시작했다.

[임무 로그 #001]

- 외곽 우주 67-RD 구역, 시간 978-3561년 151일
- 작은 주인 이도사하지라하로부터 임무 하달
- 임무 내용, 이도사하지라하를 잊지 마라.
- 임무 수행 내역, 이도사하지라하의 정보 저장 수행

    철판 위에 흐르는 문자들… 음성도 영상도 없이 그저 문자의 나열에 알로트는 살짝 실망했지만, 문득 혹시 모른다는 생각으로 손가락을 내밀어 이도사하지라하의 정보 저장 수행이라 적힌 문장 부위를 살짝 누르듯 검은 철판을 두들겨보았다. 그러자 다행히 손가락 추적 기능은 붙어 있는지 곧바로 반응이 왔다.

- 이도사하지라하의 정보 저장 내역(978-3561년 151일)
  > 이도사하지라하의 영상 촬영: 1,173분/32개 파일
  > 이도사하지라하의 기록 수집: 8,922자/121개 파일
  > 이도사하지라하의 스캔 자료: 요청에 따라 3단 스캔 완료

    의외로 많은 양의 자료에 알로트는 씩 웃었다. 그러면 일단 영상부터 확인해볼까. 알로트는 두근거리는 마음으로 손가락을 내밀어 영상 촬영 문자를 살짝 눌렀다 뗐다.

    "링크 소실, 자료 위치 및 자료 파일 확인 불가."

    실망스러운 알림에 알로트는 자신도 모르게 신음 소리를 흘렸다. 너무 기대가 컸나. 그럼 스캔 자료는 보나 마나 소실되고

없겠구나. 실망을 주워 삼킨 알로트는 차라리 문자 쪽으로 마음을 돌렸다. 이번에는 기록 수집 쪽으로 손가락을 눌렀다 뗐다.

"3개의 파일 확인, 118개의 파일 링크 소실, 자료 위치 및 파일 확인 불가."

기대는 하지 않았지만, 그래도 고작 파일 3개라니.

"하나씩 띄워봐."

한숨을 내쉰 알로트는 가만히 명령을 내렸다.

- 이도사하지라하 생체 기록

　나이: 12세

　성별: 미정

　혈액형: B_Fgh_플러스

　키: 151센티미터

　신체 치수: 가슴 90, 허리 78, 엉덩이 85, 등길이 56, 머리둘레 81

　체중: 62킬로그램

　가족 직위: 이도지나사라하와 김사가라키다 사이의 자손

　가내 직위: 작은 주인, 3순위

　유전 특성: 홍채 이색증(우측 흑색, 좌측 백색), 모발 혈관증, 고밀
　　도 골조직

　가문 정보: 지구, 섹터 51 종족 특성 유지 의무 가문

생체 기록을 잠시 훑어보던 알로트는 곧 흥미를 잃었다. 이렇다 하게 특별한 기록은 없었다. 지구주의자들답게 나이에 비해

키도 작고, 사이즈도 작고, 골밀도가 높아서 체중만 체적에 비해 높다.

흑과 백의 홍채 이색증이야 지구주의자들의 트레이드 마크이고, 머리카락까지 혈관이 생성되는 모발 혈관증이 좀 눈에 띄기는 하지만, 그렇게 드문 증세도 아니다. 몇 달에 한 번씩 머리카락을 바싹 말린 뒤 자르면 우주에서 생활하는 데 크게 불편할 것도 없다.

작은 주인이라는 표현은, 부부가 이 안드로이드의 소유자이지만, 자식에 해당하는 이도사하지라하에게도 어느 정도 안드로이드를 조작할 권리를 설정해놓았다는 뜻이다.

"다음 문서."

스크롤을 멈춘 알로트는 곧바로 다음 문서를 호출했다.

- 이도사하지라하 자아 기록, 인터뷰

(원본 978-3561년 151일, 영상과 함께 녹음)

(문자로 사본 제작, 978-3672년 21일, 정확도 98.7퍼센트 부합)

"안녕, 나는 이도사하지라하. 자아 기록을 남기는 이유? 우리 로비가 나를 잊지 않도록 하기 위해서 이렇게 자아 기록을 남겨. 일단 널 두고 가서 미안해, 로비. 나로서는 엄마 아빠의 선택을 거스를 수가 없어서 어쩔 수가 없네. 음, 그리고 나는 자아 기록에 대해서 아는 게 없어서, 제대로 기록할 수 있을지 없을지 모르겠지만, 난 로비를 두고 떠나는 게 너무 슬프고, 미안하니까, 로비가 날 잊지 않을 수 있게 열심히 해볼게."

음성 데이터를 일부러 문자로 변환한 문서다. 어째서? 알로트는 잠시 고민에 빠졌지만, 일단은 문서를 마저 읽어 내렸다. 그나저나 열두 살 꼬마에게 자아 기록이라니, 보통은 죽기로 마음먹거나, 또는 클론 부활이 불가능한 상태에 빠졌을 때, 그런 극단적인 상황이나 상태에서 감상에 담뿍 젖어 남기는 메시지다. 그런 메시지를 겨우 열두 살 꼬마가 남기다니.

"수행 중인 임무? 나는, 지구로 가야 해. 지구에 도착할 수 없을 경우에는, 나와 유사한 계열의 유전 정보를 지닌 짝을 찾아서, 자손을 남기고, 자손이 지구에 도착할 수 있도록 이끌어주는 거야. 만약 지구에 도착하면, 지구에서 행복하게 사는 게 임무야.

지금 상황은, 이제 7시간 뒤면 우리는 다시 우주로 나가서 지구로 간대. 잘은 모르지만, 외우주 사람들이 지원을 끊겠다고 했나 봐. 엄마 아빠만이 아니라 모두 화가 난 것 같은데, 다행히 다시 여행을 떠날 만한 자원은 있다고 들은 것 같아.

알리고 싶은 사람? 채널 넘버? 수신 넘버? 그런 건 없어, 이건 비밀이거든. 로비와 나만의 비밀이야, 알았지?

유품이 뭐야? 누군가에게 무언가를 남기는 거? 음, 나는 남길 게 없는데, 꼭 뭔가 남겨야 하는 거야? 남기지 않아도 돼? 그러면 남길 게 없어. 영점칠 플래티나가 있긴 하지만, 나중에 필요할 거 같아서 일단은 남기지 않을래.

자아 기록을 찾은 사람에게 전할 말? 내 자아 기록을 누가 찾는데? 왜? 외우주 육십칠-RD 통합관리국 사람? 그 사람이 로비의 새

주인이 되는 거야? 그런 거 싫은데. 나, 이거 안 할래. 안 할 거야."

두 번째 문서도 끝난다. 유추해보건대, 이 안드로이드를 애지중지하던 지구주의자 소녀가 지구로 향하는 항해를 떠날 때가 와서, 안드로이드를 두고 떠날 수밖에 없게 되자 자신이 떠나도 절대 잊지 말라는 명령을 내린 것 같았다.

그래서 안드로이드는 작은 주인의 명령을 충실히 수행하기 위해서, 정보를 남기기 위해 영상과 사진도 찍고, 작은 주인의 자아 기록을 남겨두려 했던 것이리라.

"다음."

- 이도사하지라하 긴급 기록

(원본 978-3561년 151일, 통신 기록)

(문자로 사본 제작, 978-3672년 21일, 정확도 98.7퍼센트 부합)

"로비! 나야, 이도사하지라하! 있잖아, 유가바수다 아저씨가 어디에도 안 갈 거래! 그래서 아저씨한테 로비랑 같이 있어 달라고 했어! 아저씨는 삼번가 쇼핑몰에서 머물 거래! 3번가 쇼핑몰 이층에 있는 커피숍에 있을 거랬어! 로비도 혼자서는 힘들 테니까, 유가바수다 아저씨랑 같이 있으면 좋을 거 같아! 그러니까, 오늘 저녁까지는 삼번가 쇼핑몰 이층에 가서 아저씨랑 만나. 아저씨 말 잘 듣구, 그리고 나 잊지 마, 나도 잊지 않을 거니까. 데려가지 못해서 미안해. 그럼 끊을게, 아빠가 불러!"

짧지만, 그래도 흥미로운 이야기가 나온다. 통신 내용을 들어보면 먼 옛날 작은 주인과 막상막하로 이상한 이름의 지구주의자가 남아서 이 안드로이드와 시간을 보냈을 확률이 높다.

확신할 수는 없지만, 뉘앙스로 보아하니 지구주의자를 포기하고 외우주 67-RD로 귀화한 것도 아니고, 이 행성에서 여생을 보내기로 마음먹은 사람인 것도 같았다.

일단, 내일도 심심하지는 않겠군. 3번가 쇼핑몰이 과연 어디인지 찾아서, 유가 어쩌구라는 사람의 흔적을 찾아 이 도시를 걸어 다니다 보면, 또 하루가 가겠지.

"닫고, 다음 로그."

[임무 로그 #002]

 - 외곽 우주 67-RD 구역, 시간 978-3624년 378일
 - 시스템 오류, 장치 고장 감지
 - 오류, 고장 내역:
   > 저장 장치의 데이터 캐시 삭제 오류 발생(211일 차)
   > 저장 장치의 데이터 과부하, 용량 부족 발생
 - 임무 내용, 이도사하지라하를 잊지 마라.
 - 대응 방안:
   > 이도사하지라하의 영상, 화질 변경, 24K에서 12K

역시. 그래서 영상이 다 삭제되고 없는 거구나. 알로트는 고개를 끄덕였다. 이유는 모르겠지만, 메모리에 쓸데없는 캐시 데

이터를 삭제 처리하는 알고리즘이 오류를 일으키고, 처음에는
화질을 줄이고, 그 다음에는 아마 중요도에 따라 영상을 삭제하
거나 하는 식으로 대응하다가, 마침내 내용을 문자화하고 삭제
하면서 영상이 남지 않게 되었을 확률이 높았다.

"다음."

[임무 로그 #003]

 - 외곽 우주 67-RD 구역, 시간 978-3724년 62일
 - 시스템 오류, 장치 고장 감지
 - 오류, 고장 내역:
   > 저장 장치의 데이터 과부하, 용량 부족 발생
 - 임무 내용, 이도사하지라하를 잊지 마라.
 - 대응 방안:
   > 이도사하지라하의 영상, 화질 변경, 12K에서 4K

"다음."

[임무 로그 #004]

 - 외곽 우주 67-RD 구역, 시간 978-3794년 3일
 - 시스템 오류, 장치 고장 감지
 - 오류, 고장 내역:
   > 저장 장치의 데이터 과부하, 용량 부족 발생
   > 이도사하지라하의 영상, 유의미한 화질 유지 불가능

- 임무 내용, 이도사하지라하를 잊지 마라.
- 대응 방안:
　> 영상 주요 장면을 캡쳐, 사진으로 보관
　> 이도사하지라하의 전신 위주로 각 영상 파일에서 10매씩 추출

"다음."

[임무 로그 #005]

- 외곽 우주 67-RD 구역, 시간 978-4011년 177일
- 시스템 오류, 장치 고장 감지
- 오류, 고장 내역:
　> 저장 장치의 데이터 과부하, 용량 부족 발생
　> 이도사하지라하의 사진, 총 전체 보관 불가능
- 임무 내용, 이도사하지라하를 잊지 마라.
- 대응 방안:
　> 이도사하지라하의 사진, 각 영상 파일에서 5매로 분량 축소

"다음."

[임무 로그 #006]

- 외곽 우주 67-RD 구역, 시간 978-4151년 297일
- 시스템 오류, 장치 고장 감지
- 오류, 고장 내역:

> 저장 장치의 데이터 과부하, 용량 부족 발생

> 이도사하지라하의 사진 보관 불가능

- 임무 내용, 이도사하지라하를 잊지 마라.

- 대응 방안:

> 이도사하지라하의 사진, 아스키 문자화 저장

"다음."

[임무 로그 #007]

- 외곽 우주 67-RD 구역, 시간 978-4151년 299일.

- 예측 시스템 권고

> 관리 가능한 용량의 지속적 감소로 이도사하지라하의 임무 한계
  도달 경고

> 기체 노후로 인한 심각한 고장으로 정지 가능성 경고

> 대안 도출 필요

- 대안

> 메모리 칩 T3으로 남아 있는 모든 이도사하지라하의 데이터 카피

> 수리 드론 해킹 후 메모리 칩 T3와 연결을 물리적으로 차단하여
  캐시 데이터 축적 차단

> 수리 드론 해킹 후, TYQ-113 최우선 유지 대상으로 선정

> 자연환경의 영향을 가장 오래 피할 수 있는 곳에서 기체 정지

- 임무 내용, 이도사하지라하를 잊지 마라.

잊지 않기 위해서, 사라져가는 기억을 옮겨놓고 자신조차 두 번 다시 볼 수 없도록 한다는 것은 과연 잊지 않는 것일까. 접속할 수는 없지만, 기억을 틀림없이 그 몸체 어딘가 보관해 두는 방법은, 안드로이드가 취할 수 있는 최선의 선택이었는지도 모른다. 어쨌든 물리적으로도, 전자기적으로도 잊지 않은 것은 사실이니까.

"다음."

[임무 로그 #008]

- 외곽 우주 67-RD 구역, 시간 978-4152년 12일
- 예측 시스템 권고
   > 기체 정지 위험도 치명적 레벨에 도달
   > 수리에 동원 가능한 드론 없음
   > 대안 도출 필요
- 대안
   > 이동 가능한 범위 내 자연환경의 영향을 가장 오래 피할 수 있는
      곳에서 기체 정지
- 임무 내용, 이도사하지라하를 잊지 마라.

"다음."

[임무 로그 #009]

- 외곽 우주 67-RD 구역, 시간 978-4152년 13일
- 대안 실행

"다음."

"임무 로그가 더 이상 존재하지 않습니다."

그렇게 여기에 앉아서 스스로를 정지시켰구나. 알로트는 고개를 끄덕였다. 정말이지 가상한 노력이었다. 이런 구닥다리 몸체로 7천 년을 용케 버텼다니. 스스로가 그 이…어쩌구하는 지구주의자 소녀였다면 꼭 껴안아주면서 임무는 애저녁에 완수했다고 말해주고 싶을 정도였다.

이제 이 안드로이드가 여기서 뭘 하고 있었는지에 대한 궁금증은 끝이다. 영상도 없고, 음성도 없고, 남아 있는 것은 얼마 되지 않는 임무 로그뿐이다. 원한다면 안드로이드의 전원을 내리고, 몸체 어디에 있을 T3 메모리를 찾아 데이터를 카피할 수도 있겠지만, 어쩐지 그럴 마음이 들지는 않았다.

하지만 다행히도, 시간을 때울 대안은 하나 있었다.

"혹시, 그 유가…바수…다. 유가바수다에 대한 데이터는 없어?"

알로트의 질문에 안드로이드가 잠시 눈을 깜빡거린다. 작은 주인의 명령을 실행하기 위해 자아 기록 인터뷰부터 몸체를 건사하기 위한 대안까지, 온갖 노력을 기울였던 TYQ-113이다. 그러니, 유가바수다라는 사람을 만나서 이야기를 잘 들으라는 작은 주인의 부탁 또한 그대로 따랐을 것이고, 혹시 그렇다면

뭔가 정보를 가지고 있을지도 모른다.

"기체 발견자를 대상으로 하는 문자 전언, 1건."

역시! 마치 보물 지도를 발견한 듯한 기분에 알로트는 자신도 모르게 주먹을 꽉 쥐었다.

"읽어줘."

"51.4769°N, 0.0005°W"

전언은 무척이나 간결한 행성 좌표였다. 아마도 그곳에 무언가를 남겨놓았다는 신호임이 틀림없었다. 알로트는 얼른 손목 패드로 해당 좌표를 검색하고는 자리에서 일어났다가, 그제야 문득 창고 건물의 무너진 천장으로 보이는 바깥 하늘이 어느새 어둑하게 저물었음을 눈치챘다. 아쉽지만, 다음 수색은 한숨 자고 떠나야 할 것 같았다.

"수고, 이제 쉬어도 돼."

검은 철판을 바닥에 내려놓고, 안락의자에 똑바로 앉아 등을 길게 눕히며 안드로이드에게 가볍게 말을 던지자, 안드로이드의 눈이 다시 붉게 돌아오더니, 셔터를 깜빡였다.

"임무는 완수되었습니까?"

안드로이드의 눈이, 알로트를 가만히 바라본다. 무기질 구성체에 의미와 인격을 부여하는 것은 유기질 생명체의 멍청한 습관이다. 외우주 67-RD 인류라면 누구나 지겹도록 들었을 그 주의사항이 알로트의 머릿속을 스쳐 지나갔다.

그리고 그 멍청한 습관을 이겨내는 인류는 아마도 없을 것이다. 도구에, 화물선에, 아니면 장신구 같은 허무맹랑한 것에도 의미를 두고 소중하게 여긴다. 심지어는 야생의 동물조차 버려진 기계들을 친구나 어미로 여기고 따르는 모습을 보이는 것을 보면 유기질 생명체는 무기질 구성체에 어쩔 수 없이 의미를 부여하고, 집착하는 본능을 지니고 있는지도 모른다.

그런 생각을 떠올리며 알로트는 자꾸만 떠오르는 감상적인 생각을 털어내기 위해 노력했다. TYQ-113의 모습은 어쩐지 지쳐 보이고 무언가 결론을 간절히 바라고 있는 것처럼 보이지만, 실은 외부에서 들어오는 대답을 기다리고 있을 뿐이다.

당연하지만, 여기서 임무를 완수했다고 대답한다 하더라도, TYQ-113이 7천 년 만의 임무 완수에 환호를 올리거나 긴 한숨을 내쉬며 안도할 리가 없다는 것도 알고 있다. 또 아직 완수하지 못했다고 대답한다고 해서, 좌절하거나 슬퍼할 리도 없다. 모두 알로트 혼자서 부여하는 의미일 뿐이다.

"그건…."

하지만 가장 중요한 문제는 어떤 대답을 내놓기 이전에 알로트에게 판단을 내릴 권한이 없다는 점이다. 알로트는 이 안드로이드의 이전 주인이 다음 소유권자로 지목한 외우주 67-RD 통합관리국의 공무원도 아니었고, 하다못해 한마디 보탤 수 있을지 없을지 고민이라도 할 수 있는 지구주의자조차도 아니었다.

어쩌면 그저 외우주 67-RD 통합관리국의 일개 국민으로서 회수되지 못한 외우주 67-RD 통합관리국의 자산을 발견했음을 관리국에 알리는 방법이 제일 올바른 선택일지도 모른다. 신고가 접수된다면, 사안의 경중을 따져보아 늦어도 1000년에서

1500년 뒤에는 사안 심사에 들어갈 것이고, 통합관리국의 가치 계산법에 따라, 아마도 이 안드로이드의 예상 가치는 아예 없거나, 거래 최소 단위인 0.0013플래티넘도 넘지 못할 테니 회수 포기 판단을 받고 끝날 가능성이 크다.

그렇게 결국은 어느 지구주의자 소녀의 잊고 싶지 않은 친구 '로비', TYQ-113, 지구주의자들의 안드로이드는 기한도 없는 임무를 영원히 수행하면서, 이곳에 가만히 머물러 있을 것이다.

"조금 생각해봐야 할 것 같은데…. 기다려줄래?"

망설임 끝에 알로트는 답을 미뤘다. 그러자 전원 내림을 알리는 효과음과 함께, 안드로이드의 붉은 눈이 렌즈 안쪽으로 숨어 버리고, 곧 셔터도 닫혔다. 전원이 끊긴 안드로이드의 모습은 곧바로 거짓말처럼 그저 물건으로 보였다.

6

알로트가 손목 패드로 확인한 행성 FEM-3319의 $51.4769°N$, $0.0005°W$ 위치는 하필이면 도시에서 멀리 벗어난 산맥의 허리 부분이었다. 캠핑 배낭을 챙겨 메고 나와 건물 사이를 거닐던 알로트는 상상 밖의 좌표 정보에 가만히 멈춰 서고 말았다.

차라리 좌표 정보만 남아 있고, 그 자리에 남아 있는 건 아무것도 없었으면 하는 생각을 마음 한쪽에 떠올리며 혹시나 싶어 행성 스캔 데이터를 확대해 살펴보았지만, 그곳에는 분명히 인

위적으로 정비된 공간과 두 개의 건축물이 있었다.

설마 중력 강도가 3.98이 넘는 행성의 산을 오르게 될 줄은 몰랐는데…. 알로트는 혀를 찼다. 1억2천만 플래티넘을 주고 산 화물선 '만코마는 2호'는 중력값 12까지 문제없이 대응할 수 있는 뛰어난 중력 탈출 능력과 착륙 능력을 지니고 있었지만, 반대로 아무리 중력값이 낮은 환경이라도 행성의 내부 대기를 비행하는 능력은 없었다.

굳이 '만코마는 2호'를 이용하자면 다시 우주로 올라간 뒤에 해당 좌표로 착륙하는 방법이 있다. 하지만 그러자면 지금 도시 곳곳을 수색하며 유품을 찾고 있는 드론들의 작업을 중단하고 다시 수납해야 하는 수고와 시간 낭비를 해야 한다.

거기에 착륙 중 발생하는 충격과 열이 지면과 숲에 어떤 영향을 끼칠지 알 수가 없다. 땅이 무너지거나, 산불이 일어나기라도 하면 남아 있던 유물을 그대로 잃어버릴 수 있다.

또 유물을 발견해 무사히 손에 넣더라도, 도시에 위치한 유물을 운송하려면 다시 도시로 화물선의 위치를 옮겨야 한다. 소비해야 할 시간과 자원이 너무 늘어난다. 우주에서는 무엇보다 절약이다.

이번에 돈을 좀 벌면, 정말로 대기권 비행용 호버 드론을 꼭 사야지. 그렇게 속으로 중얼거린 알로트는 한참을 미적거리다 캠프 배낭을 고쳐 메고, 걸음을 옮기기 시작했다. 산을 타는 것은 딱 질색이지만, 아무것도 하지 않고 자원 스캔이 끝나길 기다리는 것은 너무 지루했다.

건물들을 하나씩 수색하며 시간을 보내는 방법도 있지만, 모두 다 비슷하게 생긴 구조의 건물들을 몇 번이고 들고나다 보면 현기증이 날 정도로 재미가 없었다. 더군다나 걸으면서 하는 직접 수색 작업은 애초부터 수익을 기대하지 않는 작업이다. 재미가 없으면 의미가 없다.

그러니, 51.4769°N, 0.0005°W에 있는 건물은 도저히 포기하기 힘든 유혹이었다. 다 똑같이 생긴 건물을 의미도 없이 반복해서 수색하는 것보다, 혹시 모를 유물을 건질 확률이 그나마 있을 뿐만 아니라, 설사 유물이 없다고 하더라도 안드로이드 발견에서 이어지는, 유가바수다라는 지구주의자의 이야기가 기다리고 있었기 때문이다.

걸어가기 불가능한 거리도 아니었다. 반나절에서 한나절 정도를 꼬박 열심히 걷는다면 닿을 수 있는 거리였다. 지구를 향해 나아가는 도중에는 우주에 살고, 다시 우주 항해를 준비하는 동안에는 행성의 중력 위에서 사는 지구주의자들은, 무중력 상태에서 평생을 사는 우주인들의 신체적 약점과 행성의 중력에 의지해 평생을 사는 행성인들의 신체적 약점을 두루두루 가지고 있고, 또 두 약점의 합병증도 가지고 있었다. 그러니, 도시에서 멀리 나가지는 못한 것 같았다.

거대 도로의 외곽으로 나와 도로 경계선을 넘어 숲으로 걸어들어간 알로트는 얼마 걷지 않아 우거진 나무와 수풀 사이에 비교적 평탄한 경사로를 발견하고는 문득 걸음을 멈췄다. 나무와 풀로 뒤덮이긴 했지만, 명백하게 평탄하게 다듬어진 인공적인 길이 보였다.

폭이 약 10미터 정도 되는, 나무뿌리만 피하면 걸려 넘어질 것이 없는 편한 등산길이 저 멀리, 시선이 닿지 않는 곳까지 이어지고 있었다. 그렇지, 설마 거기로 건물 자체를 어깨에 지고 가진 않았겠지. 뭔가로 길을 닦고 나르고 했을 것이다. 알로트는 쉬지 않고 흐르는 땀을 닦으며, 나무와 풀로 뒤덮인 경사로를 걷기 시작했다.

"후우."

사방에 가득 차는 진한 풀 냄새, 그리고 수많은 나무와 풀이 만들어내는 귀를 간지럽히는 고요함은 오랜만이기는 해도 여전히 익숙했다. 어머니 밀레나와 살던 시절에, 행성에 착륙하면 무슨 일이 있어도 한 번은 숲을 거닐거나, 사막 한가운데를 가로지르거나, 바다로 나가 떠다니거나 했던 덕분이다. 그러다 보니 알로트 자신도 행성에 착륙하면 꼭 무언가 하지 않으면 안 될 것 같은 기분이 들었고, 실제로 여기저기를 쏘다니곤 했다.

다만, 모험의 말동무였던 어머니 밀레나는 이제 곁에 없다. 캠핑 배낭 속에도 무거운 고체 연료나 불편한 조리 기구는 없고, 숲 한가운데에서도 편하게 밤을 보낼 수 있는 온갖 도구들이 들어 있었다.

"나나나나 나나나 나나나나나 나나…."

어머니와 자연 속을 걸으며 수백 번 나누었던 이야기를 매번 반복하다가 그래도 나눌 이야기가 떨어지면, 어머니가 먼저 흥얼거리던 노래도 이제는 혼자서 흥얼거린다. 어머니가 흥얼거리던 노래는 전부 서너 곡에 지나지 않았지만, 모두 어머니가 어릴 때 배웠던 지구주의자들의 노래였기 때문에 통합관리국의 표준언어 각인교육을 받은 알로트의 귀에 그나마 편하게 들리는 노래는 단 한 곡뿐이었다.

"나나, 나나나나, 나나나, 나나나나, 나나…."

멜로디는 있어도, 가사는 얼마 없는 노래였다. 어머니는 어릴 적 귀동냥으로 배웠고 그나마도 머리가 굵어진 후에는 노래와 상관없는, 사냥하는 일을 맡은 가문의 일원이었기 때문에 가사를 제대로 외우지 못했다고 했다. 또 지구주의자들의 무리에서 떨어져 나온 뒤로는, 외우주 67-RD 공용어를 각인교육으로 배우고, 공용어만 쓰며 생활하다 보니 이젠 제대로 부르고 있는지도 모르겠다고도 했다.

"나나, 나나나, 만코마는 별들 중에, 나나나, 나나, 만코마는 별들 중에."

어머니가 가장 자주 흥얼거렸고, 알로트가 유일하게 기억하는 노래는, 두 사람이 타고 다니는 화물선의 이름이 들어 있는 노래였다. 알로트는 발음만 알고, 무슨 뜻인지는 모른다. 성인이 된 이후에 각인교육으로 언어를 배운 탓에 기존의 언어, 지구주의자의 언어 능력을 꽤 많이 잃어버린 어머니 밀레나는, 어쨌든 좋은 뜻이 2번 반복되는 이름이라고 했다.

착륙과 이륙, 만남과 이별, 업무와 보상… 뭐든 짝을 이루는 것이 우주의 삶이고, 그렇다면 좋은 뜻이 2번 반복되는 이름이 좋지 않겠느냐고, 노래를 부르며 웃었다.

"나나나나 나나나 나나나나나 나나…."

하도 듣다 보니 가끔은 지겹다고 느끼기도 했던 노래를, 그것도 제목도, 가사의 의미도 모르는 노래를 스스로 흥얼거리고 있다는 사실이 새삼 신기했다. 그건 아마도 알로트의 유전자 속에도 아주 조금이지만 지구의 유전자가 들어 있기 때문인지도 모른다.

그러고 보면, 외우주 통합관리국이 통일성을 잃어가는 인류의 유전자 진화와 분기를 파악하는 데 한계를 느끼고, 지구에서 시작되었다는 수많은 우주 인간들을 같은 뿌리를 가진 인류로 구분하는 기준 중에 하나로 '인류는 목적과 용도가 따로 없는 노래를 한다'는 항목을 넣었다고도 했다.

그렇게 지구에서 시작된 존재들은 아무튼 노래를 부른다. 짝을 찾거나, 영토를 알리거나, 동료에게 뭔가를 알리는 등의 목적은 하나도 없는 그런 노래를 부른다.

"나나, 나나나, 만코마는 별들 중에, 나나나, 나나, 만코마는 별들 중에."

사실 노래에도 용도는 있다고 생각한다. 뭐든 달래는 용도, 지루함을 달래거나, 힘든 순간을 달래거나, 아무튼 무엇이라도 하나 더 있어야 할 때, 할 수 있는 게 없을 때, 그럴 때 스스로를 달래기 위한 용도가.

"흠."

어느새 주변이 어두워진 것을 깨달은 알로트는 걸음을 멈췄다. 두 다리가 저리고, 온몸이 땀에 푹 젖을 때까지 걷는 것도 참 오랜만이었다. 이제 막 별들이 살짝 보이기 시작하는 밤하늘을 바라본 알로트는 잠시 망설이다 일단 걸음을 멈추고 캠핑을 하기로 마음을 먹었다. 오늘은 모든 것이 오랜만이다. 그러니 숲 속에서 하룻밤을 보내는 것도 나쁘지 않겠지.

안락의자와 기둥 모양의 난로, 그리고 98.7퍼센트 복원값의 재구성 커피와 닭고기 가슴살 스테이크, 그리고 설사 육식 동물이 튀어나와도 A등급의 유해 동물까지는 0.02초 안에 제압이 가능한 든든한 호위 드론이 무려 두 기까지. 안락의자에 편하게 누워 앉은 알로트는 별이 가득한 하늘을 올려다보며 희미하게 미소를 지었다.

모든 것이 예전과는 다르다. 옛날에는 고체 연료로 불을 피우고, 걷는 동안 팔 아프게 모아들고 온 장작들을 불 속으로 하나둘 던져 넣어 불을 살리고, 만약 오는 길에 사냥에 성공하지 못했다면 먹을 수 있는지 없는지 모를 열매나 풀을 불안에 떨면서 먹은 뒤에, 혹시 육식 동물이라도 튀어나올까봐 구형 라이플을 옆에 두고, 지면의 굴곡이 그대로 드러나는 얇은 천 위에 누워 선잠을 자야 했다.

그리고 지금은 어머니도 없다. 어머니가 없는데도, 둘이서 나란히 앉아 불을 쬐던 시절처럼 난로의 왼편에 자리 잡은 알로트는 커피를 한 모금 들이마시며, 문득 모닥불 오른편에 앉아 뭐가 그리도 신나는지 항상 웃는 얼굴로 불을 바라보던 어머니를 떠올렸다.

그 날은 기적처럼 평온하게 착륙하고, 숲에 들어서자마자 맛

좋은 식량도 확보하고, 날씨까지 선선하던 운 좋은 날이었다. 배부르게 먹고 앉은 모닥불 곁에서 늘 같은 얼굴로 불을 뒤적이던 어머니 밀레나가 말했다.

"나 클론 DB 파기했다. 그러니까 이번에 죽으면 끝이야."

상상도 못 했던 이야기에 생각이 멈춰버렸던 느낌을 아직도 생생하게 기억한다.

"왜? 이제 돈이 없어?"

한참 만에 정신을 차리고 묻자, 어머니는 소리 내어 웃으며 고개를 가로저었다. 보통은 죽더라도 클론 회사들의 보험만 들어놓았다면, 그리고 비용을 지급할 잔고가 통장에 남아 있다면 몇 번이고 재생성 할 수 있다. 아니, 당장 통장에 잔고가 없더라도 클론 회사에 부채를 얻어 재생성 할 수도 있다.

그 뿐만이 아니라 회사의 서비스에 따라서, 또 본인의 의향에 따라 여러 가지 방식의 재생성도 가능하다. 이를테면 사는 데 지쳐서 이번에 죽으면 100년 정도 뒤에 재생성하겠다거나, 무언가 범우주적이고 범인류적 대사건이 일어나면 확인하기 위해 그때를 노려 재생성 하거나. 하지만 그것도 재생성을 실행할 클론 DB가 없으면 그대로 끝이다. 재생성을 할지 말지 고민조차 불가능하다.

"이제 슬슬 때가 됐다 싶어서."

"때가 되다니?"

여전히 웃는 얼굴로 긴 나뭇가지를 들어 불을 뒤적이며, 어머니는 대답했다.

"내가 몇 년을 살았는지 아니? 세어보니까 벌써 4천 년을 살았더라."

어머니의 계산은 늘 이런 식이었다. 정확히는 3,941년이다. 4천 년이라고 말하지 못할 정도로 차이가 나진 않았지만, 그래도 소수점 차이만으로도 목숨이 오가는 우주에서는 결코 좋은 습관이라고 할 수 없었다.

"알지, 아직 그렇게 오래 살지도 않았잖아?"

어머니의 위험천만한 숫자 감각에 한마디하고 싶은 기분을 눌러 참으며, 알로트는 점잖게 되물었다. 오래 살지 않았다는 말은 그저 단순한 개인적인 감상으로 하는 말이 아니었다. 어머니가 살아온 시간, 3,941년은 외우주에서 오래 살았다고 말하기에는 너무나 짧은 시간이었다.

"그렇지도 않아."

그래도 어머니의 반응은 변하지 않았다. 마치 처음부터 그렇다고 정해놓고, 바꿀 마음이 없는 것처럼. 알로트는 가만히 기억을 더듬어 자신의 이야기를 증명할 숫자를 건져 올렸다.

"4천 살은 외우주에서 어린 편에 속하는데? 하위 4.71901퍼센트에 들어가."

알로트의 데이터에 근거한 대답에 어머니 밀레나가 살짝 놀란 표정을 지었다.

"그야 통계적으로 보면 그렇겠지. 그런데 각인교육에 그런 것도 들어 있디? 별 걸 다 교육하네."

하지만 늘 그랬듯이 어머니는 객관적인 데이터를 제시해도 그 사실을 곧이곧대로 받아들이거나 하지 않았다. 어머니를 설득하기에는 수치나 사실보다는 차라리 제발 죽지 말라고 울면서 떼를 쓰는 편이 더 효과가 있으리라. 알로트는 낮은 한숨을 내쉬며 턱을 괴었다.

"그러면, 왜 죽으려는 거야?"

태어나서 같이 살기 시작한 지 7, 8백 년이라는 시간이 흘렀지만, 어머니는 늘 알로트가 예상치 못한 순간에 생각하지도 못한 이야기를 꺼내거나, 뜯어말리고 싶은 행동을 하고는 했다. 그 날도 그랬다. 뜬금없는 이야기에 놀라기는 했지만, 이런 일을 하도 많이 겪다 보니 이내 평정을 찾을 수 있었다. 일단 이야기나 들어보자. 어쩌면 또 내키는 대로 일을 저질렀을 뿐이고, 이야기하다 보면 혼자서 아니다 싶어 없던 일로 할지도 모른다. 지난 7, 8백 년 동안, 늘 그랬으니까.

그런 알로트의 생각을 아는지 모르는지, 어머니 밀레나가 문득 긴 미소를 지으며 숨을 들이마셨다. 이야기가 길어지게 되리라는 신호였다.

"내가 지구주의자의 자식으로 태어났다는 건 전에 이야기했지? 좀 더 상세하게 말하자면, 내가 태어난 종파는 구원이 오직 지구에 있다고 믿었고, 그 구원을 얻기 위해 종파 구성원 모두가 그 삶을 지구로 가는 데 온전히 바쳐야 한다고 믿었어.

아마 내 생각에 수많은 지구주의 종파 중에 가장 엄격한 교리를 가진 종파였을 거야. 클론 재생성은 지옥에 떨어질 죄이고, 번식 역시 남녀가 짝을 지어 직접 임신해야만 했고, 재생 식품을 입에 대는 것도 절대 금지에, 항해 중에 냉동 수면을 취하는 것도 불경하다고 금할 정도였지. 아무튼 지구주의자들이 갖추어야 하는 모든 덕목을 빠짐없이 갖춘 종파였어. 지금 생각하면 나도 참 잘 버티면서 자랐다 싶네.

아무튼 나는, 내 기억이 맞는다면, 아마 외우주 사십칠-GE의 어떤 행성에서 우리 종파의 고행 정비 기간이 백이십 년에 접어들었을 즈음에 태어났어. 지구주의자들에게 있어 고행 정비 기간이란, 항해 중에 이종 물질 탱크를 충전할 필요가 생기거나, 비축해둔 식량이나 금속, 화학 물질 같은 필요 자원이 일정량 이하로 떨어지거나, 또 무슨 사고가 있어서 인구수가 급속하게 줄거나 하면, 항해를 멈추고 주변 행성에서 부족한 것을 보충하는 기간이야. 경우에 따라 좀 차이는 나지만, 짧으면 백오십 년 정도에서 길면 삼, 사백 년까지 걸린다더라.

우리 부모님은 동물을 사냥하고, 식물을 채집하는 수렵반 소속이셨어. 그러니까 나도 당연히 수렵반의 일원이 될 운명이었지. 어릴 적에 학교에서 어린이 공통 교양 교육을 받던 때는 마냥 노래를 부르는 게 좋아서 예술반에 속하고 싶다고 생각했지만, 자신의 미래를 종파 지도자들이 정해주는 게 지구주의자의 삶이니까, 결국 부모님의 임무를 상속받기 위해서 수렵반에 들어갈 수밖에 없었어.

어린이 학교를 졸업한 뒤로는 곧바로 라이플을 다루는 법부터, 동물을 추적하고 유인하는 법, 협동으로 사냥하는 법, 먹을 수 있는 식물을 구분하는 법, 산속을 안전하게 거니는 법, 그리고 맹수에 대비하는 법… 뭐 그런 걸 배우면서 산을 타고, 숲을 거닐었지.

그래도 그때는 주변 모두가 배운 대로 자라고, 하라는 대로 살았기 때문에 나 혼자 그 사실이 견딜 수 없이 슬프거나, 부조리함에 분노하거나 하는 일은 없었어. 게다가 사냥이 생각보다 적성에 맞기도 했고, 수렵반 사람들과 같이 고생하면서 유대감도 쌓으며 충실감을 느낄 수도 있었지. 또 무엇보다 종파 구성원들의 먹거리를 마련한다는 건 정말 중요한 일이었으니까.

스스로가 하는 일에 대한 자부심도 꽤 높았거든. 아쉬운 점이 있다면, 내 후대는 언젠가 우주로 나가서 지구로 간다는데 정작 나는 이 행성 위에서 살다 죽고 끝나겠구나 하는 점이었지. 뭐 나중에 지구에서 부활한다고 해도 말이야.

가끔 높은 산으로 사냥을 나가게 되면, 높은 곳에서 멀리 선착장에 착륙해 있는 우리 종파의 수송선들을 바라다보고는 했어. 그중에서도 가장 큰 선도선 저크시스호는 멀리서 봐도 정말로 멋있었는데, 그 커다란 선체 위로 정비반들이 불꽃을 튀기면서 수선 작업을 하는 모습을 멍하니 바라보면서, 그때마다 '나도 우주에 나가보고 싶다' '그 신기하다는 알큐비에레 비행을 경험해 보고 싶다' 그런 생각에 빠지고는 했지.

뭐, 때때로 그런 구경을 하느라 시간을 허비할 때도 있었지만, 아무튼 어긋나는 일 없이 열심히 살았어. 정말 열심히 살았지. 열일곱 살에 작은 수렵팀을 이끌게 된 후부터는 정말 단 한 번도 수렵을 빠진 적도 없었고, 할당량을 넘긴 적은 많아도 채우지 못한 적은 한 번도 없었어.

그러다 내가 스물아홉이 되던 해, 우리 집안이 속해 있던 영토에 이상한 행성 풍토병이 돌았어. 그냥 독감 같은 병이 아니라 사람이 우르르 죽어 나갈 만큼 독한 병이었는데, 우리 종파가 가진 의료 기술로는 어떻게 해볼 도리가 없었어. 지도자들은 인구수가 지나치게 주는 일을 막기 위해서 우리 집안이 속해 있던 영토를 폐쇄했지.

우리 종파는 우주에서 죽더라도, 후세가 지구에 도달하는 그날, 구원받음으로 모두가 지구에서 부활한다고 믿는 부류였으니까, 큰 난리가 나지는 않았지. 우리 가문 사람들은 정말로 신기할 정도로 지도자들의 판단을 순순히 받아들여서 폐쇄된 영토 안에서 가만히 앉아 죽음을 기다렸어.

그렇게 먼저 돌아가신 부모님을 묻어 드리고 며칠 지나지 않아서 나도 행성 풍토병에 걸렸어. 죽기까지는 아직 시간이 좀 남아 있던 그때, 문득 그런 생각이 들더라. 죽기 전에 우주에 한번 나가보고 싶다고 말이야. 마침 조금 있으면, 외우주 사십칠-GE 통합관리국에서 정기 연락편이 도착할 시점이기도 했고, 그 연락선에 숨어들어서 죽더라도 우주 구경하다가 우주에서 죽자는 생각을 했어.

전염병으로 죽어 가고 있던 탓인지, 내가 뭘 어떻게 해서 그 연락선으로 숨어드는 데 성공했는지 기억이 나질 않아. 아무튼 연락선에 숨어드는 데 성공은 했지. 기침을 참으면서 화물칸에 숨어 있다가, 이륙을 시작하는 느낌을 받자마자 이제 걸을 힘도 없는 몸으로 바닥을 기어서, 피를 줄줄 토하면서 화물칸 구석에 있는 손바닥만 한 창문으로 향했어. 제발, 죽기 전에 창문을 내다볼 수 있게 해달라고, 크리스천과 부디스트께 절박하게 기도를 올렸던 게 기억나.

그렇게 숨이 넘어가기 직전에 창문에 닿았지. 조그마한 창문으로 연락선이 떠오르며 지면이 순식간에 멀어지는 것이 보였어. 내가 스물아홉 해를 살았던 곳이 점점 빠르게 멀어지고, 그렇게 커다랗던 선도선 저크시스호까지 점점 더 멀어지면서 조그마하게 보이는데… 이유는 모르겠지만, 눈물이 펑펑 쏟아지더라.

평생 살다가 죽어야 했던 행성을 드디어 벗어난다는 생각을 했던 것도 같고, 내가 드디어 죽는구나 하는 생각을 했던 것도 같고, 또 우주를 보고 죽기는 하는구나 하는 생각을 했던 것도 같아.

그렇게 터진 눈물을 닦으면서, 조그만 창밖으로 보이는 우주를 조금이라도 오래 보려고 노력하고 있었는데, 화물칸 확인을 하러 들어온 공무원이 날 발견하고 달려오더라. 그 놀란 얼굴 하며, 커다란 목소리 하며, 아무튼 나를 막 다그쳤는데, 나는 행성 풍토병으로 죽기 직전이었던 데다가, 우리 종파는 우주 공용어와 유사성이 이십오 퍼센트 이하인 크리올어를 쓰고 있었기 때문에 그 친구가 뭐라고 하는지 하나도 알아들을 수가 없었어.

그래서 그때는 그 공무원이 도대체 이게 뭐하는 짓이냐고 화를 내는 줄만 알았지. 사람이 죽고 전염성까지 있는 병에 걸린 사람이 허락도 없이 몰래 승선을 했으니까. 그래서 일단 미안하다는 말만 반복했는데, 공무원이 들고 있던 홀로그램 패드를 이리저리 만지더니 내 앞에 내밀더라. 읽을 수 없는 글 아래에 버튼이 하나 있었는데, 죽어가는 중이라 어쩐지 그게 내가 죽으면 시체를 소각하고 버리는 데 동의하겠느냐, 그런 내용이 아닐까 하는 생각이 들더라.

우주 한번 보겠다고, 허락도 없이 남의 우주선에 전염병을 달고 올라탔는데, 무슨 염치가 있어서 거절할 수 있겠니. 거기다 평생소원도 이뤘는데, 죽은 다음에야 시체를 우주에 그냥 던져버리든 태워버리든 무슨 상관이겠어. 그래서 그냥 그 버튼을 클릭했는데, 공무원이 곧바로 허리춤에서 앰풀 주사기를 꺼내더라. 순간, 나를 지체없이 처리하려는 줄 알았어. 피하고 싶었는데 몸이 움직이질 않았지. 병에 걸린 주제에 몰래 숨어들어서 미안하긴 한데, 죽을 때까지는 우주 좀 보게 해주지, 너무 박하네… 그런 생각을 하는 순간, 공무원이 꺼내 든 앰풀 주사기가 딱 관자놀이에 닿았고 그대로 정신을 잃었어.

그런데 눈을 떠보니까 푹신한 침대 위더라. 놀란 숨을 몰아쉬면서, 주위를 돌아보니 한쪽에 커다란 창문이 있었고, 하늘까지 둥글게 말아지는 지면, 그리고 하늘에는 거꾸로 선 건물들이 보이는데 온몸에 소름이 돋았어. 내가 태어난 행성에서는 상상도 할 수 없는 광경이었지. 나는 외우주 사십칠-GE 통합관리국의 거대한 콜로니 병원에 멀쩡히 살아 누워 있었던 거야.

알고 보니 연락선에서 만났던 그 공무원은 나에게 살고 싶으면 망명을 하라는 말을 했었고, 나는 아무것도 모르고 동의 버튼을 눌렀던 거지. 그렇게 얼떨결에 외우주 사십칠-GE에 망명 신청을 해버린 덕분에 병원 침대에 누워 있던 사이 치료도 받았고, 싸구려이긴 해도 무료 클론 재생성 DB 등록도 받았고, 우주 인류 공용어 각인교육도 받은 상태로 깨어났어.

죽을 줄로만 알았는데, 갑자기 외우주 사십칠-GE 시민으로 되살아났다는 사실이 놀랍긴 했지만, 그렇다고 정체성에 혼란이 오는 일은 없었어. 배운 대로 살기는 했지만, 배운 대로 믿지는 않았으니까. 죽어야 나중에 지구에서 부활할 수 있는데! 하는 고민은 일절 들지 않았지. 어차피 지구주의자인 나는 풍토병에 걸린 시점에서 죽어버린 거니까, 이제부터는 외우주인류로서 마음 가는 대로 살아보자고 마음 먹었어.

망명자 지원 프로토콜 정책에 따라 마지막으로 지원받은 건, 일자리였어. 내 첫 직업은 외우주 사십칠-GE의 육번 콜로니 상하수 관리소 청소부였을 거야. 청소부라고 해도 지구주의자들의 청소부와는 달라서 내가 청소 도구를 들고 다니며 쓰레기를 치우거나 하는 것도 아니었어. 그냥 시간에 맞춰 지정된 청소 로봇을 작동시키고, 다시 회수하고, 퇴근 전에 청소 로봇들의 상태를 살펴보고 수리를 보낼 것이 있으면 수리를 보내는 게 전부였는데, 지구주의자 시절에 하던 사냥보다 한없이 단조로운 일이었지만, 그래도 하루하루가 새롭고 모든 것이 즐거웠어.

출퇴근 시간에 콜로니의 거대한 전자기 유리 벽 너머로 보이는 우주 공간을 구경하는 것도 좋았고, 오가는 길에 오히려 지구주의자 시절에는 먹어볼 수 없었던, 재구성된 지구 음식들을 하나둘 사서 먹어보는 재미도 있었고, 조그마하지만 지구주의 자의 수송선보다 훨씬 정교한 것 같은 청소 로봇들을 들여다보는 것도 흥미로웠지.

그렇게 적지만 꾸준하게 일하면서 플래티넘을 벌다가, 늙어 죽은 뒤에 처음으로 클론 재생성도 해보기도 했어. 첫 클론 재생성은 외우주 사십칠-GE 통합관리국이 무료로 등록해줬던 공기업에서 했었는데, 합성 탱크의 배양액 속에서 재생성하는 방식이었어. 눈을 뜨자마자 폐와 위 속에 가득 찬 배양액을 토하고, 또 피부도 물에 불어서 막 일어나고… 너무 아프고 힘들었던 기억만 나. 오죽하면 외우주 사십칠-GE 시민이 된 뒤에 처음으로 병가를 썼다니까. 너는 내가 너무 비싼 클론 재생성 서비스만 사용한다고 뭐라고 하는데, 너도 그걸 겪어봤다면 나처럼 됐을 거야.

아무튼, 그 육번 콜로니에서만 칠, 팔백 년을 살았던 것 같아. 열심히 플래티넘을 모아서, 좀 더 좋은 각인교육을 받고, 그 교육을 통해서 더 좋은 직장을 얻고, 수입을 늘려서 집도 사고, 유명한 휴양지로 여행도 다니기도 했지.

그러다 슬슬 지겨워진다 싶을 즈음에 번 돈을 몽땅 들고, 알큐비에레 비행선을 타고 다른 외우주로 이주했지. 그렇게 여기저기 외우주를 옮길 때마다 직업도, 사는 방식도 완전히 바꾸며 살았어.

어디에서는 장사도 해보고, 또 선박 건조업에 참가도 해보고,

개척 중인 외우주 117-TA에서는 배운 사냥 기술을 살려서 개척군 용병도 해보고. 정말 하고 싶은 일을 원없이 하면서 살았지.

그러다 여기 외우주 육십칠-RD에 정착한 것이 천 년 전이야. 그동안 참 난리통 같은 삶을 몰아치듯 살았으니까, 이제는 조금 담백하고 소박하게 살아볼까 싶어서 단순 화물 운송업을 하기 시작했지. 그런데 여기에 와서 오십 년 정도 지났나 싶을 때, 그 일이 터졌어.

어느 날, 클론 재생성으로 눈을 떴어. 클론 재생성 자체야 별로 놀랄 일은 아니지만, 기록을 확인해보니 이전 클론 재생성에서 겨우 몇 년 지나지 않은 시점이었고, 거기다 내가 죽은 곳이 우주 한가운데였다는 사실이 마음에 걸렸어. 일단 노화로 죽은 게 아니라면, 사실상 사고사일 가능성이 컸고, 그 사고 장소가 우주 한가운데라면 혹시라도 만코마는 일호가 유실되었을까 걱정이었지. 마음을 가라앉히기 위해 차 한잔을 마시고, 서둘러서 회수 시설로 안내를 받았어. 응? 그래서 내가 비싼 클론 재생성 서비스를 사용하는 거야. 돈은 그런 데 쓰려고 버는 거지.

아무튼 회수 시설에 도착해보니, 다행히 만코마는 일호는 아무런 손상도 없어 보였어. 선체 스캔 결과에서도 결함은 찾을 수 없었고. 그래서 안심하고 올라타보니, 조종실에 내 시체가 쓰러져 있더라. 오른손에는 수리용 대못 공구를 꼭 쥐고 있었고, 관자놀이에는 커다란 못이 딱 꽂혀 있는 모습이 누가 어떻게 봐도 자살이었지.

삼천 년을 넘게 살면서 그렇게 놀란 적이 없었어. 내가 자살을 했다니, 믿어지지가 않더라. 내가 자살을 해야 할 이유가 있기나 한가? 아니, 클론 재생성으로 자살 자체가 의미가 없는데 도대체 무슨 생각으로 자해한 거지? 혹시나 싶어 자살자들이 남기기 마련이라는 자아 기록이라도 있을까 싶어 찾아봤지만 그런 기록은 없었어. 그게 아니면 돈 문제라도 생겼나 했지만, 그런 것도 아니었고.

결국은 삼천 년이 넘도록 살아왔는데, 어쩌다 한 번쯤 이런 일이 있을 수도 있다고 생각하기로 했어. 그렇게 시체를 정리하고, 만코마는 일호도 다시 깨끗하게 정비하고 다시 살기 시작했는데… 겨우 오십년 정도 지나서 또 자살을 한 거야. 여전히 이유도 알 수가 없었고. 그 뒤로 서너 번 더 자살을 했는데, 이유를 모르겠으니 정말 미칠 것 같더라.

그래서 일단 나 스스로를 감시하기 시작했어. 하루를 마무리할 때, 그리고 생각이 날 때마다 내 스스로 상태에 대해서 자아 기록을 꼼꼼히 남기고, 감시 카메라를 달아서 녹화까지 하기 시작했는데, 결론만 말하자면 이유를 알아내는 데는 실패했어. 그래도 다음 자살을 실행에 옮기는 장면은 찍을 수 있었지.

또 새롭게 자살하던 날, 멍하니 조종석에 앉아 있던 내가 지구어로 몇 마디로 중얼거렸어.

분명히 내가 어렸을 적에 쓰던 지구어였는데 하나도 알아들을 수가 없었어. 정말 당황스러운 기분이었지. 아마 그동안 외우주 공용어의 각인교육을 몇 번이고 받은 탓이 가장 컸을 거야. 각인교육이라는 게 말이 좋아 교육이지 그냥 뇌피질 위에 정보를 새겨 넣는 거니까, 외우주 섹터를 옮겨 다닐 때마다 받은 언어 관련 각인교육만 예닐곱 가지는 되었으니, 가장 아래 있는 지구어는 아예 다 지워진 거겠지.

급한 대로 번역기를 사용해보긴 했는데, 제대로 된 번역은 얻을 수가 없었어. 내가 배운 우리 종파의 지구어는, 내가 태어나기 훨씬 전에 만들어진 외우주 섹터의 통합 공용어의 크리올어였는데, 어떤 번역기를 가져오더라도 올바른 뜻을 유추하긴 힘들었을 거야.

아무튼 통합관리국의 인증까지 받은 번역 서비스로 추측해본 그 한마디 내용은, '아니면 내가 이런 결과다.'라는, 무슨 소리인지 알 수 없는 문장이었어. 나도 몰라. 결괏값은 여러 가지 있긴 했지. '아니면 내가 이런 결과다.'가 가장 높은 정확도라고 내놓은 대답이었어. 그거 말고도, '이런 내가 아닌 결과다.', '마지막이 아니면 내가 이렇다.'처럼 리스트는 끝이 없었는데, 문제는 뭐 하나 알아먹을 수 있는 번역이 없었다는 거지. 다들 비슷하기는 해도, 문장들을 서로 비교해가며 유추해보려고 해도 기댈 데가 하나 없었고, 무엇보다 아예 틀린 번역일 가능성도 있었고 말이야.

아무튼 그렇게 뜬금없이 알아먹을 수 없는 지구어로 몇 마디를 중얼거린 다음에는 감시 카메라를 꺼버리고 자살을 하더라. 그렇다고 카메라에 찍힌 내 표정과 행동에 평소와 다른 점이 있지도 않았어. 얼굴은 평온했고, 움직임도 자연스러웠지. 차라리 어딘가 홀린 듯 눈이 풀려 있다거나, 누군가에게 조종당하는 것처럼 뻣뻣한 움직임이라도 보였다면, 해당 좌표에서 이상한 전파를 맞아서 정신이 나간 게 아닌가 하고 찾아보기라도 했을 텐데, 알아들을 수 없는 지구어 외에는 소득이 없었어.

결국에는 그저 지구주의자 시절, 체험으로 배운 지식 위에 전자기적인 각인교육을 여러 번 받은 탓에 어딘가 고장이 난 게 아닌가 하는 생각이 가장 그럴듯한 가설이었는데, 병원에서 풀 스캔을 받아봐도 문제 있는 곳은 없었어. 그렇게 거의 유일한 가설이 부정당하고, 다시 상심에 빠져 있는데 문득 외우주로 망명한 수많은 지구주의자 중에 나만 이러는가 하는 생각이 들더라. 혹시 나와 비슷한 증상을 겪고 있거나, 겪었던 망명자가 있지 않을까? 그렇다면, 뭔가 정보를 얻을 수 있을지도 모르지. 그런 생각에 미친 듯이 정보를 찾기 시작했어.

난생처음으로 지구주의자들의 정보를 찾으면서, 정말 큰 충격을 받았지. 지구주의자들이 각자의 종파에 따라 서로 다른 행성을 지구라고 믿는다는 것도, 지구주의자이면서도 크리스천과 부디스트를 둘 중 한쪽만 믿거나, 아예 둘 다 믿지 않는 종파가 있다는 사실도 그때 처음 알았어. 자살 문제와는 별개로, 왜 진작에 이런 재미있는 정보를 알아보려고 하지 않았을까 싶을 만큼 재미있었지.

망명자 수가 얼마나 되나 알아보니, 망명자 수는 시간이 흐를수록 적어지면서, 칠천 년 전부터는 거의 끊긴 상태였어. 사실 떠날 지구주의자들은 다 떠난 것도 사실이니까, 신기한 일은 아니었지. 신기한 건, 망명자들의 끝이었지. 대부분의 망명자가 시간이 흐르면서 모이게 되고, 모여서는 다시 지구를 향해 떠났더라. 아니면, 범죄자가 되어서 추적을 피해 다니고 있거나, 알 수 없는 이유로 연락이 끊기거나.

결론만 말하자면, 외우주 육십칠-RD에서 제대로 활동하고 있는 망명자는 단 다섯 명이었어. 나, 그리고 카스란테 콜로니에서 사업을 운영하는 부부 두 사람, 나처럼 떠돌아다니는 운송 상인 한 명, 그리고 통합 공무원에서 공무원으로 일하는 사람 한 명, 이렇게 다섯 명이 전부였는데, 나만 빼고는 다들 일만 년 이상 산 사람들이더라. 그렇게 내가 제일 젊다는 사실을 알게 되었을 때는 드디어 뭔가 실마리를 잡을 수 있겠다는 희망이 들었어.

모두 나보다 세 배 이상은 산 사람들이니까, 나 같은 경우를 겪었을 가능성도 있었고, 아니면, 적어도 비슷한 경우를 본 적이라도 있을 가능성이 컸지. 그래서 일단은 꼭 한 번 만나서 이야기를 들어보고 싶었어. 그중에서 가장 만나기 쉬운 사람은 역시 공무원이 된 망명자였는데, 통합관리국 공무원은 정책에 따라 직위와 직장까지는 공개되어 있었으니까 찾기도 쉬웠지.

마음이 급하다 보니 무작정 그 망명자가 일한다는 통합관리국의 콜로니로 향했어. 아마 하급 법원에서 일하고 있었을 거야. 콜로니에 도착하니 마침 아침이라, 숙소를 잡지도 않고 곧바로 택시를 타고 하급 법원으로 갔지. 그만큼 절박했어. 지푸라기라도 잡고 싶은 심정이었던 것 같아. 딱히 무언가 알아낼 수 있다는 확신이 있는 것도 아닌데, 마치 지금이 아니면 기회가 없을지도 모른다는 생각이 머릿속을 맴돌더라.

택시에서 내리자마자, 하급 법원 건물로 뛰듯이 걸어 들어갔어. 하급 법원은 사회상호교류유지법안이 없었다면 사람을 고용할 필요도 없이, 모든 업무를 온라인으로 해결할 수 있는 기능 중시형 관공서다 보니, 이른 아침의 방문객은 나 하나뿐이었지.

내가 급한 마음으로 기세 좋게 걸어 들어가니 데스크에서 대기하고 있던 모든 공무원이 놀란 눈으로 날 쳐다보던 게 기억나. 누구에게 직접 민원이라도 넣으려고 왔나 하고 걱정하는 눈치들이었지만, 내가 향한 곳은 안쪽에 있는 보안 데스크였어.

보안 데스크에는 경비복을 입은 마흔 줄 정도의 남성이 서 있었는데, 그 사람이 바로 내가 찾던 망명자였지. 가슴의 홀로그램 명찰에 '란'이라고 찾던 이름이 선명하게 보였어.

놀라서 아무 말도 하지 않는 란에게, 나는 무작정 내가 망명자라는 사실과 꼭 물어보고 싶은 것이 있으니 시간을 내줄 수 있느냐고 물었어. 대신 비싼 점심을 사겠다고 했지. 놀란 얼굴로 내 이야기를 들은 란이 문득 평온한 얼굴로 돌아오더니, 자기 자신이 망명자였었다는 사실도 잊어버리고 있었다면서 살짝 웃더라.

"같은 망명자를 만나는 건 정말 오랜만이네요. 한 2, 3천 년 정도 된 거 같은데…."

순간 모를 위화감을 느꼈어. 뭐라고 해야 할지 모르겠지만, 중력값이 높은 행성에서 태어난 덕분에 외우주 평균보다 작은 키부터, 살짝 어두운 얼굴 피부색, 서로 다른 색의 눈동자가 이 사람이 분명 지구주의자 망명자라는 사실을 알려주고 있었는데,

어쩐지 지구주의자라고 느껴지지 않았다고 해야 할까.

"그럼, 11시 45분에 28-1구역에 있는 지구나무집에서 뵙죠."

"정말 고마워요. 그럼 있다가 이십팔 다시 일 구역에서 뵈어요."

그래도 다짜고짜 찾아왔는데도 같은 망명자라며 흔쾌히 내 부탁을 들어주더라. 위화감이고 나발이고, 바라던 기회를 놓칠 수는 없었으니까 약속대로 재생성한 지구 음식을 전문으로 한다는 식당에서 란과 만났어.

"이 콜로니에서 제일 괜찮은 지구 음식 전문점이에요. 9백 년 이상 되었을 걸요?"

식당으로 들어와 맞은편 의자에 편하게 앉은 란이, 그래서 궁금한 게 무어냐고 묻더군. 뜸을 들일 것도 없이 바로 물었지. 그냥 바로 물었지. 내가 갑자기 이유도 없이 주기적으로 자살을 하고 있는데, 혹시 그런 경험을 했거나, 다른 지구주의자 망명자들에게 그런 이야기를 들어본 적이 없느냐고 말이야. 질문을 들은 란이 별 고민도 없이 바로 대답하더라.

"아, 그런 자살이면 걱정하실 필요 없어요."

마치 별일 아니라는 듯이 웃으면서 입을 연 란이 설명하길, 그건 망명자가 지구주의자에서 외우주인류로 완성되는 마지막 단계라고 하더라. 그러면서 자신도 그런 과정을 겪었고, 그때 정말 당황스럽기도 했고, 돈도 너무 많이 들어서 힘들었다고 하더군. 직장에서 자살한 적은 한 번도 없어서 다행이었다고 웃더라.

"저 같은 경우는, 가만 있어보자…. 적어도 61회는 자살했을 거예요."

"육십일회나요? 그렇게 많이 자살해야 끝나나요?"

외우주인류로 완성된다는 게 무슨 뜻인지 몰랐지만, 더 신경 쓰이는 건 자살 횟수였어. 육십일회나 그 이상을 자살해야 이 현상이 진정된다는 이야기인데, 금전적으로도 정신적으로도 도저히 감당할 수 없을 것 같았거든. 그러니까 란이 고개를 가로저었어. 다행이었지.

"아뇨, 저도 잘 몰라서 그랬던 거예요. 이 시기에는 자살하자마자 클론 DB를 업데이트하는 편이 좋아요. 그래야 빨리빨리 진행되니까요. 제가 61회를 재생성하긴 했지만, 앞에 30, 40회는 아무 의미 없는 재생성이었거든요. 타이밍만 잘 맞추면 30회 정도면 끝나지 않을까 싶은데요?"

도대체 알아들을 수 없는 대답이었어. 빨리 진행이 된다는 건 뭐고, 또 끝난다는 건 뭔지 알 수가 없었지. 내가 전혀 모르겠다는 표정을 짓고 있는 걸 보더니, 란이 자리에서 살짝 일어서서는 갑자기 손을 들어 자기 사타구니를 꾹 눌러 보이는 거야. 외우주 사람들이야 아무렇지도 않겠지만, 난 시간이 지났어도 아무래도 바탕이 지구주의자였으니 살짝 불편하기는 했지. 그런데 란이 다시 연거푸 사타구니를 눌러 보이는 거야. 화를 내야 하나 망설이는데 문득 깨달았지.

너도 지구주의자와 외우주인류의 가장 큰 신체적인 차이가 뭔지 알지? 그래, 생식기의 유무야. 외우주인류는 성인이 되면 생식기가 퇴화되어 사라지잖니. 그런데 란의 생식기도 퇴화되고 없더라고, 지구주의자 출신 망명자인데.

란이 말하길, 시술을 받은 것이 아니라고 했어. 어느 날부터 정기적으로 자살하기 시작했는데, 반복하는 동안 생식기가 조금씩 퇴화하더니 결국 사라져버렸다더군. 그리고 그 후로는 자살하지 않게 되었다고, 걱정하지 말라더라. 자기가 아는 사람들도 그랬다면서.

"여기서 좀 떨어진 콜로니에 망명자 부부가 있는데, 그 사람들도 그랬어요."

드디어 이 반복되는 자살의 이유를 알게 되었지만, 후련하기보다는 소름이 돋더라. 처음 인사를 나누는 순간 란에게 느꼈던 감정, 그러니까 어쩐지 지구주의자 같지 않다는 느낌의 정체를 알 것 같았어. 그때 란이 말했어. 온전한 외우주인류가 되는 데 굉장히 오래 걸리긴 했지만, 이제 마음도 편하고, 자살도 하지 않고, 필요도 없는 생식기 때문에 불편했던 점도 사라지고 정말 홀가분하다고 말이야. 그러니까 지구주의자로서의 란은 사라지고 없었던 거지.

식사를 마친 뒤에 곧바로 식당을 나와 택시를 타고 콜로니 선착장으로 향했어. 보통 콜로니를 방문할 기회가 있으면, 여기저기 둘러보는 습관이 있었지만 그때는 그럴 마음의 여유가 없었지. 심장이 터질 듯이 뛰고, 눈물이 나더라. '이런 내가 아닌 결과다.' 제대로 해석도 불가능했던 그 번역문이 어떤 뜻인지 알 것 같았지. 지구주의자인 내가 끝난다는 뜻임에 틀림없었어. 잘은 모르겠지만, 그걸 느낀 나는 내가 아니게 될까 봐 두려워서 자살을 했던 거야.

지구주의자 출신이라서, 영원히 지구주의자여야만 한다는 이 야기가 아니야. 문제는 이대로라면 나도 란처럼 완벽한 외우주 인류가 될 거고, 그러면 지구주의자로서의 나는 조금도 남지 않고 사라지게 된다는 거지.

그렇게 되는 원리는 모르겠어. 아까 이야기했지만, 아마도 각인교육 탓인 거 같아. 알겠지만, 각인교육이라는 게 뭘 배우는데 빠르고 편하긴 하지만, 뇌에 정보를 직접 새겨 넣는 방식이잖니. 무슨 차이냐고? 자아 형성에 큰 차이가 있지. 보통 배움은 자아 형성과 연결되기 마련이야. 이를테면, 나는 숫자를 배울 때 지구주의자 방식으로 배웠어. 내가 배운 셈은 과일의 개수나, 사냥한 동물의 마릿수와 연결되고, 또 수렵을 위한 라이플의 탄알 개수나 사냥터와의 거리… 그렇게 행성의 삶과 직결되지. 그러니까 자아와 숫자, 셈이 하나로 엉켜 있는 거야.

하지만 각인교육은 다르지. 내가 알기로 각인교육은 외우주 통합관리국에서 연구를 통해서 보편적이고 효율적인 방식으로 지식을 새겨 넣는 방식이야. 이를테면 숫자나 셈에 대한 지식은 공통 화폐인 플래티넘을 기준으로 각인되지. 외우주 출신의 사람들은 모두 플래티넘을 기준으로 숫자를 파악하고, 셈을 한다는 이야기야. 너도 그렇지 않니?

그러니까 외우주 사람들은 지식과 자아 형성이 별개로 이뤄져. 내 경우에는 화물선 조종을 배운다고 할 때, 실제로 운전해 보면서 지식과 경험을 동시에 쌓겠지만, 외우주 사람들은 각인교육으로 얻은 지식이 먼저 존재하고, 그다음에 실제로 운전해

보면서 지식과 현실 사이의 간격을 좁혀가는 거야. 결과는 같겠지만, 과정은 전혀 틀리지.

나는 이미 지구주의자로서 자아가 형성된 뒤에 뇌 전체를 대상으로 하는 시민 각인교육을 한 번 받았고, 그 다음에는 지식을 관련 부위에 각인하는 형식의 교육을 여러 번 받았지. 아마도 거기에 문제가 있을 거야. 내 뇌에 존재하는 지구주의자일 때 경험으로 얻은 자아로 형성된 지식과 각인교육으로 새로 얻은 자아 없는 지식이 충돌하기도 할 것이고, 그 각인교육으로 얻은 자아 없는 지식을 경험으로 소화하려다 보니, 뇌를 포함해서 신체 구성이 외우주인류 쪽으로 바뀌어 가는 것 같았어.

내 생각이 맞든 틀리든, 그건 중요한 게 아니야. 또 그깟 생식기가 사라지건 말건 그것도 하나도 중요하지 않았지. 지구주의자인 내가 사라져 버린다는 거, 그게 너무나 무섭고 두려웠어. 어떻게 해야 날 지킬 수 있을까 고민하고 또 고민하다가 떠올린 게….

바로 너였단다."

7

클론 재생성 기술의 대중화는, 생식기가 퇴화할 만큼 외우주인류에게 큰 영향을 끼쳤고, 외우주의 인구수를 일정 수치에 영원히 고정시켰다. 그렇게 지난 6만 년 동안, 외우주의 인구수는 늘려야 할 만큼 주는 일도 없었고, 줄여야 할 만큼 늘지도 않았다. 따라서 누군가가 정말로 죽어서 사라지길 원하거나, 또는 굳이 낳아서 늘리길 원하는 일은 극히 드물고도 특수한 경우에 속했고, 그런 특수한 경우는 외우주 통합관리국이 민감하고 치밀하게 통제하는 영역이었다. 그러니, 어머니가 알로트를 낳기 위해서는 수많은 관문을 넘어야 할 필요가 있었다.

가장 먼저 아이를 낳으려는 이유에 대해 인터뷰를 몇 번이고 거쳐야 했고, 기관의 인정을 받을 때까지 양육 계획을 작성하여 제출하고 반려받고 수정하고 다시 제출하기를 반복해야 했고, 그다음으로 양육 관련 교육을 이수하여 자격을 얻은 뒤에 양육 책임 각서까지 쓴 다음, 마지막으로 계획을 충족할 수 있는 양육 자금 예치를 끝마쳐야 아이를 낳아도 된다는 허가가 떨어졌다. 그렇게 어머니가 알로트를 낳기 위한 허가에 받는 데 들어간 시간이 25년이었다.

그렇게 지난한 세월을 거쳐 허가를 받은 뒤에는, 그저 돈과 시간만이 문제였다. 어머니는 통합관리국에서 번식 절차를 밟는 동안 미리 찾아놓은 공여자의 DNA를 들고, 고전적인 물질 배양 방식을 고집하는 번식 회사를 찾아 알로트를 의뢰했다. 그리고 시간을 기다려 마침내 알로트가 태어난 뒤에 배달을 받는 대신, 직접 회사 로비를 찾아가 알로트를 품에 안았다.

"지구주의자들 사이에서는 배 아프게 낳은 자식이라는 표현이 있는데, 그렇게 고생해가며 낳은 자식이라서 더 소중하게 느껴진다는 뜻이야. 하지만 꼭 배가 아프지 않더라도 넌 참 소중

하더라.”

어머니의 양육 계획은 시작부터 지구주의자다운 면모가 있었다. 보통 1개월이면 끝나는 고속 배양을 마다하고, 실제 지구주의자들의 평균 임신 기간인 10개월로 배양 기간을 설정했을 뿐만 아니라, 안전한 서너 살 상태의 아이가 아니라 갓난아기를 원했다.

“처음으로 내 품에 널 받아 든 순간을 아직도 기억해. 따뜻하고, 가볍고, 작은 숨소리도, 자고 있던 얼굴도.”

한참 동안, 모닥불만 바라보던 어머니 밀레나가 겨우 고개를 돌려 알로트를 마주 봤다.

“아무튼 단지 내 자살을 막아보려고 널 낳았다고 오해는 하지 않았으면 좋겠구나.”

알로트는 픽 웃으며 고개를 가로저었다. 그런 생각은 해본 적도 없었다. 심지어 자아를 잃을 위기에 몰려 알로트를 낳기로 했다는 이야기를 금방 듣고도, ‘어쩐지…’라거나, ‘그래서 그랬구나’ 하고 짚이는 구석 역시 없었다. 기억 속에 남아 있는 어머니와 함께한 7, 8백 년은, 그저 평범했다. 항상 좋고, 행복했다고 할 수는 없지만, 그래도 충분한 사랑을 받으면서 자랐다. 적어도 어머니가 알로트에게 무슨 용도나 목적의식을 품은 일은 없었다고, 만코마는 스스로가 확신할 수 있었다.

“알아. 내가 바보도 아니고.”

외우주 47-GE를 떠난 이후로 단 한 번도 방랑을 멈춘 적이 없었던 어머니는, 통합관리국에 제출한 계획대로 알로트가 생식기 퇴화를 마치고 성인이 될 때까지 그 좋아하는 여행을 멈추고 콜로니에 정착하기까지 했다. 그렇게 기억도 나지 않는 어린 시절부터 어머니는 항상 알로트의 곁에 있는 유일한 친구였다.

식사도, 운동도, 산책도, 놀이도 함께 했고, 잠들기 전에는 어머니가 들려주는 신기한 이야기들을 들을 수도 있었다. 형편이 되는 한도 내에서 배우고 싶은 교육은 전부 받게 해주었고, 해보고 싶은 일도 해보면서 지냈다. 유일한 흠이 있었다면 어머니가 늘 되뇌던 또래 친구가 없다는 점이었지만, 어디까지나 어머니의 아쉬움이었고, 알로트는 크게 아쉬울 것도 없었다. 거기다 외우주 67-RD에서 태어나는 신생아는 1년에 3만 명 남짓이었고, 어린아이들끼리의 교류는 인류의 피상적 교류방지법안에서 제외된 부분이라 어쩔 수 없기도 했다.

그렇게 부족하지 않은 유년기를 거쳐, 생식기 퇴화기를 맞이한 알로트는 육아 현황 관리국에서 나온 공무원이 희망 진로에 관해 묻자 아무런 망설임도 고민도 없이, 대부분의 신생아가 그렇듯이 어머니를 따라 가업을 함께할 생각이라고 밝혔다.

"나는 엄마에게 어땠어?"

문득 그런 의문이 떠올랐다. 밀레나가 어떤 동기로 알로트를 낳았다 하더라도, 알로트에게 있어서는 훌륭한 어머니였다. 그렇다면 반대로, 나는, 알로트는 어머니에게 어떤 딸이었을까. 뜻밖의 질문이었는지, 어머니 밀레나가 조금 놀란 표정을 짓는다.

"그건….."

한참이나 말없이 알로트를 바라보던 어머니는 모닥불을 향해 고개를 돌리더니, 불쏘시개로 불을 뒤적인다.

"널 만나고부터 다시 사는 재미를 찾았지."

모닥불의 빛을 받아 노을 빛깔로 일렁이는 얼굴로, 어머니 밀레나는 수줍게 미소 지었다.

"하루하루가 정신을 못 차리게 재미있었거든. 뭐든 처음은 재미있다고 해도, 너는 정말로 지루할 틈이 없는 아이였지. 매일 잠깐 눈을 뗀 사이에도 자라나더라. 앉아 있지도 못하더니, 일어나 앉아서 배밀기를 하고, 그 다음에는 기어 다니기 시작하고, 짚고 일어서고, 그리고 걷고, 말을 하고 날 부르고, 웃고 울고…. 자살할 틈을 주지 않았지. 그러더니 금세 어른이 되어서는 날 따라 화물 운송을 하겠다고 하더라. 같이 다니다가 클론 재생성을 하고 눈을 떴더니, 나보다 늙은 널 마주했던 기억도 나네. 자매처럼 보이는 나이일 때도 있었고…."

이야기를 늘어놓던 어머니가 문득 말을 멈추고 숨을 들이마신다. 그러고 보니 지난 7백여 년간의 추억 속에, 어머니가 자살했던 기억은 없었다.

"그런데 같이 살면서 엄마가 자살하는 걸 본 적이 없네."

그러자 어머니가 히죽 웃으며 대답했다.

"그래, 자살은 안 했지만, 너한테 서너 번 죽어보긴 했지. "

"두 번이야."

짓궂은 미소를 지어 보이는 어머니에게 알로트는 샐쭉거리며 답했다. 절대로 다투거나, 원한을 품었다거나 하는 험한 이유로 발생한 일은 아니었다. 아직 만코마는 1호기의 운전에 익숙하지 않던 시절, 어머니 밀레나의 클론이 담겨오는 배달 포드를 그만 제대로 받아내지 못하고 부숴버렸을 뿐이었다. 두 번 연속으로 일을 저지른 건 스스로 생각해도 좀 아니긴 했지만, 화물선 조종을 각인교육만 받은 상태에서 처음으로, 그것도 어머니가 곁에 없는 상황에서 홀로 운전한 탓도 있었다.

"그래, 그것도 나름 괜찮은 일이지. 덕분에 화물선 운전도 더 잘하게 됐잖니. "

어머니 밀레나는 그동안 수천 번은 나누었을 농담을 마치 처음 하는 것처럼 마무리하고는 한참을 크게 웃었다. 그렇게 한참을 웃다가, 겨우 웃음을 멈춘 어머니는 한숨을 길게 내쉬더니 고개를 가로저었다.

"그래도 이제는 때가 된 거 같아."

"뭐가?"

"죽을 때 말이다."

"꼭 그래야 돼?"

멀리 두고, 멀리 두어버렸다는 사실조차 차라리 잊어버리고 싶었던 이야기를 다시 꺼내는 어머니를 향해 알로트는 인상을 쓰며 물었다.

"지난 칠백 년 동안, 자살하지 않게 된 게 아니야. 참을 수 있었던 거지. 가만히 앉아 있는데, 순간 울컥하고 자살 충동이 일곤 했어. 다행히 널 보면, 널 생각하면 충동이 잦아들어서 버틸 수 있었던 거야."

"그러니까, 나랑 있으면 자살하지 않고 평범하게 살 수 있는 거잖아."

조금 격앙된 목소리로 쏘아붙이는 알로트에게 어머니 밀레나는 어깨를 으쓱해 보였다.

"그게 문제가 아니야. 자살을 참을 수 있게 된 거지, 자아가 죽어 가는 건 막을 수가 없었어."

"아니, 그러니까 그 자아가 죽는다는 게 무슨 소리야?"

자아가 죽는다는 이야기, 무슨 어린 감수성에 젖어서 할 말이 아닌가. 차라리 뇌세포가 죽어 간다면 이해하려고 해보겠지만, 아무런 물증도 없는 그저 그런 것 같다는 느낌에 죽음을 결심하다니 도저히 이해가 가질 않았다.

"우리 같이 우주로 나가기로 정하면서, 일을 나눠서 맡았지?"

같이 우주로 나가서 운송업을 하겠다는 알로트에게, 어머니는 동업자로서 일을 맡겼다. 알로트는 주로 세금이나, 거래 업무, 운송 계획과 같은 업무를 맡고, 어머니는 만코마는 1호의 운전이나 수리를 맡았다.

"그게 뭐?"

"사실은 자살 충동을 촉발하는 부분이 무엇인지 알아냈거든."

"세금 계산이 자살 충동을 일으킨다고?"

문득 예상이 되면서도, 어쩐지 엉뚱한 질문을 해버린다. 어머니는, 잠깐 말이 없다가 알로트를 향해 고개를 돌렸다.

"숫자가 계기였지. 뭐든 숫자를 생각하고, 좀 길게 복잡한 셈을 하다 보면 갑자기 머릿속이 엉망이 되면서, 죽고 싶어지더라. 똑같은 숫자라도, 네가 말하는 999와 내가 말하는 구백구십구는 무언가 달라. 머릿속 어딘가 충돌이 생겨서 그렇게 된 거겠지. 아무튼 중요한 건, 그렇게 숫자를 셈하다 보면 자살하게 되더라고. 그래도 차라리 충동이 있는 편이 좋았어."

어머니의 목소리가 떨린다.

"요전에 뭔가 좀 부탁하려고 했더니, 네가 자고 있었거든. 모처럼 푹 자는 것 같길래 깨우기도 뭐하고 해서 무심결에 내가 하지, 뭐… 하고 생각하고 조종석에 앉아서 궤도 계산을 한참 하고 있다가, 문득 깨달은 거야. 이렇게 몇 시간 동안 계산을 하고 있는데, 아무렇지도 않더라. 정말 아무것도 느껴지지 않더라. 이러면 내가 아니고, 구백구십구가 아니고, 999더라고."

알로트를 바라보던 어머니 밀레나의 눈동자가 크게 흔들리더니 순간 흐려지고, 눈물을 길게 흘린다. 오랜만에 보는 어머니의 눈물이었다. 어릴 적, 다친 알로트를 붙잡고 어쩔 줄 모르던 때 이후로, 아마도 몇백 년 만에 보는 눈물이다.

"언젠가는 이 넓은 우주의 끝에서 끝까지 구석구석 즐기고 싶던 때가 있었어. 그러니까, 솔직히 말하자면 클론 재생성을 관두고 죽는다는 생각 따위 단 한 번도 해본 적이 없었고. 하지만 그게 내가 아니면 무슨 소용이니. 나는 내가 아닌 나로 사는 건 정말 싫어. 죽는 것보다도 더."

어쩐지 모르게 어머니의 눈을 피하고 싶었다. 아니, 외면하고 싶었다. 그렇지 않으면, 정말로 어머니가 죽겠다고 내린 결정을 피할 수 없게 될 것만 같았다. 하지만 몸이 움직이질 않았다.

"그래도 용케 여기까지 온 거야. 우연처럼 우주로 나오는 소원을 이루더니, 아무 노력도 없이 삼천구백 년을 더 살면서 온갖 재미있는 경험은 다 겪었지. 여기서 더 바라면 욕심이다 싶기도 해. 이제는 잘 마무리하는 것만 남은 거지.”

결국에는 알로트도 시선이 뜨겁게 달아올라버렸다. 보이는 모든 것이 번지더니, 아래로, 흘러내린다.

“마무리는 어떻게 하는 건데?”

이제는 눈물을 눈가에 담은 채로, 어머니가 희미하게 웃었다.

“이제 널 놓아줘야지.”

“날 혼자 두는 게 마무리야?”

결국은 감춰 두고 싶었던, 솔직한 마음을 드러내버리고 만다. 혼자가 된다는 것, 그것이 싫고 무서웠다. 어머니는 그저 미소 지으며 되물었다.

“그럼, 너는 나랑 언제까지 살 생각이었니? 사실은 이 행성이 아니라 다른 행성에 가보고 싶었다거나. 화물 수송 말고 다른 직업을 가져보고 싶다거나? 그래서 언젠가는 꼭 독립하고 싶다거나 하는 생각은 해본 적이 없었니? 언제까지고 내 옆에 있을 생각이었어?”

“다들 그러잖아.”

외우주에서 태어나는 신생아들은 대개 부모의 직업을 따르는 삶을 산다. 외우주에서 스스로를 여러 명 만드는 것은 법으로 절대 금지다. 그러니 부지런하게 사업을 하다가, 확장이 필요해지면 아이를 낳아 맡기는 경우가 대부분이다. 부모의 직업이 싫다고 하더라도, 외우주의 인구는 그렇게 늘지도 않고, 그렇게 줄지도 않기 때문에 새로운 일자리는 거의 없다.

통합관리국의 관공서에서 마지막으로 일자리가 났던 것도 6천여 년 전에 한곳 있었을 뿐이고, 빈자리가 많이 나는 일자리는 주로 작업자가 클론 재생성을 할 돈이 없어 빈 자리가 빈번하게 발생하는 위험하고 낮은 자리가 전부다.

그렇게 거의 모든 신생아는 각인교육부터 부모가 원하는 교육만을 받고, 자라는 환경에서 익숙해지는 것도 부모의 직업이라, 어지간히 부모와의 사이가 틀어지거나 특수한 경우가 아니라면, 부모가 주는 직업을 받아들이고 살아가기 마련이다.

"아니야, 내가 널 그렇게 되지 않게 하려고 얼마나 노력했는데 그러니. 화물선 한 척 더 몰기 위해서, 그런 의도로 널 낳은 게 아니란 말이야."

알고 있었다. 알로트는 자신이 어머니와 함께하기로 정했다고 말했을 때, 잠시 동요하던 어머니의 표정을 실망까지는 아니더라도, 예상하지 못한 일을 맞닥뜨린 마냥 동요하던 몸짓을 기억하고 있었다.

"그럼 난 어떡해? 혼자 되면 뭘 해야 돼?"

수많은 것들을 각인교육으로 배우고 익혔지만, 혼자가 되는 것도, 살면서 무얼 해야 하는지 알아내는 방법도 배운 적이 없었다.

"모르지. 나도 내가 이렇게 될 줄 알고 살아온 게 아니야. 그냥 그때그때 닥쳐온 상황에 내가 하고 싶은 대로 살아온 거야. 우연히 부모님을 일찍 잃었고, 그러다 보니 절대 불가능했던 선택을 할 수 있어서, 우주로 나와서 어쩌다 외우주 망명자가 되고, 우연히 여기에 와서 널 낳았지. 그러니까 벌써부터 걱정하지 마. 결국 너도 네가 원하는 대로 살게 될 테니까."

어느새 눈물을 멈춘 어머니가 미소를 지으며 답한다.

"풍토병은 아니지만, 나도 죽을병에 걸린 셈 아니겠니. 그러니까 너도, 나처럼 우연으로라도 살길을 찾게 될 거야."

부인할 수 없는 대답에, 알로트는 슬쩍 눈길을 어머니에게서 하늘로 돌렸다.

"그러면, 한 3, 4천 년 확 쉬어버리는 건 어때? 내가 해결책을 찾아볼 수도 있잖아."

"그럼 너는 일이 해결될 때까지 하염없이 날 기다리며 살 거 아니니."

어머니는, 마음먹은 일은 절대 굽히거나 바꾸지 않는다. 그래도 미련이 남아 알로트가 넌지시 건네는 제안을, 담담하고 단단한 목소리로 거절했다.

"나는 네 지구가 될 생각이 없단다."

흔들림 없는 목소리, 흔들림 없는 눈동자…. 그렇게 어머니는 어느 날 문득 알로트에게 이별을 고했다.

8

잠에서 깨고 보니, 해가 중천에 떠 있었다. 알로트는 긴 한숨을 내쉰 뒤, 어제의 오랜 산행으로 쑤시는 몸을 움직여 자리에서 일어나 짐을 챙겼다. 접이식 의자부터 난로까지 모두 큐브로 되돌려 배낭에 담고, 어제 조금 남겨둔 물을 담은 텀블러를 들고, 천천히 길을 따라 걸음을 옮겼다. 어제저녁, 오랜만에 어머니 밀레나를 떠올렸던 탓일까. 평소에는 꾸지 않던 꿈을, 어머니와 작별하던 날의 꿈을 꾸었다.

더 이상 선내 유영마저 힘들 만큼 나이가 든 어머니가 문득 며칠 신세를 지겠다고 하더니 그대로 앓아 누웠다. 알로트는 침대에 누운 어머니를 내려다보며, 어느 행성의 모닥불 앞에서 죽겠노라고 이야기를 나눈 지 20여 년이 흘렀어도, 스스로가 마음의 준비를 전혀 하지 못했다는 사실을 깨달았다. 무얼 해도 손이 떨리고, 가슴이 답답하고, 눈물이 흘러나왔다. 보다 못한 어머니가 죽어가는 중에 애써 농담을 건넬 정도였다.

"내가 자살을 왜 하는지 전혀 모를 때 말이다. 혹시, 어쩌면 우리 종파가 지구에 도착해서 구원이 실현되고 있는 건 아닐까 싶었어. 나도 지구에서 부활해야 하는데, 멀쩡히 살아 있으니 죽게 만드는 게 아닌가 하고. 그러니까, 어쩌면 그게 정말이라면 내가 깔끔하게 죽는 거 포기하고, 부활해서 널 만나러 다시 올게."

그 농담에 기대어 잠깐 웃었던 것도 같다. 재미가 있어서라기보다는 정말로 그랬으면 좋겠다는 바보 같은 희망에 기댄 웃음이었을 것이다. 그렇게 사흘이 지난 뒤에는 농담은 물론이고 짧은 대답조차 하지 못하게 된 어머니 밀레나는 결국 앓아누운 지 열흘이 되던 날에 조용히 숨을 거두었다.

"우는 건 당연한 거야. 나도 그랬으니까."

조종석을 봐도 눈물이 나오고, 어머니가 알로트를 위해 냉동고에 숨겨놓은 소고기 스테이크를 발견하고 울고, 두 사람에게 좁던 침대에 홀로 넓게 누워서 울고, 깨어나 혼자라는 사실을 떠올리고는 또 울었다. 어머니의 죽음을 확정하기 위해서 외우주 통합관리국에서 장례 처리선이 도착하고, 혹시 모를 신분 위장이나 신분 판매를 방지하기 위해 관리자 입회를 통하여 어머니의 시신을 원자 분해하던 순간까지 눈물이 멈추지 않았다.

그렇게 영원히 멈추지 않을 것만 같던 눈물이 멈춘 것은 장례식이 끝나고 혼절하듯 잠이 들었다가 깬 후였다. 겨우 눈물이 멎은 뒤에 알로트가 처음 한 일은, 클론 DB의 갱신이었다. 도저히 같은 과정을 다시 견딜 자신이 없기 때문이었다.

"온몸이 뜨겁게 달아오를 만큼 울고 나면, 그러면 점차 식을 거야. 난 이제 부모님 얼굴도, 목소리도 기억이 나질 않아. 조금만 참으면 된다."

다행히, 어머니가 남긴 이야기 그대로 알로트는 곧 혼자라는 사실에 적응할 수 있었다. 가끔씩 없는 사람을 향해 말을 걸거나 하는 일도 줄었고, 화상 데이터가 없으면 어머니 밀레나의 얼굴은 흐릿했고, 목소리도 말투 외에는 떠올리기 힘들었다.

다만, 어머니 밀레나가 이야기했던, 알아서 찾게 될 거라는 하고 싶은 일은 시간이 흘러도 딱히 떠오르거나 하진 않았다. 운 좋게 목돈을 벌어 만코마는 2호를 구입하면서, 운송에서 채굴까지 사업 영역을 넓히기는 했지만, 어머니가 말했던 하루하루가 신나는 경험 같지는 않았다.

"⋯⋯."

그런 생각과 함께 얼마나 걸었을까, 하늘에 옅은 저녁노을이 질 무렵, 평탄한 산길 끝에 마침내 작은 주거 지역의 입구가 모습을 드러냈다. 구역을 정사각형으로 가두는 무릎보다 낮은 벽, 그리고 아치 모양이었을 것처럼 보이는 입구 구조물의 잔재, 그리고 입구를 지난 안쪽에 정사각형의 넓은 공간과 그 구석에는 키 작은 거주용 건물이 두 채 있었다. 위성 사진으로 본 그대로였다.

가장 눈에 띄는 건 낮은 벽과 안쪽 바닥을 가득 메운 하얀 타일의 바닥이었다. 7천 년 동안, 비바람과 반감기를 거치며 닳고 부서지고 무너져 내린 부분이 보여야 할 텐데, 거의 대부분이 멀쩡한 모습이었다. 그리고 벽과 바닥의 타일에는 모를 문자들이 빼곡하게 음각으로 새겨져 있었다. 조금이지만 배워놓은 지구어 지식으로 단어 하나 알 수 없는 것을 보면, 아마도 암호문인 듯싶었다. 알로트는 손목 패드로 드론을 조작하여 문자를 스캔해보았지만, 역시 어디에도 맞아 들어가는 기록은 없었다.

산등성이의 작은 평지에 뜬금없이 지어진 시설이었다. 비바람 맞기에도 딱 좋고, 온갖 풀 나무에 둘러싸이기도 딱 좋은 곳이건만, 시설은 7천 년이 넘도록 멀쩡하고, 심지어는 음각 문자까지 그대로 남아 있는 것을 보면, 지면을 다질 때부터 온갖 특수 처리를 거친 뒤에 특수한 소재로 건축했음을 짐작케 했다.

설마 군용은 아니겠지. 알로트는 곁에서 날고 있는 호위 드론

한 쌍을 최고 성능을 내도록 설정한 다음, 조심스럽게 입구 안쪽으로 한 발 내디뎠다. 부츠 아래로 밟히는 타일의 딱딱한 소리가 울렸다. 그 소리에 잠깐 움츠렸던 알로트는 등 뒤에 바짝 붙어 따라오는 호위 드론을 흘끔 바라보고는, 긴 숨을 한 번 내쉰 뒤 안쪽에 서 있는 건물을 향했다.

다행히 건물 바로 앞에 도달할 때까지 방어용 터렛이나 드론이 튀어나오는 일은 일어나지 않았다. 먼저 오른쪽 건물 앞에 도착한 알로트는 슬쩍 외관을 훑어보았다. 낮은 벽과 바닥 타일과 마찬가지로 알아먹을 수 없는 문자가 건물 외벽을 빈틈없이 채우고 있었다. 다만 사람 둘이 드나들 수 있을 만한 넓이의 문 위에는 아무런 문자도 보이지 않았다. 도대체 문에는 왜 아무것도 쓰지 않은 걸까. 알로트는 문으로 한 걸음 다가가 손을 대고 길게 쓰다듬어 보았다. 정확히 알 수는 없지만, 장갑 아래로 미묘하게 느낄 수 있는 묘한 에너지 흐름에 기대어 판단해볼 때, 아마도 꽤 고급 소재인 카타니움 금속을 이용해 만든 것 같았다.

"허."

카타니움은 플래티나만큼은 아니어도 그래도 꽤 돈이 되는 금속이다. 구조가 치밀하고, 녹슬지도 않고, 에너지 흐름과 파장을 잘 가두는 성질을 지닌 한없이 오래가는 금속으로 주로 1만 년 이상의 수명이 담보되어야 하는 이종 물질 탱크에 쓰였다.

이 특수한 금속 위에 음각으로 무언가를 새기려면 막대한 에너지가 필요하니, 뭔가 적을 엄두가 나지 않았으리라. 아무튼 이건 떼어가도 되겠네. 뜻밖의 발견에 감탄사를 뱉은 알로트는 문에서 물러나 조그마한 건물을 한 바퀴 돌아보기 시작했다.

외우주 67-RD 통합관리국이 제공하는 개인용 거주 시설을 적절하게 재활용한 건물이었다. 살짝 보이는 건물 옥상에는 송풍기의 흔적이 남아 있었고, 태양을 향한 방향에 위치한 작은 창문 가에는 역시 카타니움 소재처럼 보이는 금속 셔터가 내려가 있었다. 모를 암호문이 빼곡하게 새겨진 건물의 벽도 조금 전에 봤던 낮은 벽과 바닥 타일처럼, 정확히 어떤 소재인지는 모르겠지만 유실된 부분은 고사하고 표면 균열조차 찾아보기 힘들었다.

그렇게 건물을 한 바퀴 돌아 다시 문 앞에 선 알로트는 먼저 슬쩍 단단한 카타니움 소재의 문을 밀어보았지만, 역시나 조금도 움직이지 않았다. 호위 드론에 붙어 있는 무기라면 문을 부수거나 할 수도 있겠지만, 이 단단한 금속을 부수려면 시간도 시간대로 들고, 유실될 금속의 양을 생각하면 너무 아깝기도 했다. 남은 방법은 건물 벽을 부수고 들어가는 것뿐이지만, 안에 무엇이 들어 있는지 모를 상황에서 마음 편하게 시도할 방법은 아니었다.

열리지 않는 문을 가만히 바라보던 알로트는 문득 문 옆에 있는 스위치를 발견하고는, 잠시 망설이다 손을 들어 아무 기대 없이 꾹 눌렀다.

"어?"

그러자, 절대 움직일 리 없는 문이 낮은 소리를 내며 양옆으로 열리기 시작했다. 7천여 년을 방치되어 있던 구동 장치가 멀쩡하게 움직이다니! 알로트는 놀란 마음으로 뒤로 물러섰다. 아주 느리기는 해도, 문은 분명 천천히 열리고 있었다.

"도대체…."

아무리 생각해도 이해가 되지 않는 광경이었다. 보통 지구주의자들의 기술은 당연하다고 생각해도 좋을 만큼, 외우주인류에 비하여 한참이나 뒤처지기 마련이었다. 그나마도 이곳에 남아 있는 지구주의자들의 유산은 지금으로부터 7천여 년 전의 기술로 만들었을 테니, 실질적으로 거의 9천 년 정도는 뒤처진 기술이 사용되었을 것이다.

문이야 카타니움 금속으로 주조했으니 긴 시간 동안 멀쩡할 수 있다고 하더라도, 구동 기관까지 이렇게 멀쩡할 수는 없었다. 만약 구동 기관에 들어가는 부품까지 카타니움을 사용했다면 어느 정도 납득을 할 수 있지만, 카타니움은 무척이나 드물고 값비싼 금속이다. 그런 비싼 금속으로 구동 기관같이 저급한 부품을 만들 수 있는 재력은, 아마도 외우주에도 없다. 하물며 목적지가 확실하다는 점만 빼면 그저 난민이라고 불러도 이상할 것 없는 지구주의자들에게 그런 돈이 있을 리가 없었다.

그러고 보니, 시설을 가둔 낮은 벽부터, 바닥을 빼곡하게 매운 타일, 그리고 건물 외벽의 상태도 지나치게 깨끗했다. 7천여 년이라는 세월 동안 방치되었음에도, 그저 청소를 몇 개월 정도 하지 않은 정도로 보이는 건, 분명히 부자연스러운 광경이었다. 소재도 그렇게 특별한 종류는 아니었고, 별도의 처리를 한 것 같지도 않았다.

"……."

어느새 문은 다 열리고, 건물 안쪽이 모습을 드러냈다. 살짝 정사각형에서 벗어난 직사각형의 건물 안쪽에는 살짝 보랏빛이 도는 그늘이 지고 있었다. 수상한 느낌이 든 알로트는 호위 드론으로 다시 한 번 주변을 스캔했지만, 위험 요소는 감지되지 않았다. 알로트는 보랏빛 그림자가 드리운 건물 안쪽 공간을 한참 바라보다가, 결국 수색을 계속하기로 마음먹었다. 이 궁금함을 참지 못하는 성격은, 아마도 어머니 밀레나에게서 물려받은 것이리라.

자신의 무모함에 혀를 차면서, 알로트는 활짝 열린 문으로 먼저 상체만 살짝 기울여 들이밀었다. 어두운 보랏빛 그림자가 드리운 건물 안에는 빛을 받아 현란하게 빛을 발하는 먼지와 먼지에 덮인 가구들이 보였다. 아마도 유가바수다라는 사람이 이곳에 머물며 살던 흔적인 듯싶었다. 싸구려 소재로 만든 것 같은 가구들은 그 위에 쌓인 먼지만 아니라면 방금까지 누가 사용하기라도 했던 것처럼 본래의 모습을 여전히 갖추고 있었다. 어쩐지 유가바수다라는 남성까지 멀쩡한 모습으로 나타날 것만 같은 풍경을, 알로트는 한참을 바라보았다.

그래도 미라는 없어서 다행이네. 그렇게 속으로 중얼거린 알로트는 안쪽으로 기울였던 몸을 빼내어 왼쪽 건물로 걸음을 옮겼다. 소리를 울리는 타일을 밟으며 선 왼쪽 건물의 문 역시 카타니움 소재의 미닫이문이었다. 이번에는 망설임 없이 문 옆에 있는 스위치를 누르자, 둔중한 소리와 함께 문이 열렸다. 움직임이 둔하기는 해도 아무런 문제도 없이 끝까지 열리는 문과 역

시 빛을 받아 현란하게 춤추는 먼지가 가득한 왼쪽 건물 안쪽에
는 오른쪽 건물과는 달리 아무것도 없었다.

"아…."

아쉬운 기분으로 건물 안쪽으로 기울였던 상체를 바로 세우
려던 알로트는 문득 텅 빈 공간의 바닥에 놓인 커다란 상자를
발견했다. 먼지가 수북하게 쌓인 그 커다란 상자는, 7천여 년
전은 물론 지금까지도 저렴한 가격에 판매 중인 데이터 블랙박
스였다. 데이터를 그저 오랫동안 유지하는 데 목적을 둔, 무겁
고 단단한 디스크 박스였다.

"……."

발견 자체는 흥미로워도, 신경 쓰이는 건 안에 들어 있는 데
이터였다. 저 안에 있을 가장 가능성이 큰 데이터는 아마도 유
가바수다라는 사람이 남긴 유언이겠지. 아마도 홀로 남은 자신
의 상황이나 생각 등을 하염없이 담은, 그런 자신만의 감정이
담긴 그런 내용일 것이다. 그렇게 큰 가치도 없을 것이다.

아무것도 없는 바닥 한가운데 가만히 놓인 데이터 블랙박스
를 한참 바라보던 알로트는 문득 진하게 드리우기 시작한 석양
을 바라보고는 한숨을 내쉬며, 건물 안으로 들어가 쓸데없이 크
고 무거운 데이터 블랙박스를 두 손으로 집어 들었다. 어차피
도시로 돌아가기에는 시간이 너무 늦었다. 일단 오늘은 이곳에
서 자기로 하고, 남은 시간 동안 해석이나 한번 해보자. 자기연
민에 가득 찬 유언이라면 꺼버리고 바로 자버리면 될 테니까.

9

"아, 안녕하신가요? 지구 회귀자 이민김유가 가문의 771대손 유가바수다입니다."

데이터를 재생하자마자 화면 안으로 조금 긴장한 표정의 남성이 나타나 떨리는 목소리로 인사를 건넨다. 어색하지만 어떻게 배웠나 싶을 정도로 부드럽게, 외우주 통합관리국에서 지원하는 공통 지구어로 인사를 건넨 남성이 일단 말을 멈추고 어색하게 웃는다.

지구주의자 특유의 유전병으로 피가 흐르는 머리카락이 햇살을 받아 붉게 빛이 나고, 좌우 눈동자 색이 다른, 그린 듯한 지구주의자 남성이었다. 나이는 어림 잡아 마흔 정도, 하지만 지구주의자답지 않게 어딘가 편안하고 느긋해 보이는 표정을 짓고 있었다. 알로트는 안락의자에 기대어 진짜 커피와 똑같은 98.7퍼센트 재생 커피를 반모금 입에 머금고는 유가바수다의 다음 이야기를 가만히 기다렸다.

"먼저, 이건 일기가 아닙니다. 유언 같은 것도 아니고요. 목적이 있어서 만드는 기록입니다."

하지만 뭔가 보물을 숨겨둔 곳을 알려주지도 않겠지. 속으로 그렇게 중얼거린 알로트는 그래도 자기연민에 가득 찬 유언이나 자아 기록이 아니어서 다행이라는 생각과 함께 입에 머금었던 따뜻한 커피를 꿀꺽 삼켰다.

"일단, 이 데이터는 외곽 우주 육십칠-RD 구역에서, 삼천사백육십팔년부터 삼천오백육십이년까지, 약 구백칠십판년간 행성에 거주했던 지구 회귀자 이민김유가 가문의 후손들을 위해 남기는 영상입니다. 혹시 이민김유가 가문의 후손이 아니신 분이 이 영상을 보고 계신다면, 보시는 건 상관없지만, 블랙박스는 제자리에 놓아두셨으면 합니다."

후손들? 알로트는 유가바수다의 말에 고개를 갸웃거렸다. 모두가 버리고 간 이 행성에 후손들은 존재하지 않는다.

"어, 뭐라고 해야 하나. 일단 저는 우리 지구 회귀자 이민김유가 가문의 후손들이 지구에 도달했다고 믿어요. 지금이 우리 가문이 회귀 항해를 개시한 지 딱 천칠백 년 흐른 시점인데, 순조롭게 항해 중이라면 이제 지구 도착까지는 한 이천삼백 년 정도 남았겠죠? 아마 가는 동안, 좀 더 나은 기술을 받아들이고 하다 보면 더 빠르게 도착할 수도 있을 것 같고요."

이민김유가 가문의 지구는, 생각보다 가까운 우주 행성계에 있는 듯싶었다. 만약 그들의 예상대로 항해했다면 지금으로부터 4천7백 년 전 즈음에는 그들의 지구에 도달했으리라.

"나도 가고 싶었어요, 지구. 우리 인류가 시작된 곳이라니, 선조들의 세상이 궁금하기도 하고. 매주 한 번씩 모여서 선대의 사람까지 부활시킨다던 엄청난 건물들도 보고 싶고."

매주 한 번씩 모여서 자신들의 수명을 연장하고, 선대의 사람까지 부활시키는 건물이라… 확실하지는 않지만 이민김유가 가문의 지구주의자들은 오직 크리스천을 믿는 사람들인 듯싶었다. 부디스트도 있었다면, 아마도 때가 오면 절이라는 시설로 찾아가 선대의 부활을 시도한다는 이야기도 나왔을 것이다.

"그런데 솔직하게 말하자면 난 욕심이 많아서 말이죠. 가는 길에 죽는 여행은 떠나고 싶지 않았어요. 지구에 도착하기 앞으로 백 년 정도 남았다면, 이 악물고 버텨볼까 싶을지도 모르지만, 내가 사천 년을 살 수 있는 것도 아니고. 그렇다고 외우주인들처럼 사는 건 좀 아니다 싶기도 하고요. 말이 좋아 클론 재생성이니 해도 결국 난 죽고, 내가 아닌 내가 내 자리를 대신할 뿐이잖아요."

그리고 클론 재생성에 대한 부정적인 시각도 지구주의자 다 웠다.

"물론 지구로 가는 길에 함께하는 것도 의미가 있지만, 개인적으로 의미가 있는 일이 하고 싶었어요. 딱 그 뿐이에요."

유가바수다는, 짐짓 진지한 표정을 지으며 말을 이었다.

"솔직하게 말하자면, 나는, 지구도, 부활도 믿지 않아요."

돌연한 고백이었다. 어머니 밀레나 같은 지구주의자가 또 있었구나. 알로트는 이제 혼자 남아 아무도 뭐라고 할 사람이 없을 텐데, 자신의 발언에 잔뜩 긴장한 표정의 유가바수다를 멍하니 바라보았다.

"정확히 말하자면, 나는 우리 지구 회귀자 가문이 지구와 지구를 오가고 있을 뿐이라고 생각해요. 우리가 지구라고 지목한 ZPEEW-오백일번 행성부터 그 행성으로 가는 길목까지, 도대체 언제적 기록인지 모를 문헌에서 찾아낸 거잖아요. 여기 FEM-

삼천삼백십구 행성도 마찬가지고요. 물론 일이 터져서 일찍 떠나기는 했지만 말이죠."

긴장한 표정으로 불경한 이야기를 늘어놓는 유가바수다의 목소리가 희미하게 떨린다.

"그러니까, 제 생각에는 우리 지구 회귀자들은 몇십만 년 동안, ZPEEW-오백일 번에 도착해서는 외우주 KKW-이백칠번 섹터의 RTO-이십구번 행성을 지구라고 생각하고 출발하고, RTO-이십구 번 행성에 도착해서는 다시 ZPEEW-오백일번을 지구라고 생각하고 출발하는 일을 반복하고 있는 것 같아요."

알로트가 어머니 밀레나의 영향으로 알게 된 지구에 대한 지구주의자들의 태도는 믿거나, 반만 믿거나, 믿지 않거나 하는 정도가 전부였다. 이렇게 지구주의자들의 착각으로 두 개의 지구를 왕복하고 있다는 이야기는 처음이었다.

"지금까지 그냥 내 생각에 불과했을 뿐이지만, 여기 FEM-삼천삼백십구에서 난 증거를 찾아냈어요. 남길 잘한 거죠."

말을 마친 유가바수다가 화면 밖으로 모습을 감춘다. 이제 화면에는 지금 알로트가 앉아 쉬고 있는 시설이 보인다. 이 시설이 증거라고?

"묻고 싶어요. ZPEEW-오백일 번 행성을 떠나고 얼마 만에 여기 FEM-삼천삼백십구 행성에 도착했나요? 아마 삼천 년 정도 걸렸겠죠? 아니, ZPEEW-오백일 번에 도착한 우리 가문이 지구를 향해 떠나기 전에 얼마나 머물렀나요? 만 년? 이만 년? 십만 년 단위일 수도 있겠네요."

유가바수다의 목소리에 힘이 실린다.

"장담할 수 있어요. 지금 이 영상을 보시는 분이 아무리 오랜 시간이 걸려서 이곳을 찾았다고 하더라도, 적어도 십만 년은 이 모습 그대로일 거예요."

확신에 찬 목소리는 정말로 알로트의 눈 앞에 펼쳐져 있었다. 도대체 어떤 방법을 썼는지 모르겠고, 그것이 어떻게 증거가 되는지 모르겠지만, 이 시설 전체가 마치 시간이 멈춘 것처럼 유지되고 있다는 사실만큼은 정말이었다.

"일단 방법부터 알려줄게요. 혹시 숙소에 있는 문을 보고 눈치챈 사람이 있을지 모르겠지만, 이 시설은 알큐비에레 엔진, 정확히는 그 안에 들어 있던 이종 물질 탱크를 분해해서 만들었어요."

해괴한 교리와 생활방식, 그리고 유전병을 제외하고, 지구주의자를 대표하는 것이 또 하나 있다면 알큐비에레 비행일 것이다. 우주선의 주변 시공간을 왜곡하며 빠르게 나아가는 방법으로 우주를 가로지르는 알큐비에레 비행은 무려 70만 년 전에 개발된 항법이지만, 이후로 새롭게 개발되는 항법은 없었을 정도로 인류가 이룩한 우주 항해 기술의 정점이라고 할 수 있다.

이론상으로 1광년이라는 거리를 나흘 만에 주파할 수 있지만, 현재로서는 1광년을 이동하는 데 약 6개월이 걸리는 알큐비에레 비행은, 일단 무엇보다 이종 물질을 연료로 쓰는 만큼, 막대한 시간과 비용이 들기 때문에 외우주인류의 통합관리국도 겨우 몇 대만을 운영하고, 상용으로 운영하는 사업체도 외우주 섹터당 셋이면 많은 축에 속했다.

그렇게 제작부터 운영까지 천문학적인 자금이 필요한 알큐비에레 엔진이 바로 지구주의자들의 시작점이었다. 같은 교리를 믿는 지구주의자들이 서로 모여 수많은 세대를 거쳐 가며 자금을 모아 알큐비에레 엔진을 건조하고, 다시 또 자금을 모아 이종 물질 탱크를 마련하고, 그 다음으로 씨앗이 될 이종 물질을 구입하고, 마지막으로 마침내 이민용 수송선을 필요한 만큼 구입하고 나서야 겨우 출발 준비를 갖출 수 있었다.

그나마도 이종 물질이 농도가 짙은 곳으로 모여드는 성질을 지닌 덕에 이종 물질 탱크에 씨앗이 될 수 있는 소량의 이종 물질을 넣어두고 기다리기만 하면, 이자가 불어나듯 늘어나기에 망정이지 만약 특수한 공정을 거쳐 생성하는 것 외에는 손에 넣을 도리가 없는 물질이었다면, 외우주인류 역사를 통틀어 지구로 출발한 지구주의자들은 손에 꼽을 정도로 적었을 것이다.

"여기에 홀로 남아서 여기저기 탐험을 다니다가, 버려진 알큐비에레 엔진을 하나 발견했어요. 이 블랙박스에도 남겨졌지만, 여기 사진이 있어요."

화면으로 숲 한가운데 버려진 알큐비에레 엔진을 찍은 화상이 떠올랐다.

"여기저기 둘러보니, 일련번호가 있었는데 내 계산이 틀리지 않았다면 거의 육만 년 정도 전에 만들어진 엔진이더군요. 그런데 보세요. 습한 숲 속에서 녹 하나 슬지 않은 모습이 너무 신기하지 않나요?"

화상이 바뀐다. 이번에는 크게 갈라진 공 모양의 탱크였다. 갈라진 틈 사이로 카타니움 금속이 모습을 드러내고 있었다. 저걸로 문을 만들었구나… 알로트는 슬쩍 시설 안쪽의 두 건물을 바라보았다.

"엔진 안쪽에 있던 이종 물질 탱크예요. 잘은 모르겠지만, 우리보다 먼저 여기에 왔던 지구 회귀자들에게 뭔가 일이 생겨서 이종 물질 탱크가 부서지고 말았고, 그래서 엔진을 버리고 간 것 같았죠."

다음으로, 이종 물질 탱크의 코어라고 할 수 있는 씨앗 유닛이 보인다. 딱 사람만 한 크기의 원통형 탱크 유닛 속에는 주변보다 높은 이종 물질 농도를 만들기 위해 강력한 이종 물질인 허수 물질이 꽉 들어차 있다. 그러면, 가만 놓아두기만 해도 이종 물질들이 곁으로 모여들고, 모여들어 이종 물질 탱크를 채운다.

"이럴 줄은 몰랐는데, 코어 유닛까지 버리고 갔더군요. 그리고 덕분에 의문이 풀렸어요. 어떻게 육만 년이라는 시간 동안 엔진이, 탱크가 녹 하나 슬지 않고 버티고 있었는지."

슬며시 알 것 같은 기분이 들었다. 멀쩡하게 남아 있던 코어 유닛, 그리고 내부를 드러낸 이종 물질 탱크… 그렇다면 코어 유닛으로 몰려들었던 이종 물질들은, 탱크 안에 머물지 못하고 주변으로 흘러내렸을 것이다.

"이 코어 유닛으로 몰려든 이종 물질들이, 주변으로 퍼져 나가면서 시간의 흐름을 상쇄한다는 결론을 얻었죠. 아니, 시간의 흐름을 상쇄한다는 이야기는 그냥 제 나름대로의 추측일 뿐이에요. 확실한 건 이 코어 유닛의 근처에는 모든 것이 멈춘 듯이 유지가 된다는 사실이에요. 테스트도 여러 번 했으니 틀림없을 겁니다."

화상이 사라지고, 다시 시설의 모습이 화면을 메운다. 그리고 화면 바깥쪽에서 유가바수다의 손이 불쑥 프레임 안으로 들어온다.

"그 사실을 발견하자마자, 이곳을 짓기로 마음먹었죠. 지금 보이는 마당 가운데 코어 유닛을 설치해뒀으니 적어도 십만 년은 버틸 수 있을 거예요. 영향 범위도 계측해서…."

유가바수다의 이야기를 듣다가 재생을 멈춘 알로트는 의자에서 일어나 시설 마당의 중앙으로 향했다. 마당 중앙에는 방금 사진으로 본 이종 물질 탱크의 코어 유닛과 똑같은 모습의 둥그런 원형 뚜껑이 놓여 있었다. 이게 코어 유닛일 줄이야. 유가바수다의 말이 진실임을 확인한 알로트는 다시 의자로 향했다.

"영향 범위도 계측해서 그 안에 시설을 지었으니까, 아마 멀쩡하게 남아서 여러분을 만날 수 있겠죠."

화면 안으로 유가바수다가 다시 모습을 드러낸다. 그래도 한참이나 이야기를 늘어놓으며 익숙해진 탓인지 표정이 한결 자연스럽고, 또 편안해 보였다.

"이제 왜 내가 우리 지구 회귀자들이 두 개의 지구를 오가고 있다고 생각하는지에 대해서 설명해드릴게요. 이 시설을 짓는 데 사용한 알큐비에레 엔진과 이종 물질 탱크가 증거예요. 이 우주에서 알큐비에레 항해를 하다 말고 행성에 내려앉는 건 오

직 지구 회귀자들뿐이죠. 보통 외우주인류라면 고장이 났다고
해도 우주에서 인양을 받거나, 수리를 받거나 할 거예요.

그러니까, 여기에 이 알큐비에레 엔진을 버리고 간 건 지구
회귀자들일 거예요. 그리고 내가 아는 한도 내에서 지구 회귀 항
해도에 FEM-삼천삼백십구 행성이 있는 외곽 우주 육십칠-RD
를 거쳐 가는 거점으로 삼은 지구 회귀 가문은 우리 가문이 유
일하니까, 우리 가문의 선조들이 버리고 간 거겠죠."

침착하게 손가락 하나를 세워 보인 유가바수다는 지체없이
다른 손가락 하나를 더 세워 보였다.

"둘째로, 우리 가문에 있는 지구 ZPEEW-오백일 번 행성을
향하는 항해도에 FEM-삼천삼백십구 행성이 등록되어 있는 건,
아마도 육만 년 전에 여기에 도착한 선조들이 남긴 정보일 거
예요.

지금 이 데이터 블랙박스를 발견한 우리 가문의 후손들은 혹
시 RTO-이십구번 행성을 지구라 생각하고 향하고 있지 않나
요? 항해도에서 FEM-삼천삼백 행성이 쉬어 갈 곳으로 지정되
어 있어서 여기에 내린 거겠죠?

그건 사실 쉬어 갈 곳이라는 지정이 아니라, RTO-이십구 번
행성에서 출발한 우리 가문이 지구라고 믿는 ZPEEW-오백일
번 행성을 향하던 도중에 머물렀다는 기록이에요."

그럴 듯하면서도, 어쩐지 억지스러운 주장을 자신감 넘치는
목소리와 표정으로 피력한 유가바수다는 들어 올렸던 손을 거
두고, 뒤로 돌아 시설을 바라본다.

"그래서 이 시설을 지은 거예요. 보면 알겠지만, 벽에도, 바닥 타일에도, 저기 숙소 건물 외벽에도 우리 가문의 암호 프로토콜로 증거를 새겨 두었어요. 이 데이터 블랙박스가 혹시 망가지더라도 내가 속했던 시대의 가문이 여기 FEM-삼천삼백십구 행성에 머물다 떠났다는 증거가 남도록 말이죠.

정확히는 RTO-이십구번 행성을 떠나 ZPEEW-오백일 번 행성으로 가던 지구 회귀자 이민김유가 가문이 여기서 백 년 정도 머물렀다는 사실을 여기 남겨 뒀어요. 내 역작이죠. 이 데이터 블랙박스가 멀쩡히 남아 있다면, 수많은 증거가 디스크 안에 남아 있을 거예요.

사진도 있고, 영상도 있고, 남길 수 있는 자료들도 꽉꽉 채워 놓았어요. 몇 시에 일어나서 몇 시에 뭘 먹고 뭘 하고 몇 시에 잤는지, 무슨 행사가 언제 있었고 어떻게 치렀는지…. 사소한 것부터 나름 커다란 사건들까지 다 확인할 수 있을 거예요."

길게 말을 늘어놓은 유가바수다가 문득 긴 한숨을 내쉬더니, 다시 화면을 향해 돌아섰다.

"혹시 지구가 있다는 증거를 원했다면 미안해요. 나도 늘 그런 증거가 있으면 마음이 편하겠다는 생각을 하곤 했거든요. 정말 지구가 존재한다는 작은 증거가 하나라도 있었다면, 고행 준비 기간이 그렇게 까지 허무하지는…."

후련하다는 표정을 짓던 유가바수다가 말끝을 흐리더니 문득 고개를 숙인다.

"생각해보니까, 내가 남기는 증거가 새로운 지구를 찾아가게 만드는 이유가 될 수도 있겠네요. 제가 원하는 바는 그게 아니긴 하지만."

그렇게 고개를 숙이고 있던 유가바수다는, 한참 만에 긴 숨을 들이마시고는 머리를 세웠다.

"그래도 이제 우리 가문이 지구로 간다고 ZPEEW-오백일 번 행성과 RTO-이십구 번 행성을 몇 만 년에 걸쳐 오가는 건 그만 둘 수 있겠죠. 뭐, 그조차도 말릴 수 없다면, 내 생각이 맞았다는 것에 만족해야 하겠고."

담담한 표정으로, 할 일을 다 마쳤다는 투로 말을 마친 유가바수다는 홀가분하다는 듯 어깨를 으쓱거리며 가볍게 숨을 내쉬었다.

"난 이제 쉴 거예요. 혹시 더 좋은 증거가 있지 않을까 숲을 거닐겠지만, 어디까지나 부수적인 목적이니까, 예전처럼 눈에 불을 켜고 찾지는 않겠죠. 언제쯤 후손들이 이 행성을 찾아올지 모르겠지만, 나는 애저녁에 죽고 없을 겁니다. 내 시신도 증거로 써볼까 생각해보지 않은 건 아니지만, 그건 어쩐지 내키질 않아요. 이 시설에 죽으면 그래도 미라가 되어서 남긴 하겠지만, 남들이 내 시체를 구경하는 광경이 썩 기분 좋지는 않아서… 아마 여기저기를 떠돌다가 죽어 사라지겠죠."

멋쩍게 웃은 유가바수다가 화면 바깥을 향해 손을 뻗는다.

"어떤 결론을 내리든 간에 좋은 여행이 되길 바라요, 우리 이민가유가 가문 여러분. 개인적으로는 이제 지구 말고 다른 목표를 찾았으면 좋겠지만, 여러분이 어떻게 사는가 하는 건 전적으

로 여러분에게 달린 거니까요. 여러분이 원했던 증거를 남긴 것
도 아닌데, 여기까지 들어줘서 고마워요. 그럼, 이만."

그렇게 작별 인사를 남긴 유가바수다가 갑자기 멈추더니, 화
면을 바라본다.

"참, 깜빡했는데, 이걸 발견한 후손 여러분께 부탁하고 싶은
게 있어요. 혹시 가문 데이터에서 예술 영역을 맡아보던 이 씨
가문 정보를 찾을 수 있다면, '이도사하지라하'라는 선조가 있는
이 씨 가문의 후손에게 전해주세요.

지금은 멀쩡하게 작동하고 있어서 내버려두고 있는데, 나중
에 여기 건물 안에 옮겨 둘 예정인 안드로이드…. TYQ로 시작
하는 일련번호를 지닌 안드로이드가 한 대 있을 거예요.

내가 알기로 '이도사하지라하' 양이 남긴 유품입니다. 가문
예술 영역 담당자분들 중에 이 씨 가문의 후손이 아직 계시다
면, 회수하시길 권할게요. 그럼 정말 갑니다."

그리고 짧은 비프음과 함께 화면이 검게 물들었다. 알로트는
포터블 모니터에서 고개를 돌려, 이제 어둑한 밤에 잠긴 시설을
한 바퀴 둘러보았다.

이유는 알 수 없지만, 가장 먼저 드는 생각은 앞으로 이 별에
서 일어날 일에 대한 궁금증보다는 유가바수다는 결국 안드로
이드 TYQ-119를 이곳으로 옮겨놓기 전에 죽었구나 하는 것이
었고, 이래서는 그의 후손들이 안드로이드를 찾아내지 못할 수
도 있겠다는 걱정이었다.

10

이온 엔진이 낮은 소음을 울리고, 추력이 발생하면서 잠깐 몸이 무겁게 가라앉았다가 곧 밀려 올라온다. 중력 3.98에서 해방된 덕분인지 어쩐지 온몸의 관절과 관절 사이가 살짝 가렵기도 했다.

'이륙 완료까지 7분 24초. 추력 안정. 지금부터 선내 활동이 가능합니다.'

잔잔한 바람 소리만이 남고, 집중해야 겨우 느낄 수 있는 진동이 이제 안전하다는 사실을 알리지만, 알로트는 조종석에 가만히 앉아 있는 편을 택했다. 다만, 이번에는 눈을 뜨고 조종간의 모니터에 비추는, 멀어지는 FEM-3919의 모습을 바라보고 있었다. 빠른 속도로 멀어지는 지면과 도시의 모습은 몇 분 지나지 않아 곧 구름 아래로 가려지고, 더 이상 보이지 않았다.

"후우."

지면이 보이지 않게 되자, 알로트는 한숨을 내쉬며 미련없이 눈을 감았다. 결국 유가바수다가 지었다는 시설에서 카타니움을 채취하지는 못했다. FEM-3919의 자원 회수 권리를 사들이긴 했지만, 어쨌든 주인이 명백한 물건에 손을 댈 마음이 들지 않은 까닭이었다.

다만, 수색 사흘째에 찾은 금고는 화물칸에 실었는데, 안드로이드 TYQ-119를 유가바수다의 시설에 증거로 옮겨놓은 삯으로 칠 셈이었다. 유가바수다가 후손에게 남기려는 건 온갖 수단으로 시설에 남겨놓은 증거였으니까, 가장 큰 돈이 될 만한 코어 유닛도 그대로 남겨놓고 왔으니, 이 정도라면 양심면에 있어서도 크게 걸릴 것은 없었다.

'이륙 완료까지 2분 52초.'

이륙이 끝나면, 기념으로 남아 있는 진짜 소고기 프라임 스테이크와 98.7퍼센트 동일한 재구성 프라임 스테이크를 복원해 먹자. 중력권 비행으로 불안한 스스로를 달래기 위해 알로트는 속으로 그렇게 중얼거렸다. 그런 생각을 떠올리자 문득, 지구에 다녀오는 동안 재구성 기술이 발달해버리는 바람에 기껏 소중하게 데려온 소고기와 돼지고기를 방목해야 했다는 사람의 이야기가 다시금 뇌리를 스쳤다.

재구성 기술이 외우주 전체를 집어삼키던 시기에는 채산성이 맞지 않아 결국 방목되었다고 하지만, 지금이라면 이야기가 다르다. 지금 소고기와 돼지고기라는 동물이 한껏 들어차 있을 그 행성을 찾아낼 수 있다면, 굳이 가공할 필요도 없이 그냥 산 채로 잡아 호사가들에게 팔아 치울 수 있을 것이다.

"자아 기록 기능 실행."

눈을 꽉 감은 채로, 신음 소리를 흘리듯이 알로트가 제어 시스템을 향해 입을 연다.

'자아 기록 녹음 기능을 실행합니다. 녹음을 끝내실 때는 기록 끝 또는 기록 종료라는 명령어를 사용해주세요. 또는 기록을 완료하는 의미의 문장을 말씀하셔도 98.7퍼센트 확률로 인식

가능합니다.'

시스템 안내 메시지를 들은 알로트는 이륙으로 불안하게 두 근거리는 마음을 간신히 달래 가며, 충동적으로 떠오른 생각을 남겼다.

"오늘부터 나는, 소고기와 돼지고기가, 닭고기가 방목되었다는 행성을 찾는 걸 하나의 목표로 잡기로 했다! 기록 끝!"

기록을 남기는 말은 이륙으로 긴장된 마음 탓에 점차 목소리는 커지고 속도는 빨라진다. 결국 기록 종료를 알리는 명령어는 무슨 맹세라도 하는 마냥 크고 짧게 외침이 된다.

'자아 기록 녹음 기능을 종료합니다.'

짧은 시스템 메시지가 들려오는 순간, 모든 것이 위로 붕 떠오른다.

'이륙 완료, FEM-3919의 위성 궤도에 도달, 별도의 조작이 있을 때까지 대기합니다.'

언제쯤에야 이착륙 공포증에서 해방될 수 있을까. 알로트는 혀를 차며 천천히 눈을 떴다. 조종간 너머, 널찍한 항해 모니터 패널 위로 FEM-3919 행성의 모습과 멀리 플래닛 크랙을 당한 거대 행성들의 잔해들이, 그리고 더 먼 곳으로 수많은 별들이 보였다.

긴 숨을 들이킨 알로트는 조종석의 벨트를 풀고, 천장의 보조 냉장고를 향해 몸을 밀어 올렸다. 겨우 엿새 동안의 중력 생활이었는데도, 무중력에 어울리지 않게 힘을 너무 준 탓에 빠르게 올라간 머리가 쿵 하고 천장에 부딪힌다. 머리를 울리는 통증.

소리 죽여 욕설을 내뱉은 알로트는 보조 냉장고를 열고 안쪽의 음식 상자를 꺼내 들었다.

'진짜 소고기 프라임 스테이크와 98.7퍼센트 동일한 재구성 소고기 프라임 스테이크.'

금박으로 적힌 문장을 가만히 읽은 알로트는 어깨를 한번 으쓱이고, 복원기를 향해 가볍게 몸을 날렸다. 살아 있는 소고기를 찾는다니, 어머니가 들으면 뭐라고 할까. 웃어넘길까, 바보 같은 짓이라고 핀잔을 줄까. 저 많고 많은 별들 중에 알로트를 기다리는 안드로이드도, 찾아올 후손은 없다지만, 찾아가보고 싶은 것이 생겼으니 나름 괜찮은 생각이라 해주지 않을까.

알로트는 복원기의 작은 창 안쪽에서 빙글빙글 돌아가는 진짜 소고기 프라임 스테이크와 98.7퍼센트 동일한 재구성 소고기 프라임 스테이크를 바라보며, 희미하게 웃었다.

정대영

온라인과 포터블 게임기 그리고 모바일을 따라가는 기나긴 게임 개발자 인생을 끝맺고, AI 연구 및 개인 프로젝트를 진행 중이다. 이야기를 떠올리고, 머리 속에서 완결 짓고 혼자 만족하는, 손가락 움직이지 않는 증후군에 이제는 적당히 순응하며 살아가는 편. 문을 쾅쾅 소리 나게 닫고 다니는 사람이 여전히 싫은, 처음 살아보는 인생에 숨찬 삶의 신입생이자, 아마도 이제 살 날보다 살아온 날이 더 길어져 버린 40대.

당신의 이름 —— 김두흠

집배원은 정해진 시간 동안 담당 구역에 있는 우체통을 열어서, 그 안을 반드시 확인해야 한다. 그리고 우체통 안에 우편물이 들어 있으면, 반드시 수거해 와야 한다. 그 작업을 우체통 '수집편찰'이라고 한다. 만일 집배원이 정해진 시간 안에 수집편찰 작업을 하지 않으면 중징계다.

종두가 담당하는 시외7구에는 우체통이 하나 있다. 인간리 마을회관 옆에 있는 우체통. 이 우체통 일련번호는 11번이다.

11번 우체통 확인 시간은 오전 10시에서 12시 사이. 그 시간 안에 우체통을 확인해야 한다. 10시 전에 확인해도 안 되고, 그렇다고 해서 12시 넘어서 확인해도 안 된다. 반드시 오전 10시에서 12시 사이에 확인해야 한다.

11번 우체통에 보면 그렇게 안내문도 붙어 있다.

'평일 오전 10시에서 12시 사이에 한 번 수거함.'

종두는 오곡리까지 배달을 마치고 나서 오곡주유소에 들러 오
토바이에 기름을 넣었다. 사장 김범대가 기름 배달을 나가고 없
어서 김범대의 아내 박지영이 대신 기름을 넣어주었다.

"오늘은 혹시 우편물 보낼 거 없으세요?"

종두가 우체국 법인카드를 박지영에게 건네면서 물었다.

"어머 참, 등기 하나 보낼 거 있어요. 잠깐만요, 얼른 갖다드
릴게요."

오곡주유소는 일주일에 두세 번 우편물을 보낸다. 일반 우편
물을 보낼 때도 있고 등기 우편물을 보낼 때도 있다. 간혹 소포
를 보낼 때도 있다. 그럴 때마다 오곡주유소 사장 김범대가 기름
배달 나가는 길에 우체국에 들러 접수를 하고는 했다. 우연히 그
사실을 안 종두가 자기한테 우편물을 주면 대신 접수해주겠다고
김범대한테 말했다. 어차피 매일 오곡주유소에 들러 오토바이에
기름을 넣어야 하는 종두로서는 주민과 친분 쌓을 좋은 기회이
기도 했다.

그 뒤로 종두는 늘 오곡주유소에 들러 우편물을 받아갔다.

박지영이 카드단말기로 결제 작업을 마치고 나서 얼른 사무실
로 달려갔다.

"이거 등기 한 통만 부탁드릴게요. 4천 원 같이 드리면 되죠?"

"네, 4천 원 좀 안 될 거예요. 영수증하고 거스름돈은 내일 갖
다드릴게요. 그럼 가보겠습니다. 안녕히 계세요!"

종두는 등기 우편물을 받아서 오토바이 적재함에 집어넣은 뒤

헬멧을 고쳐 썼다.

시간은 오전 10시 30분. 빠르지도 늦지도 않은 시간이었다.

오곡주유소를 나온 종두가 다음에 갈 마을은 인간리였다. 11번 우체통 수집편찰을 하기에 적당한 시간이었다.

종두는 곧장 오토바이에 올라타 스로틀을 감았다.

인간리 가는 길에 도로 오른쪽으로 다인모텔이 있던 자리가 보였다. 이미 모텔 철거 작업은 다 끝났지만, 아직 새로운 건물은 짓고 있지 않았다. 그냥 허허벌판이었다.

종두는 다인모텔이 있던 곳을 지나자마자 더 힘 있게 오토바이 스로틀을 감았다.

오토바이가 마치 뱀처럼 꼬불꼬불한 청포로길을 시속 70킬로미터로 미끄러지듯 달렸다. 그리고 잠시 뒤 청포로 2920 지점에서 왼쪽 청포로62길로 진입했다.

청포로62길로 진입하면서 종두는 다음 우편물 배달 순서를 머릿속으로 빠르게 떠올려보았다.

'마을회관까지는 중간에 배달할 우편물이 없다. 그러니 8백미터 가량은 신나게 질주해도 된다. 그리고 마을회관에서 우체통 수집편찰, 89에 들러 우편물과 등기 전달, 인간교회에 들러 신문 배달, 90-39에 들러 우편물 배달, 다시 돌아 나와서 104-8과 104-10에 농민신문 배달, 길 따라 쭉 올라가서 135-5에 우편물 배달. 그럼 청포로62길 배달은 끝이다. 다시 마을회관까지 나와서, 왔던 길인 오른쪽 청포로62길로 조금 가다가 왼쪽 청포로62안길로 가면 된다. 청포로62안길 진입해서 21과 23에 각각

우편물 배달, 이때 23에 사는 최상돈 씨와 가급적 마주치지 않도록 하자.'

참고로 최상돈은 나이는 70대인데 목소리가 지나치게 하이톤이었다. 목소리만 들으면 마치 활기찬 어린아이 같았다. 우편물 온 게 있어서 종두가 청포로62안길 23에 들르면, 혼자 사는 최상돈이 신발도 안 신고 마당으로 나와서 우편물을 받았다. 그렇게 할 필요까지는 없는데 꼭 종두를 발견하면 신발도 안 신고 뛰어나왔다.

70대라는 나이 때문에 맨발로 뛰는 모습이 조금은 위태로워 보일 때도 있다. 게다가 종두를 향해 "집배원님, 안녕하세요!" 하고 말할 때는 듣는 사람 기분까지 으스스해진다. 목소리가 나이답지 않은 하이톤, 그것도 지나치게 하이톤이기 때문이었다. 그래서 종두는 "집배원님, 안녕하세요!" 하는 최상돈의 말을 들을 때마다 어딘가 부조화를 느꼈다.

'23까지 우편물 배달을 마치고 언덕 쪽으로 이어진 샛길을 올라가서 수살기도원 후문으로 들어가 우편물 배달, 기도원 안으로 진입해 운동장을 가로질러 기도원 정문 쪽으로 내려가서 매화마을로 넘어가면 된다.'

종두는 머릿속으로 인간리 배달 순서를 빠르게 떠올려본 뒤 스로틀을 힘차게 감았다.

8백 미터 가량을 달리는 동안 종두는 평소와 달리 오늘따라 마을이 조용하다는 인상을 받았다. 마을길이나 오른쪽 논밭으로 사람이 한 명도 안 보였다. 심지어 마당에 묶여 있던 개들도 집 안에 몸을 숨겼는지 보이지가 않았다.

평소라면 청포로62길 21에 사는 50대 후반 이명진이 집 옆에 있는 작은 과수원에서 일을 하다 종두에게 아는 체를 했을 것이다.

서울에 살다가 올해 자광시 수살면으로 이사 온 이명진은 한창 농사에 열중이었다. 집 앞 텃밭에는 토마토, 고추, 가지, 방울토마토 등을 심었고, 집 옆 과수원에는 복숭아나무도 심었다. 요즘은 복숭아 따는 데 열중이라 온종일 과수원에서 일했다. 그래서 종두가 지나가면 일하다 말고 큰 소리로 "수고하십니다!" 하고 외치는데, 오늘은 그런 이명진도 과수원에 없었다.

종두는 21을 지나면서 과수원을 흘끗 쳐다본 뒤 곧이어 우측으로 휘어지는 길을 굳이 시티 100 시리즈인 배기량 110cc짜리 집배원용 오토바이를 탄 채 상체까지 오른쪽으로 심하게 기울이며 통과했다. 굴곡 코스를 속도도 줄이지 않은 채 마치 직선 코스 통과하듯 빠르게 지나간 것이었다.

굴곡 코스를 통과한 뒤 종두는 주먹을 불끈 쥐었다. 하루가 다르게 오토바이 실력이 늘고 있는 것에 대한 자신감의 표출이었다. 그래서 종두는 이 여세를 몰아 인간리 마을회관까지 5백여 미터를 두 손 놓고 달릴까 하다가 말았다.

종두는 마을회관에 있는 우체통 앞에서 오토바이를 멈췄다. 시간을 확인해보니 10시 40분이 조금 넘었다.

인간리 마을회관 앞에 있는 우체통의 수집편찰 시간은 오전 10시에서 12시 사이. 그러니 지금 우체통을 확인해도 상관이 없었다.

종두는 바지 주머니를 뒤져 우체통 열쇠를 꺼냈다.

종두가 우체통 수집편찰을 하는 동안 마을회관 안에서는 줄곧 음악 소리가 들렸다. 음악 소리 사이로 사람들 말소리도 들렸고.

'마을회관에서 오늘 잔치라도 하나 보네. 그래서 길에 사람들이 한 명도 없었나!'

종두는 그렇게 생각하면서 우체통을 열어 안을 확인했다.

우편물은 한 통도 없었다.

자광시에도 사람이 많이 사는 시내가 아니면 수살면처럼 시골은 마을에 있는 우체통에 편지 넣는 사람이 거의 없었다. 종두도 1년 가까이 근무하면서 11번 우체통을 수집편찰하는 동안 편지를 딱 한 통 발견했다.

종두는 다시 한 번 우체통 안에 우편물이 한 통도 없는 걸 확인하고는 업무용 PDA를 이용해 우체통 안쪽에 있는 바코드를 읽었다. 그리고 PDA의 바뀐 화면에서 '0'을 입력해 우체통에 우편물이 한 통도 없음을 표시한 뒤 우체통을 잠갔다.

종두는 수집편찰을 마치고 나서 곧장 청포로62길을 따라 올라갔다.

첫 번째로 들러야 할 집은 청포로62길 89였다. 이 집엔 올해 86세인 장미옥 앞으로 한 달에 한 번 우편물이 한 통 온다. 보내는 곳은 자광 시청. 시청에서 보내는 소식지다.

종두는 오토바이 운전대 앞에 매단 바구니에서 눈으로 소식지를 확인한 뒤 곧장 89 마당으로 진입했다.

오늘도 현관문 옆에 있는 평상에 사내가 앉아 있었다. 얼굴은 이제 갓 스물두세 살 된 앳된 모습이었지만, 늘 낡은 군복 차림이라서 청년이라기보다는 아저씨라고 불러야 할 것 같은 이미지였다.

사내는 늘 평상에 걸터앉아서 어깨도 축 늘어뜨린 채 지평선 너머 어딘가를 바라보기만 했다. 그러다 종두가 우편물 배달 때문에 마당 안으로 들어서면, 항상 먼저 아는 체를 했다. 물론 처음 종두를 봤을 때 사내는 멀뚱멀뚱 쳐다보기만 했다. 그래서 종두가 먼저 아는 체를 했고, 그 뒤로는 항상 사내가 먼저 아는 체를 했다.

사내는 오늘도 종두가 오토바이에서 내리기도 전에 먼저 인사를 했다.

"안녕하세요. 아, 소식지 왔나 보네요."

그리 활기찬 목소리는 아니었다. 어깨 축 늘어뜨린 채 지평선 너머를 바라보기만 하는 자가 내기에 아주 적당한 목소리였다. 사내의 목소리는 그렇게 늘 힘이 없었다.

"네."

목소리에 활기가 없기는 종두도 마찬가지였다. 조금 전 오곡 주유소에서 박지영과 대화 나눌 때의 활기참은 찾아볼 수 없을 만큼 힘없는 목소리였다. 게다가 다른 말도 덧붙이지 않고 짧게 대답만 했다. 종두답지 않았다. 원래 종두라면 "오늘 마을회관에서 무슨 잔치라도 하나 봐요?" 하고 물어야 했다. 인사 겸 안부 겸,

마을에 무슨 일이 있나 관심도 보일 겸 여러 가지 의미가 담긴 말을 건네야 했다. 하지만 종두는 대답만 하고 말았다. 더 이상 사내 앞에서 입을 열지 않았다.

사내와 상대할 때 종두는 늘 이런 식이었다. 사내가 아는 체를 해오면 고개를 숙여 답례하거나, 아니면 지금처럼 힘없는 목소리로 "네." 하고 짧게 대답만 하고 말았다. 그러고는 우편물을 우편수취함에 넣은 뒤 마당을 빠져나갔다. 물론 나갈 때도 종두는 고개만 살짝 숙였다. 불필요한 행동이나 불필요한 말은 하지 않았다.

종두가 사내한테 대하는 행동은 다른 주민들에게 대하는 것과는 달랐다. 하지만 사내도 그런 종두의 행동에 기분 나쁘다고 얼굴을 찡그리지 않았다. 다시 지평선 어딘가로 시선을 돌릴 뿐이었다.

종두는 소식지를 우편수취함에 넣은 뒤 평상에 걸터앉아 있는 사내를 향해 살짝 고개를 숙이고는 다음 집으로 향했다.

다음 집은 인간교회였다. 주소는 90-7. 90 지점에 있는 샛길로 진입해 약 70미터 가면 왼쪽에 있었다.

종두가 담당하는 시외7구에는 교회가 두 개 있었다. 이곳 인간리에 있는 인간교회, 그리고 또 하나는 상황리에 있는 상황교회. 두 군데 다 기독교 계열 신문사에서 발행하는 일간지를 보기 때문에 매일 방문하고 있었다.

인간교회에 일간지와 일반 우편물을 배달한 뒤 종두는 운전대 앞에 매단 바구니에서 다음에 갈 집 우편물을 눈으로 얼른 훑어보았다. 90-39. 인간리 마을 이장인 유병섭한테 온 우편물이었다.

확인이 끝난 종두가 지체 없이 오토바이 스로틀을 감았다. 그리고 샛길에서 더 안쪽으로 들어가 90-39에 우편물을 배달한 뒤 왔던 길을 따라 다시 인간교회를 지나 청포로62길 90 지점까지 갔다. 그곳에서 종두는 오토바이를 오른쪽 길로 몰았다.

104-8과 104-10은 두 집 다 농민신문을 보고 있었다. 얼마 전까지는 104-14도 봤는데, 세대주 유창희가 뇌졸중으로 쓰러지는 바람에 지금은 농민신문을 안 보고 있었다.

종두는 농민신문 두 부를 꺼내 우편수취함에 하나씩 넣은 다음 길 따라 쭉 올라가서 135-5에 우편물을 배달했다.

오늘 청포로62길 배달은 135-5가 마지막이었다. 길 위쪽으로 집이 몇 채 더 있었지만, 오늘은 그중에 우편물 온 집이 한 군데도 없어서 더 올라갈 필요가 없었다.

종두는 다음 배달할 집이 있는 청포로62안길로 가기 위해 다시 마을회관 쪽으로 오토바이를 몰았다.

종두가 막 마을회관을 지나려는데, 마침 회관에서 나온 김장태가 종두를 불렀다.

"우체부 아저씨, 잠깐만 기다려요!"

김장태는 방금 마지막으로 배달하고 온 청포로62길 135-5에 살고 있었다. 세대주 이름은 김기병. 김장태는 김기병의 배우자였다.

김장태가 손을 흔들면서 종두한테 다가왔다.

"아이고, 어딜 그렇게 급하게 가세요?"

김장태는 혹시나 종두가 오토바이를 몰고 획 사라질까 봐 일부러 손도 흔들고 말까지 붙여가면서 다가왔다. 덕분에 종두는 김장태가 다가올 때까지 그 자리에 꼼짝도 못 하고 서 있어야 했다.

"아까 마을 올라갈 때도 제가 우체부 아저씨 기척을 느끼기는 했는데, 원체 빨리 지나가시니까 나와보지도 못했어요."

김장태는 걸어오면서 바지 주머니에서 뭔가를 꺼냈다. 우편물이었다.

'우편물 보낼 거라도 있나!'

종두는 그렇게 생각하면서 오토바이에서 내려 김장태에게 고개를 숙였다.

종두의 인사를 받으면서 김장태도 가볍게 고개를 숙였다.

"네네, 안녕하세요. 다름이 아니라요, 이거 드리려고요. 이건 우리 집 게 아닌데 우체통에 있더라고요. 며칠 전에 넣고 가신 모양이에요."

그러면서 김장태가 종두에게 우편물을 한 통 건넸다.

종두가 받아서 주소를 확인해보니 청포로62길 135-60이었다. 김장태가 사는 집 135-5에서 길을 따라 5백 미터 정도 더 가면 오른쪽에 있는 집이었다.

봉투에 적힌 주소까지 다 확인해놓고는 135-5에 들러 배달을 한 모양이었다.

종두는 간혹 이런 경우가 있었다. 우편물이 거의 오지 않는 집에 어쩌다 우편물이 오면, 배달하러 가다가도 도중에 다른 생각을 하는 바람에 엉뚱한 집에다 우편물을 배달하는 경우가 있었다.

135-60 역시 우편물이 거의 안 오는 집이었다. 그래서 아마 그 집까지 올라가는 게 습관이 안 돼서 도중에 잠깐 다른 생각을 하다 그만 자주 들르는 135-5에다 배달을 한 모양이었다.

"죄송합니다. 제가 이걸 왜 김장태 님 집에다 갖다드렸는지 모르겠어요."

종두가 우편물을 확인하고 나서 김장태에게 고개를 숙였다.

그런 종두의 행동에 김장태가 세차게 손을 흔들었다.

"아이고, 아니에요. 죄송하긴 뭘, 우체부 아저씨가 이런 실수 한두 번 하는 것도 아니고, 여기 이 주소가 우리 윗집이잖아요? 그래서 내가 잘못 온 우편물 있으면 그 집 갈 일 있을 때 몇 번 올라가서 대신 전해주기도 했어요. 그런데 요 며칠 통 올라갈 일이 없어서요. 그래서 오늘은 회관에 온 김에 혹시나 우체부 아저씨 만날 수도 있겠다 싶어서 갖고 와봤지요."

본래 자기 집 우편수취함에 다른 집 우편물이 들어가 있으면, 대부분은 가져가지 않고 방치하거나 아니면 우편수취함 위에 올려놓는다. 아파트 같은 경우에는 반송함에 넣어놓기도 하고. 그럼 담당 집배원이 우편물을 확인해보고 수거해 간다. 하지만 수살면 같은 시골에서는 종종 이웃집 우편물이 잘못 왔으면 김장태처럼 본인이 직접 갖다주기도 한다.

"네, 거기 윗집은 통 우편물이 안 와서 그런가 번번이 실수하네요. 죄송합니다. 이건 제가 가져가서 내일 배달할게요. 오늘은 저 위에까지 벌써 갔다 와서요. 다음부터는 좀 더 신경을 쓰겠습니다. 그래야 김장태 님이 저 때문에 고생을 안 하시죠."

종두는 그렇게 말하고 나서 오토바이에 올라탔다. 그리고 청포로62안길로 진입해서 21과 23에 각각 우편물을 배달했다. 다행히 오늘은 23에 들러서 우편물을 배달할 때 최상돈과 마주치지 않았다. 외출이라도 한 모양이었다.

청포로62안길 23에서 언덕 쪽으로 이어진 샛길을 달리면 청포로 2824 수살기도원 후문이 나온다.

종두는 수살기도원 후문으로 들어가서 비닐하우스 옆에 달린 우편수취함에 우편물을 넣은 뒤, 기도원 안으로 진입해 운동장을 가로질러 정문으로 빠져나가 3백 미터 정도를 달렸다. 그리고 청포로 2824 지점에서 왼쪽 방향으로 다시 1백 미터 정도를 달려 오른쪽 청포로61길 인간리 매화마을 입구에 도착했다.

종두는 매화마을 입구에 있는 커다란 느티나무 아래 벤치에 앉아서 잠시 휴식을 취했다.

＊

종두는 이 지점까지 오면 아주 시간에 쫓기지 않는 이상 늘 느티나무 아래 벤치에 앉았다. 시간은 보통 11시에서 11시 30분 사이. 이곳이 배달 도중 휴식을 취하는 첫 번째 장소였다.

집배원은 저마다 느티나무 아래 벤치처럼 배달 구역 내에 휴식 장소 몇 군데를 정해놓는다. 누가 정해준 건 아니고, 배달하다 보면 잠깐 한숨 돌리면서 쉬기에 적합한 곳을 스스로 찾게 된다.

종두는 느티나무 아래 벤치에 앉아 오늘은 점심으로 뭘 먹을까 고민했다. 그러다 결국 오늘도 편의점에 들러 도시락을 사기로 하고 잠깐의 휴식을 끝냈다. 화요일이라 오래 앉아 있을 수도 없었다.

시간은 11시 30분이 조금 넘었다.

화요일치고는 인간리 매화마을까지 빨리 온 셈이었다.

종두는 서둘러 매화마을로 들어갔다. 그리고 우편물이 온 네 군데 집에 들러 배달을 마친 뒤 곧장 면소재지로 향했다.

수살면 면소재지가 있는 수살리는 삼남매의 아버지 S와 종두의 사수 명회가 번갈아가면서 담당하는 시외1구에 속해 있었다. 그리고 바로 옆 마을인 수살2리는 현재 종두가 담당하고 있었고.

원래는 수살2리도 수살리와 함께 시외1구 담당 구역이었지만, 시외1구에 면소재지도 있고 가구 수도 많아서 다른 구역보다 힘들다는 얘기가 자주 나왔다. 그래서 수살2리를 떼어내 시외7구에 포함시켰다. 그 바람에 현재 수살2리는 시외1구가 아니라 종두 담당 구역인 시외7구에 속했다.

종두는 면소재지를 가로질러 수확로 3073에 오토바이를 세웠다. 수확로 3073이 편의점이었다.

수살면 면소재지에 브랜드 편의점은 이곳 수확로 3073 하나다. 그리고 개인 편의점이 하나, 작은 슈퍼마켓이 하나 있다. 규모 면에서 편의점이나 슈퍼마켓과 차이는 나지만 농협에서 운영하는 하나로마트도 하나 있다. 그래서 종두는 도시락을 살 때면 늘 수확로 3073을 이용하고 있었다.

수확로 3073은 수살면에서는 매우 젊은 축에 속하는 30대 부부가 운영하고 있었다. 원래 수살면 면소재지에서 장사하는 사람들 중 가장 젊은 부부는 청포로 3125 행랑채 식당 주인이었지만, 수확로 3073에 편의점이 들어오면서 그 타이틀을 뺏겼다.

편의점 주인 최현성은 30대 후반, 아내 강선영은 30대 중반이었다. 둘은 사는 집도 종두가 담당하는 시외7구에 있었다. 수살면 상황리에 있는 상황교회 아래. 상황3길 53. 그곳에서 최현성은 아내 강선영과 강선영의 아버지 그러니까 최현성한테는 장인인 강상민과 함께 살고 있었다. 그리고 발바리 종류인 흰색 강아지도 한 마리 있었고.

60대 초반인 강상민은 노란색 스포츠카를 몰고 다녔다. 수살면, 질풍면, 오덕면, 한마면 일대에서 유일하게 목격되는 노란색 스포츠카가 강상민의 차였다. 게다가 취미는 동력 장치가 달린 모터 패러글라이딩. 가끔 편의점 옆 빈 가게에 세워져 있는 모터 패러글라이딩을 발견할 수 있었다.

오늘은 모터 패러글라이딩이 안 보였다. 동호회 사람들과 함께 질풍면에 있는 해발 550미터 영달산 언덕으로 모터 패러글라이딩을 타러 갔을지도 모른다.

종두는 편의점 안으로 들어가서 도시락과 구운 계란을 하나 샀다. 그걸 카운터에 올려놓자, 편의점 안에 있는 작은 사무실에서 강선영이 뛰어나왔다.

"어머, 죄송해요. 상품 발주 좀 하느라 집배원님 오신 거 못 봤어요."

강선영은 이목구비가 뚜렷한 미인이었다. 입도 크고, 코도 크고, 눈도 크고, 키도 컸다.

이 시간에는 대부분 남편 최현성이 편의점을 지키고 있었지만, 오늘은 남편 대신 강선영이 있었다.

"괜찮습니다. 그런데 오늘은 강선영 님이 계시네요. 남편분은 어디 가셨어요?"

상품 발주 때문에 바쁠 것 같아서 얼른 계산만 하고 나오려고 했지만, 그래도 안부 인사 정도는 하는 게 서로 불편함이 없을 것 같아서 종두는 남편 최현성의 안부를 물었다.

강선영은 스캐너로 상품 바코드를 찍으면서 대답했다.

"네, 오늘 대전 갔어요. 전에 저희가 대전 살았거든요. 그때 현성 씨 다니던 회사에서 연락이 와서요. 현성 씨가 건축 설계 쪽 일을 했었는데요, 바쁜 일이 있어서 뭘 좀 도와달라고 했나 봐요."

"아 네, 그럼 오늘 혼자 좀 힘드시겠어요."

"어쩔 수 없죠. 열심히 해보겠습니다!"

강선영은 상품을 봉투에 담다 말고 느닷없이 종두를 향해 주먹까지 불끈 쥐어 보였다.

강선영의 반응에 종두도 얼떨결에 따라서 주먹을 불끈 쥐었다.

"네, 열심히 해주세요. 그럼 전 바빠서 가보겠습니다. 수고하세요."

종두는 강선영한테 도시락이 담긴 봉투를 받아들고 편의점을 나왔다. 그리고 가을 하늘을 올려다보면서, 야외에서 도시락 먹기 좋은 날씨라고 중얼거렸다.

종두는 도시락을 넣으려고 오토바이 적재함을 정리하다가, 그제야 적재함 안에 있는 등기 우편물 묶음을 보았다. 그러고 보니 오곡주유소에서부터 이곳 편의점까지 오는 동안 1시간 넘게 우편물을 배달하면서 등기 우편물을 한 통도 배달하지 않았다는 사실이 떠올랐다. 등기 우편물뿐만이 아니라 택배도 배달한 게 없었다.

물론 그런 날이 있다. 어떤 날은 두세 시간 동안 등기 우편물 온 집이 단 한 군데도 없을 때가 있었다. 하지만 오늘은 기분이 좀 이상했다. 분명히 청포로62길을 달리면서 우편물 배달 순서를 머릿속으로 떠올릴 때 인간리에 등기 우편물 한 통 온 것도 함께 떠올린 것 같아서였다. 그래서 종두는 불안한 마음에 등기 우편물 묶음을 들어, 맨 위에 있는 등기 우편물의 주소를 확인했다.

청포로62길 89. 수취인 장미옥.

인간리에 사는 86세 장미옥한테 온 등기 우편물이었다. 마을회관 다음 다음 집.

종두는 이미 자광 시청에서 보낸 소식지를 배달하기 위해 조금 전 그 집에 들른 적이 있었다. 집 마당에서 낡은 군복을 입고 있는 사내도 보았고. 하지만 그때는 장미옥한테 등기 우편물이 왔다는 사실을 까맣게 잊고 있었다. 그래서 소식지만 배달하고 나왔다.

'왜 그랬지. 왜 잊고 있었지!'

종두는 천천히 장미옥한테 온 등기 우편물을 집어들었다. 그리고 무언가에 이끌리듯 발신인을 확인했다.

'국방부 유해발굴감식단(6·25 전사자 유해발굴사업)'

종두는 발신인을 확인하자마자 등기 우편물을 적재함에 던져 넣고 서둘러 오토바이에 올라탔다. 그러고는 집배원이 되고 나서 처음으로 오토바이를 시속 95킬로미터가 넘게 몰았다. 스로틀이 고장 날 정도로 세게 감았다. 끝까지 감아서 더 이상 감기지 않는데도 계속해서 스로틀을 감았다. 집배원이 타고 다니는 오토바이는 평지에서도 속도가 시속 95킬로미터 이상 올라가지 않는다는 걸 알면서도 계속 스로틀을 감았다.

어느새 기름 배달을 마치고 돌아온 김범대가 오곡주유소에서 종두를 향해 손을 흔들었지만, 종두는 그 모습을 무시하고 스로틀을 감았다. 청포로 2920 지점에서 왼쪽으로 진입해 마을길인 청포로62길을 달리면서도 속도를 줄이기는커녕 계속 스로틀을 감았다. 도중에 청포로62길 21에 사는 이명진이 과수원에서 종두를 향해 손을 흔드는 것도 같았지만, 종두는 눈길도 주지 않고 계속 스로틀을 감았다. 그리고 마을회관 바로 전에 왼쪽으로 거의 90도 각도로 꺾어지는 청포로62길을 오토바이 레이서처럼 오토바이와 몸을 왼쪽으로 쓰러질 듯 기울이면서 빠르게 통과했다. 속도도 직선 코스를 달리던 때와 별 차이가 없었다. 그 상태에서 그대로 청포로62길 88을 지나 맞은편에 있는 89 마당으로 진입했다. 집 마당을 거의 시속 60킬로미터로 진입한 셈이었다. 그리고 곧장 급정거했다.

오토바이 급정거에 매번 평상에 걸터앉아 힘없이 지평선 너머 어딘가를 바라보기만 하던 사내가 화들짝 놀라서 모습을 감췄다. 하지만 종두는 사내의 그런 반응을 신경 쓸 겨를이 없었다. 오토바이에서 뛰어내려 곧장 현관문을 열고 장미옥을 불렀다.

"할머니! 할머니! 장미옥 할머니!"

종두의 숨넘어갈 듯한 소리에 방 안에서 기척이 들렸다.

"누구세요?"

그러면서 천천히 방문이 열렸다.

다행히 장미옥은 집에 있었다.

"집에 계셨네요. 저 우체국 집배원이에요."

"어, 우체부 양반이시네. 시청에서 온 소식지는 내가 조금 전에 들고 왔는데, 다른 우편물 또 온 거라도 있어요?"

장미옥은 86세 고령임에도 불구하고 말투나 걸음걸이나 몸짓이나 옷차림에서 조심스러움이 전해졌다. 움직임이 신중하고, 종두한테 절대 말을 놓는 법도 없었다. 그래서 종두도 장미옥 앞에서는 더 조심스럽게 행동했다. 수살우체국에 다니면서 지금까지는 그랬다. 하지만 오늘만큼은 달랐다. 조심스럽게 행동할 수가 없었다.

종두는 얼른 신발부터 벗었다.

"할머니, 나오지 말고 그냥 거기 계세요. 할머니한테 뭐 온 게 있어서요. 거기 그냥 계세요. 제가 들어갈게요."

종두는 거의 뛰다시피 해서 방으로 들어갔다. 신발 한 짝은 마당 끝 텃밭까지 날아갔다.

그런 종두를 보면서 장미옥은 말없이 두 주먹을 꽉 쥐었다. 그러고는 종두가 방으로 들어와 앉을 때까지 문 옆에 서서 미동도 하지 않았다.

바닥에 앉은 종두가 장미옥을 올려다보았다.

장미옥도 종두의 시선을 피하지 않았다. 시선을 피하지는 않았지만, 온몸에 힘을 꽉 주고 있는데도 어쩔 수 없이 떨리는 몸 때문에 자꾸만 얼굴도 흔들려서 종두와 시선을 제대로 맞추지 못했다.

"할머니, 앉으세요."

종두의 말에 장미옥이 입을 벙긋거렸다. 아마 "네"라고 대답하려 했으리라. 하지만 목이 메어서 그 말이 입 밖으로 나오지는 않았다.

장미옥이 자리에 앉자, 그제야 종두가 손에 쥐고 있던 걸 장미옥한테 건넸다.

장미옥이 천천히 등기 우편물을 훑어보았다. 그리고 발신인 이름을 한 글자 한 글자 천천히 소리 내서 읽었다.

"국. 방. 부. 유. 해. 발. 굴. 감. 식. 단. 육. 이. 오. 전. 사. 자. 유. 해. 발. 굴. 사. 업."

장미옥의 눈에는 이미 눈물이 맺혔다. '국방부'까지 읽었을 때부터 이미 눈물이 맺혀 있었다. 그걸 참으려고 눈동자가 쏟아질 정도로 눈에 힘을 줘서 발신인을 끝까지 소리 내 읽었다. 그러고는 덜덜 떨리는 손으로 우편물을 뜯었다.

종두는 우편물을 뜯는 장미옥의 동작을 말없이 지켜보았다.

봉투에 들어 있던 A4 용지 몇 장을 손에 쥐고 읽던 장미옥이 마지막 한 장을 읽다가 기어이 참았던 눈물을 쏟아냈다. 두 손을 바닥에 짚고 왈칵 눈물을 쏟아냈다. 참으려고 애쓰지도 않고 눈물을 닦으려고 하지도 않았다. 가끔 깊게 한숨을 토해내고, 가끔 코를 훌쩍 들이켜고, 그리고 계속 눈물을 쏟아냈다. 소리 내 우는 게 더 속이 시원하련만, 장미옥은 끝끝내 소리 내 울지 않았다. 바닥에 두 손을 짚은 채 말없이 울었다.

시간이 얼마나 흘렀는지 모른다. 5분이 흘렀는지 10분이 흘렀는지 모른다. 장미옥이 손에 쥐고 있던 A4 용지를 바닥에 내려놓고는 벽 한쪽에 걸려 있는 사진을 바라보았다.

종두는 장미옥이 내려놓은 A4 용지를 쳐다보았다. A4 용지 사이로 맨 마지막 종이에 인쇄된 글자가 눈에 들어왔다.

故 유기명 이등중사(23세) 유해 최종 수습

그 글자 밑에 똑같은 글자가 또 한 번 인쇄되어 있었다.

故 유기명 이등중사(23세) 유해 최종 수습

종두 역시 그럴 거라고 생각했다. '국방부 유해발굴감식단(6·25전사자 유해발굴사업)'에서 등기 우편물을 보냈을 때 유해를 수습한 거라고 생각했다. 미리 그렇게 생각을 했음에도 불구하고, 막상 유해를 최종 수습했다는 글자를 보는 순간 종두는 벅차오르는 감정을 억누를 수가 없었다.

종두는 조금이라도 마음을 진정시키려고 장미옥이 바라보고 있는 사진에 시선을 돌렸다. 그 사진 속에는 스물셋 앳된 모습의 유기명이 낡은 군복을 입고서 거수경례 자세로 늠름하게 서 있었다.

"군에 있을 때 저한테 편지를 보냈어요. 이제 조금 있으면 만날 수 있으니 아무 걱정하지 말라고요. 일부러 저렇게 늠름한 모습의 사진까지 같이 보내면서 말이에요. 그래서 저도 걱정 안 할 거라고 답장을 했지요. 돌아올 거 뻔히 아는데 왜 걱정을 하느냐…. 그때 내가 열아홉이었는데, 우리 영감은 스물셋. 그런데 67년 만에 돌아왔네요. 너무 늦었지만, 그래도 돌아왔어요. 옛날 모습 그대로, 스물세 살 때 모습 그대로 돌아왔어요. 돌아와줘서, 고맙지요…."

장미옥은 다시 두 손으로 바닥을 짚었다. 이제는 소리 내 울 법도 한데 여전히 소리를 삼킨 채 울었다.

어느 틈에 왔는지 낡은 군복 차림의 스물셋 앳된 사내가 방 앞에 서 있었다. 벽에 걸려 있는 사진 속 모습 그대로였다. 그 모습 그대로 방 앞에 서서 장미옥을 내려다보고 있었다.

종두는 말없이 일어섰다.

장미옥한테 등기 우편물을 전달했으니 업무용 PDA에 서명을 받아야 했지만, 지금 상황에서 서명 좀 해달라고 부탁할 수는 없었다. 그렇다고 사내한테 대신 서명을 부탁할 수도 없었고.

종두는 장미옥을 향해 소리 없이 인사를 하고는 조용히 방을 나왔다. 도대체 신발 한 짝이 왜 여기 떨어져 있는지 알 수가 없어서 고개를 갸웃거리며, 텃밭에 떨어진 신발을 주워서 신었다. 그리고 오토바이에 막 올라타려고 했다. 그때 뒤에서 사내가 종두를 불렀다.

"집배원님!"

목소리가 그리 크지는 않았다. 하지만 이상할 정도로 또렷하게 들렸다.

종두가 뒤를 돌아보았다. 그리고 사내의 모습을 보며 종두는 입을 한 번 꾹 다물었다. 그러고는 조용히 말했다.

"저한테 왜요! 제가 뭘 한 게 있다고….."

사내가 현관문 앞에 서서 종두를 향해 거수경례를 하고 있었다. 사진 속 그 늠름한 모습으로.

그러면서 또 한 번 낮고 또렷하게 말했다.

"빨리 달려와주셨잖아요. 누구보다 빨리 달려와주셨어요. 감사합니다, 집배원님."

사내의 말에 종두가 또 한 번 입을 꾹 다물었다. 그러고는 힘들게 입을 열었다.

"그럼 이제, 가시는 건가요?"

종두의 말에 사내가 고개를 끄덕였다.

"네, 이젠 가도 될 것 같아요. 가야지요. 제가 있어야 할 곳도 아닌데, 너무 오래 있었어요."

사내의 말을 듣고 이번에는 종두가 먼저 거수경례를 했다.

"나라를 위해 싸워주셔서 감사합니다. 유기명 이등중사님."

종두의 말에 사내도 다시 한 번 거수경례했다.

잠시 뒤, 거수경례를 하고 있는 경건한 분위기 사이로 종두의 휴대전화가 시끄럽게 울렸다.

종두가 처음에는 업무용 PDA에서 울리는 소리인 줄 알고, 서둘러 거수경례 자세를 풀고는 PDA를 확인했다. 그러면서 고개를 갸웃거리자 사내가 속삭이듯 종두를 불렀다.

"집배원님, 여기 바지요, 휴대폰!"

사내가 손가락으로 자기 바지 주머니를 가리키면서 말했다.

그제야 종두가 바지 주머니에서 휴대전화기를 꺼냈다.

친구 타래한테 걸려온 전화였다.

종두는 사내에게 살짝 고개를 숙이고는 휴대전화기의 통화 버튼을 눌렀다.

"야! 고타래, 넌 꼭 이런 경건한 순간에 전화하더라."

"아, 미안, 그럼 끊을게."

타래는 아직도 종두가 지난번 말다툼한 일 때문에 화가 안 풀린 줄 알고, 얼른 전화를 끊으려고 했다.

"뭘 끊어 끊기는. 이미 경건한 순간 다 망쳐놓고는."

"아, 그랬구나, 미안. 그럼 어떻게 하지. 끊지 말아야겠다. 그렇지 종두야?"

타래는 종두의 말에 안절부절못하고 있었다.

그런 타래의 모습이 눈에 선한지, 종두가 낮게 한숨을 쉬면서 휴대전화기를 헬멧과 얼굴 사이로 집어넣었다. 그러면 휴대전화기를 손으로 쥐지 않고도 통화를 할 수 있었다. 동시에 종두는 사내에게 인사를 하며 오토바이에 올라탔다.

사내가 얼굴에 미소를 지으며 종두를 배웅했다.

"왜 전화했는데? 바쁘니까 용건이나 빨리 말해."

종두가 탄 오토바이가 청포로62길 89 마당을 천천히 빠져나갔다.

김두흠

고타래라는 이름으로도 활동하고 있다. 대학에서 문예창작을 전공했으며, 집배원 시리즈 돌연변이 편《POST MAN 1》(그래비티북스, 2020)을 출간했다. 살다보니 그렇게 정해졌는데, 하루에 네 시간만 자는 게 목표.

은하 레일의 밤 ──── 전혜진

《은하철도의 밤》이라는 소설이 있어.

일본 작가인 미야자와 겐지의 동화인데, 이걸 읽지 않은 사람
도 어떤 건지 상상은 할 수 있는 이야기야. 그래, 사람의 영혼을
태우고 달리는, 하늘을 나는 열차가 나오거든. 사실 제목만 들
으면 일본 애니메이션 〈은하철도 999〉를 먼저 떠올리는 사람도
많을걸. 워낙 유명한 이야기여서, 정말 만화나 애니메이션에서
모티프를 따 갔지. '하늘을 나는 열차' 말이야.

그날 내가 문득 떠올린 게 그거였어.

하늘을 나는 열차 말고, 은하철도 말이야.

차이나타운에서 짜장면을 비우고, 의사가 술 같은 건 아직 마
시면 안 된다고 했지만 굳이 배갈도 한 잔 마시고 자리 털고 일
어난 뒤에 말이야. 왜, 인천 차이나타운의 패루에서 인천역으로

내려오다 보면 그게 있잖아. 월미 은하레일. 누군가의 말마따나 인천의 흉물. 천 억 가까이 돈을 들이부었지만, 부실공사가 되어서 한 번도 정상 운행을 한 적이 없다는 한심한 고철 괴물.

저기 숨어들어 가볼까.

문득 그런 생각을 했어. 왜, 안 될 건 없지. 이왕 막 나간 김에, 그 정도 사고는 쳐도 되지 않을까. 그렇게 생각했어. 몰래 들어가서, 저 레일 위를 걸어가보자고.

아마도 배갈 때문이었을 거야. 제정신으로야 그런 생각하기 힘들지. 술을 안 마셨으면 잠깐 그런 생각을 하다가도, 그래도 철도인데 몰래 들어가서 레일을 걷다가 걸리면 벌금을 물지 않을까 하고 돌아섰겠지. 그래, 술이 문제는 문제야. 한국인이 저지르는 문제의 8할은 술이라고 전에 누가 말했던 것 같은데. 역시 그 말이 사실인 것 같아.

먼지 앉은 정문에는 큼직한 자물쇠가 매달려 있었지. 그래도 문을 따는 것은 어렵지 않았어. 복잡한 자물쇠가 아니었으니까, 그냥 예전에 학교 사물함에 매달려 있던 것보다, 좀 더 크고 묵직할 뿐인 그런 단순한 싸구려 자물쇠. 머리핀으로 열심히 쑤셔서 자물쇠를 땄어. 몰래 문을 열고 들어갔지. 어디선가 CCTV가, 궁상스럽게 어깨를 웅크리고 자물쇠를 따는 나를 보고 있을 것만 같았지만, 상관없었어.

살금살금, 계단을 밟아 올라갔지. 그곳에는 허탈할 정도로 작고 초라한 모노레일의 플랫폼이 있었어. 그런 곳에 멈춰 서는 건 그저 장난감 기차들뿐일 것 같았지. 지난번에 인천공항에 가보았어. 거기 자기부상열차가 있거든. 용유도까지 이어지는 거.
노랗고 작은, 딱 두 량짜리 열차인데. 어쩌면 여기를 오가더라
는 은하레일은 그것보다도 더 작은 열차일 것 같았어.

이곳에서 올려다보는 밤하늘에서는 먼지 냄새가 났어. 저기,
열차가 나가는 출구 쪽 조각난 하늘은 어둡고 탁하며 불그레했
어. 그만둘까, 하다가 나는 잠시 두리번거렸지. 그리고 조심조
심 레일 위로 내려갔어.

웃음이 나더라.

은하레일이라는 거창한 이름을 달아놓았는데, 이렇게 장난감
처럼 작고. 결국 위험하다는 이유로 거대한 고철이 되어버렸고.
타고 날아오를 수 없었고. 너무 우습지 않니. 철마는 달리고 싶
다고 써 붙인 판문점 어드메도 아닌데 그 작은 모노레일도 손님
들을 태우고 제대로 한번 달리지 못했다는 게. 어처구니가 없어
서 나는 그냥, 서늘한 바닥에 주저앉아 잠시 웃었어. 미친 사람
처럼 웃다가 천천히 일어나, 선로를 따라 걷기 시작했어.

위험하지. 아주 위급할 때가 아니면 철로 위를 걸어가면 안
되는 거야 알지. 그런데다 여긴 지하철도 아니잖아. 지하철 같
으면, 새벽에 지하철들이 안 돌아다닐 때는 걸어갈 수 있을지도
몰라. 하지만 여긴 하늘 위잖아. 까딱 잘못해서 떨어지면 바로
죽을지도 모르는데. 게다가 술까지 한잔한 상태잖아?

근데, 그래도 묘하게 자신은 있었어. 나, 학교 다닐 때 체조
선수 될 뻔했거든. 지금도 그래. 술에 취해서 평균대 같은 데 올
려놓아도 균형 하나는 기가 막히게 잡을 수 있어. 내가 지금 말

도 안 되는 객기를 부리고 있다는 건 알지만, 그래도 어쩔 수 없어. 정말로 정말로, 내겐 혼자 있을 곳이 필요했으니까. 아무도 없이, 그 누구도 나를 방해하지 않는 곳. 그래서 너와 단둘이 만날 수 있는 곳이 내겐 필요했어.

걸었어. 좁은 길을 따라서. 인천의 관광 명물이 될 거라더니, 발아래에는 관광지 대신 공장들이 펼쳐져 있었지. 이게 뭐야. 누가 관광을 와서 공장 구경을 해. 웃겨서 중간에 몇 번이나 걸음을 멈추고 주변을 둘러보았어.

멀리 백곰이 그려진 제분공장이 보였어. 아래쪽에는 블록을 쌓아 올린 것 같은 공장들이 잔뜩 있었어. 마치 어릴 때 갖고 놀던 초록색 판대기 위에 레고들을 꽂아 만든 것처럼 보였지. 한참을 걷다가 알았는데, 별이 보이지 않아도 밤은 빛나는 거더라. 인천의 하늘에는 어둠이 내려앉아 있었지만, 공장의 불빛들, 패루의 붉은 불빛, 저 멀리 바닷가의, 어선이나 군함들이 바다를 비추는 눈부시게 새하얀 불빛들. 그 많은 빛들이 도시를 에워싸고, 시커먼 바다를 비춰내고 있었지. 문득 한숨을 쉬었어. 예쁘구나. 울고 싶었어. 이런 빛의 도시에서, 나 혼자 그 골목길에서 울고 있었구나. 생각하니까 억울할 정도였지. 그거 아니? 우리가 조금 전 숨어들어서, 이 레일 위로 올라온 그곳이 바로 '월미은하역'이라는 걸. 은하 스테이션이야. 그래, 저 은하철도의 밤에서 조반니와 캄파넬라가 은하철도를 타던 그 역.

아마 너는 믿지 않을 거야. 나는 언젠가 너를 만나면 함께 하늘을 바라보고 싶었어. 함께 들판을 뛰고 달리다가, 평상에 드

러누워 하늘에 가득한 별자리를 바라보고 싶었어. 나도 실제로
는 아직 한 번도 본 적 없는, 별이 쏟아지는 듯한 그 하늘을, 너
에게는 꼭 보여주고 싶다고 생각한 적이 있었어. 그 별들을 보
며, 은하수 사이를 달리던 열차를, 조반니와 캄파넬라의 이야기
를 들려주고 싶었어. 어쩌면 할 수 있었을지도 몰라. 어쩌면 말
이야.

하지만 그럴 수 없어.

공장이 가득한 거리를 지나, 공원 위를 가로질렀어. 그 사이
에는 역이 하나 더 놓여 있었지. 예전에 읽었던 만화책이 생각
나. 정말로 미칠 듯이 보고 싶은 사람을 만나기 위해서, 도시와
도시 위에 놓인 보이지 않는 다리를 따라 밤을 새워 걸어가던
용감한 여자아이가 나오던 이야기였어. 문득, 그런 생각을 했
지. 밤을 새워 바다까지 걸어가면, 별이 손에 닿는 그곳에서 너
와 다시 만날 수 있을까. 시간을 되돌릴 수 있다면, 나는 너를
만날 수 있었을까.

아니, 그렇지 않아.

공원 한가운데에서, 모노레일의 한 가닥 길 위에서, 나는 걸
음을 멈췄어. 길은 크게 곡선을 그리며 휘어졌고, 이제부터는
바다를 바라보며 쭉 앞으로 나아갈 거야. 반짝거리는, 새카만

바다를 보고 있으니 가슴이 욱신거렸어. 눈 앞에 펼쳐진 레일이 그 바다를 반으로 갈라놓았지. 전에 그런 이야기를 읽었던 게 생각나. 평행우주라는 것. 어떤 선택을 하는 순간 우주는 둘로 갈라진다고. 내가 선택한 것은, 왼편으로 휘어져 월미도로 이어지는 그런 우주야. 그렇다면 이 길의 오른편에는 무엇이 있었을까. 지금의 나와 다른 선택을 했던 그 우주에서는. 그곳에서는 나는 너와 만나 함께 있었을까.

아니, 그럴 수 없어.

나는, 지금도 계속 그 밤을 생각해. 그냥 평범하게 술을 마시고 춤을 추고, 그런 곳이라고 생각했어. 나도, 내 친구들도. 여자친구들 여럿이서 몰려갔으니까. 그냥 왁자지껄하게 웃고 떠들고 신나게 놀고, 그게 다라고 생각했지. 별일 없을 거라고 생각했지.

하지만 그렇지 않았어. 만약 그런 일이 생길 줄 알았다면 아마 처음부터 그런 곳에 가지 않았겠지. 낯선 사람과 이야기를 하지 않았겠지. 내가 마시던 술잔을 무방비하게 내려놓은 채 자리를 비우지도 않았겠지. 나는 너와 만날 수 있었던 그 모든 가능성을, 후회하고 있어.

있잖아. 내가 잘못하지 않았다는 걸 알고 있어.

하지만 사람들은 이런 일이 닥쳤을 때, 여자가 뭔가 잘못한 게 아니냐고 말을 해.

나는 내 손으로 내 술잔에 뭔가를 탄 게 아니야. 내 발로 누군가를 따라 모텔로 간 게 아니야. 눈을 떴을 때는 아침이었고, 나는 낯선 방에 알몸으로 누워 있었지. 그날 밤의 일은 아무것도 기억나지 않았고, 난 처음에는 거기가 모텔인 줄도 몰랐어.

그런데도 술잔에 약을 탄 사람은 처음부터 없었다는 듯이, 나를 모텔로 끌고 간 사람도, 옷을 벗기고 강간한 사람도 존재하지 않았다는 듯이, 그들은 내 책임을 묻지. 그들 모두가 존재하지 않는다면, 너는 하느님이 주신 아이니? 아마도 2천 년 전에 이런 일이 있었다면 나는 정말로 그렇게 생각했을지도 몰라.

하지만 그렇지 않다는 것을 알고 있으니까.

난 바보가 아니야. 그럴 때 어떻게 해야 하는지 정도는 알고 있어. 경찰에 신고도 했어. 모텔 입구에 CCTV가 있으니까, 그걸 확인해달라고도 했지. 하지만 소용이 없었어. 개인정보보호 때문에 보여줄 수가 없대. 누가 차를 긁고 가도 블랙박스니 CCTV니 다 열어서 잡아내는 것 같던데, 누가 내게 약을 먹이고 강간했을 때는 안 된다는 게 말이 되니? 잡을 수 없다는 말을 들었어. 그러니까 왜 그런 곳에 갔느냐는 말을 들어야 했어. 모르고서 갔느냐고. 알 만한 사람이 왜 그러냐는 말을 들었지. 마치 그런 데 가는 여자는 강간을 당해도 어쩔 수 없다는 것처럼,

보호받을 가치가 없다는 듯이 굴었어. 조서를 쓸 필요도 없다는 듯이.

사후피임약이 다가 아니라고 했지. 실패할 확률을 알려주며 의사는 혀를 찼어. 마치 그것이 내가 받을 벌이라는 듯이, 이 모든 일이 내가 문란하게 굴어서 생긴 일이라는 듯이 말했어. 그게 아니라고 말을 하려 했지만 소용이 없었어. 아무리 세상이 바뀌었지만 여자가 조심을 했어야지. 내 딸 같았으면 다리몽둥이를 분질러버렸을 거야. 그런 말을 하면서 마치 적선하듯 처방전을 써주었지. 나는 그가, 몰래 낙태수술을 하는 걸로 유명하다는 걸 알아. 만약에 사후피임약이 실패한다면 여기로 다시 와야 한다는 것도 알고 있었지. 그건 불법이니까, 내 몸에 대한 일인데도 그건 불법이라고 법이 정했으니까. 하지만 울면서 돌아와 아이를 지워야 하는 여자를 보며, 그는 무슨 생각을 할까. 진료실 벽에 걸려 있는 십자가를 올려다보며, 나는 문득 2천 년 전의 여자를 생각했어. 그리고 그분이 낳은 아기가 어른이 되어 만났던, 길가에서 돌을 맞던 여자에 대해서도. 경찰이, 의사가, 모텔카운터에 앉아 있던 남자까지도, 그저 나를 조롱했는데, 그들은 그녀들에 대해서도 같은 말을 했을까. 돌을 던지고, 문을 닫아걸었을까. 내가 당한 것은 강간이었는데, 그들이 피해자인 나를 앞에 두고 했던 생각은 대체 뭐였을까.

모텔비가 나도 모르는 사이에 내 체크카드로 결제되었다는 말을 들었을 때는, 정말 기가 막혔어.

한밤중도 한참 전에 지났어. 저 디스코 팡팡마저 침묵을 지키는 새벽이야. 난 예전에 디스코 팡팡을 딱 한 번 타보았어. 중학교 때였지. 친구들하고 우르르 몰려가서 저걸 탔는데, 갑자기 DJ가 내게 욕을 했어. 치마를 입지 않았다고, 비싸게 구는 여자들은 딱 질색이라며 욕을 했어. 나는 영문 모를 욕을 먹다가 울음을 터뜨렸지. 그 이후로는 다신 타지 않았어. 대체 뭘 바랐던 걸까, 그 새끼는.

그래서 문득 생각해. 나는 네가, 여자아이인 네가 태어나지 않아서 기뻐. 여자아이라는 이유로 중학생밖에 안 되었는데 그런 말을 들어야하고, 기억을 잃고 강간을 당해도 조롱만 당할 뿐인 세상에 태어나지 않아서. 나는 네가, 남자아이인 네가 태어나지 않아서 기뻐. 그런 DJ가, 경찰이, 의사가, 카운터의 남자가, 그리고 자기가 한 일이 죄라는 생각도 하지 않고 낄낄거리며, 마치 전리품이라도 주워 온 듯이 나를 끌고 갔을 그런 남자로 자라지 않아서. 바다는 여전히 어두웠고, 군함이, 어선이, 멀리 바다 건너에 인천공항과 송도의 불야성이 그 까만 수면 위로 반짝거렸어. 별이 내려앉은 그 바다에서 나는, 그저 누군가의 손을 잡듯이 한쪽 팔을 내밀어.

그럼에도 불구하고 둘이 함께 가는 게, 행복해질 수 있는 길이었을까.

나는 중얼거렸어. 너는 대답하지 않아. 그저 내 손을 마주 잡

을 뿐이야. 너는 나를 용서할까? 잘 모르겠지만, 용서하지 않는
다 해도 어쩔 수 없어.

너의 존재를 알게 되었던 그 순간부터 지금까지, 나는 계속
생각했어. 어째서. 어째서 내게 왜. 나는, 너에 대한 것까지는
생각하지 않으려고 애썼어. 너를 생각하면 울고 싶어질 테니까.
지금 이건 그냥 내게 닥친 곤경이고 재난이야. 나는, 미안하지
않아. 머릿속에 작고 가냘픈 아기를 그려보는 대신, 나는 아주
작고 둥그런 구체를 그릴 거야. 그 구체가 세로로 한 번 반으로
갈라지고, 다시 세로로 한 번 더 갈라져 넷이 되고, 가로로 한
번 나뉘어 여덟이 되고, 넷으로 갈라지고, 난할이 일어나 뽕나
무 열매처럼 작은 세포들이 다닥다닥 모여 구를 이루고, 그 안
으로 장차 내장이 될 빈 공간이 자리를 잡는 과정을. 아직은 달
걀노른자 같은 난황이 자리 잡았을 뿐이고, 그 분열된 세포의
안쪽에서는 아직 심장 소리가 들리지 않아. 나는 작고 예쁜 아
기를 없애는 게 아니야. 내 안에 남은, 타인이 저지른 범죄의 증
거를 지우는 것뿐이야.

웅크려 앉았어. 그 레일 위에. 이대로 모노레일 열차가 달려
온다면 어떨까. 내가 태어나기 전 나온 영화 포스터처럼 두 팔
을 벌릴까. 나 다시 돌아갈래, 하고. 어릴 때부터 엄마도 할머니
도 학교 선생님도 말씀하셨어. 여자는 차가운 데 앉으면 안 된
다고. 그러니까 왜? 집에서도 학교에서도, 온갖 잔심부름으로
다 부려 먹으면서, 한 번도 귀하게 대접한 적 없으면서, 유독 어
디 앉을 때만 그런 말들을 했지. 방석 깔고 앉아라. 여자는 차가

운 데 앉으면 안 돼. 여자만 차별한다고, 편애한다고, 사촌오빠들이 말 같지도 않은 소리를 하며 짜증을 냈었지. 지금은 알아. 내가 아니지. 나를 위해 그런 말을 하는 게 아니지. 언젠가 아이를 낳을 거라는 그 기대가 아니라면, 짐짓 위하는 척 그런 말은 하지도 않았을 테지.

언젠가는 다시, 너를 만나고 싶어질지도 몰라.

함께 별을 바라보고, 바람 속에서 들판을 달리고, 살을 부비며 까르르 웃고 뒹구는, 그런 상상을 할지도 몰라. 아주 오랜 시간이 지난 뒤에, 내가 이 좁은 모노레일의 철로가 아니라, 좀 더 단단한 땅 위에 제대로 뿌리를 내리고 두 발로 서게 되었을 때. 너를, 안심하고 이 세상에 데려와도 된다는 확신이 생겼을 때.
하지만 지금은 아니야. 너는 그 아이가 아니야. 너는 아무것도 아니야. 나는, 손을 잡은 듯 옆으로 낸 나의 손이 실은 아무것도 붙잡지 않고 있다는 것을 알아.

모노레일 열차가 달려오고 있어.

나는 두 팔을 벌리지 않았어. 다시 돌아가고 싶다고 생각하지도 않았어. 있을 리 없는 그 열차는 달릴 리 없는 시간 속에서 들릴 리 없는 굉음을 내며 달리다가, 그대로 하늘로 날아올랐어. 눈부신 빛 속에서, 그 열차가 나를 납작하게 깔아뭉개기 전에. 저 새카만 바다와, 그 위에 펼쳐진 어두운 하늘을 향해서.

그 안에, 내가 어릴 때 좋아했던 개나리색 원피스를 입은 여자아이가 타고 있었다는 걸 나는 기억해.

나는 너를 쳐다보지 않아. 죄책감도 무엇도 없어. 나는 나를 스쳐 간 저 환상 속의 은하철도처럼, 너 역시 내게 그런 존재라고 생각해. 그러니까 눈을 뜨면 모든 것이 꿈이었지, 하고 깨닫기 위해, 지금의 나는 눈을 감을 거야. 내 등 뒤로, 그 길과 골목과 레고로 찍어놓은 듯한 도시의 하늘 위로 아침이 밝아 올 때까지.

전혜진

주로 SF를 쓰지만 호러, 판타지, 여기에 만화/웹툰과 에세이까지 다양한 장르에서 부지런히 활동하고 있다. 《월하의 동사무소》로 데뷔한 후 《감겨진 눈 아래에》, 《텅 빈 거품》, 《SF 김승옥》 등 여러 앤솔러지에 단편을 수록하고, 장편 《280일: 누가 임신을 아름답다 했던가》를 썼다. SF작가이자 만화/웹툰 스토리 작가로서의 경험을 살려 논픽션 《순정만화에서 SF의 계보를 찾다》도 발표했다. 최근에는 어린이와 청소년을 위한 책에도 관심을 보이고 공부하고 있다.

끝내
비명은

초판 1쇄 발행 2021년 6월 10일

지은이 김주영, 곽재식, 김두흠, 엄길윤, 윤여경,
         은림, 이경희, 전혜진, 정대영, 클레이븐
펴낸이 박은주
편집장 최재천
기획 환상문학웹진 거울
디자인 김선예, 서예린
마케팅 박동준

발행처 (주)아작
등록 2015년 9월 9일(제2021-000132호)
주소 04050 서울특별시 마포구 양화로 156
         LG팰리스빌딩 1428호
전화 02.324.3945-6 **팩스** 02.324.3947
이메일 decomma@gmail.com
홈페이지 www.arzak.co.kr

ISBN 979-11-6668-611-5 03810